W0463313

SUSANNE KRONENBERG

Hundswut

HINTERHALT Analphabetin Josefine Luven hat trotz des Handicaps ihren Traumjob gefunden. Mit der THermine-Touristikbahn bringt sie Besucher zu Wiesbadens Sehenswürdigkeiten. Sie könnte überglücklich sein, hätte sie nicht beinahe einen Mann überfahren. Sie ist sich sicher, gesehen zu haben, wie Rainald Prüsse von seinem Begleiter auf die Straße gestoßen wurde. Auch Privatdetektivin Norma Tann stellt sich Fragen, die mit einem Mann zu tun haben. Ihre Beziehung zu Dr. Timon Frywaldt, geschätzter Mitarbeiter des LKA Wiesbaden, leidet unter ihrer Eifersucht. Ein neuer Fall bietet Ablenkung: Ihre Auftraggeberin ist die Geschäftsfrau Juliane Sahling, deren Hundewelpe kurz nach dem Kauf starb. Der Hund stammte aus einer osteuropäischen Massenzucht und wurde illegal nach Deutschland gebracht. Norma nimmt die Spur der Händler auf und mietet sich inkognito bei Rainald Prüsse im ländlichen Vorort Naurod ein, wo ihr nicht allein von Bruce, dem beißwütigen Dobermann, tödliche Gefahr droht.

Susanne Kronenberg, geboren in Hameln, war nach dem Studium als Redakteurin tätig und wohnt und arbeitet heute als freie Schriftstellerin in Taunusstein bei Wiesbaden. Zu ihren Veröffentlichungen zählen neun Kriminalromane, davon sechs mit der Wiesbadener Privatdetektivin Norma Tann, zahlreiche Kurzgeschichten für verschiedene Anthologien, mehrere Jugendbücher, die vielfach übersetzt wurden, sowie Fachbücher und Bücher zu regionalen Themen. Als Dozentin für Kreatives Schreiben gibt sie Kurse und Workshops. Sie ist Mitglied des »SYNDIKATS« und Mitgründerin der Wiesbadener Autorengruppe »Dostojewskis Erben«.

Bisherige Veröffentlichungen im Gmeiner-Verlag:
Totengruft (2014)
Edelsüß (2012)
Kunstgriff (2010)
Rheingrund (2008)
Weinrache (2007)
Kultopfer (2006)
Flammenpferd (2005)
Pferdemörder (2005)

SUSANNE KRONENBERG

Hundswut

Norma Tanns sechster Fall

GMEINER SPANNUNG

Personen und Handlung sind frei erfunden.
Ähnlichkeiten mit lebenden oder toten Personen
sind rein zufällig und nicht beabsichtigt.

Besuchen Sie uns im Internet:
www.gmeiner-verlag.de

Im Ehnried 5, 88605 Meßkirch
Telefon 07575/2095-0
info@gmeiner-verlag.de

1. Auflage 2017

Lektorat: Katja Ernst
Herstellung: Mirjam Hecht
Umschlaggestaltung: U.O.R.G. Lutz Eberle, Stuttgart
unter Verwendung eines Fotos von: © parallel_dream / fotolia.com
Druck: CPI books GmbH, Leck
Printed in Germany
ISBN 978-3-8392-2134-1

Für T., F., P. und B., die mich auf allerbeste Hundeart durch Kindheit und Jugend begleiteten.

PROLOG

Als der Schlüssel im Türschloss knarrt, lockt die Windhündin ihre drei Welpen fiepend zu sich. Im Dunkel ringsum erklingt vielstimmiges Bellen und das Winseln junger Hunde. Die Labradorhündin im Pferch nebenan knurrt nervös. Das Deckenlicht flackert auf. Ein Mann herrscht die Hunde auf Slowakisch an. Die Windhündin kauert sich in die verfaulten Reste, die einmal Stroh gewesen waren. Die zierliche Hündin hat in ihrem Leben nichts anderes kennengelernt als den zwei mal zwei Sprünge messenden Zwinger und den Gang davor, auf den sie am Nackenfell hinausgezerrt wird, wenn ein Rüde auf sie wartet. Schicksalsergeben wehrt sie sich nicht gegen den Mann, der sie im Genick packt und einen Welpen nach dem anderen unter ihrem Bauch hervorzieht und in einen Karton wirft. Er trägt die Welpen hinaus. Dann kehrt er ohne den Karton zurück, schüttet Wasser in den Trog und wirft ihr eine Handvoll Hühnerköpfe hin. Die Tür schließt sich. Das Schloss schnappt zu. Das flackernde Licht verschwindet, und die Dunkelheit kehrt in die Scheune bei Pukanec zurück.

1

Mittwoch, der 27. Juli

Der Mann, den sie beinahe getötet hätte, saß im ersten Waggon direkt hinter der Lok. Als Josefine die Bremse löste und sich die THermine mit sanftem Ruck in Gang setzte, spürte sie seine Blicke im Nacken. Suchend, stechend, bis ihr die Gänsehaut die Wirbelsäule hinaufkroch. Unwillkürlich zog sie den Kopf ein. Der Mann machte ihr Angst.

Dabei sah er harmlos aus. Sogar recht nett, wenn auch zweifelsohne vom Leben gebeutelt, so wie sich sein Bild im Rückspiegel zeigte. Ovales Gesicht mit frühen Falten und Spuren von Resignation. Weich geschwungener Mund. Ein schlanker Oberkörper unter dem gestreiften Hemd. Dunkler, kurz geschnittener Haarkranz. Und diese Sonnenbrille, als wollte er die eisblauen Augen verbergen, deren intensive Blicke dem ihren wenige Minuten zuvor begegnet waren, als er sich – ungeachtet ihrer Position als Schaffnerin und Fahrerin – an den anderen Fahrgästen vorbei in den vorderen Waggon gedrängt hatte. Ohne einen Fahrschein vorzuzeigen oder zu lösen, wie es sich gehörte, sondern sich auf den ersten Sitz hinter der Lok zu hocken, als wäre dies sein angestammtes Privileg. Zum dritten Mal innerhalb von vier Tagen.

Josefine lockerte die Nackenmuskeln und atmete tief durch, bevor sie die Bahn mit weitem Bogen auf die Wilhelmstraße lenkte – nicht ohne den zweiten Wagen im Außenspiegel hoch konzentriert im Auge zu behalten. Sobald er sich in die Spur des vorderen Wagens eingereiht hatte, drückte sie gefühlvoll auf das Gaspedal. Gehorsam zog die THermine das Tempo an. Josefine hätte sich liebend gern dem Steuern des Bähnchens hingegeben und der sonoren Männerstimme aus dem Lautsprecher gelauscht, die den Fahrgästen unterwegs die Sehenswürdigkeiten näherbrachte.

Wie glücklich könnte sie jetzt sein … wie stolz! Wäre ihr Triumph nicht von dieser beunruhigenden Anwesenheit in ihrem Rücken beeinträchtigt. Während das Bähnchen am Bowling Green entlangrollte und auf das Kurhaus zuhielt, nahm sie sich vor, später eine Karte für ihn zu lösen und seine Fahrt aus eigener Tasche zu begleichen wie an den anderen Tagen auch. Wegen dieses Schwarzfahrers würde sie ihre Probezeit jedenfalls nicht gefährden. So sehr hatte sie für diesen Traumjob gekämpft. Mit einer Kraft und Ausdauer, von denen der Mann, den sie um ein Haar getötet hätte, nichts ahnte.

2

Dr. Sorst hatte viel zu viel bezahlt. Verblüfft studierte Norma die Kontobewegungen, die der Bildschirm auflistete. Seit sie als Private Ermittlerin auf eigenen Beinen stand, wurde sie von dem eigensinnigen Wunsch nach Unabhängigkeit getrieben. Und von dem Ehrgeiz, ihren Lebensunterhalt aus ihren Honoraren zu bestreiten. Auf das von ihrem Mann Arthur geerbte Vermögen wollte sie nur im Notfall zugreifen, was ihr bisher gelungen war. Große Summen brauchte sie nicht, und sie war darauf eingestellt, eine Weile auf die Bezahlung zu warten. Die meisten Klienten stotterten den Betrag häppchenweise ab. Nicht, weil sie nicht anders wollten. Sie konnten nicht: die jungen Mütter, die den Alimenten des Kindsvaters nachliefen, die Geschäftsfrau, deren Gatte samt adretter Aushilfskraft und Vermögen durchgebrannt war, der Witwer, der von den eigenen Kindern betrogen wurde. Die prompte und überdies komplette Überweisung eines Honorars gehörte zu den Ausnahmen. Dieser hübsche Brocken in Grün machte sich also bestens zwischen all den roten Abbuchungen für Miete und Versicherungen, Einkäufe und Tankfüllungen. Leider nur auf den ersten Blick! Denn die grüne Summe war weit höher als das vereinbarte Honorar.

Sie schnappte sich Tablet und Smartphone und verließ das Zimmer. Ein Mädchentraum in Rosa und Pink, der ihr in den Augen schmerzte, seit sie vor drei Tagen in ihr Zuhause auf Zeit einzogen war: in diesen Notunterschlupf, weil ein Wasserrohrbruch ihre Biebricher Dachwohnung unbewohnbar gemacht hatte. In dem betagten Fachwerkhaus lag sowieso einiges im Argen, weswegen die Vermieterin die Gelegenheit nutzen wollte, um alle drei Etagen in einem Zug zu sanieren. Neue Leitungen, eine Heizung mit zeitgemäßer Technik, ein renoviertes Bad. Sogar die Küchenfliesen sollten ersetzt werden. Und wenn die Handwerker einmal da waren, könnten sie auch den hässlichen Fußboden in Normas Büro austauschen, meinte Eva Vogtländer, die Besitzerin des Hauses. Prima Sache eigentlich – nur wäre Norma unterdessen fehl am Platz.

»Zieh doch so lange zu mir«, hatte Timon ihr angeboten. »Vier Zimmer, Stuck an den Decken und eine große Wohnküche. Wiesbadener Jugendstil vom Feinsten.«

Und er hatte rasch hinterhergeschoben: »Keine Sorge, wir müssen uns nicht wie ein altes Ehepaar permanent das Schlafzimmer teilen. Du kannst in einem anderen Zimmer schlafen, wenn du für dich sein willst.«

Nach kurzem Zögern hatte Norma dankend angenommen.

Die Wohnung, in die sie zog, gehörte Timon nicht. Er lebte dort ebenfalls nur auf Zeit, während der sich die eigentlichen Bewohner – ein Ehepaar mit Sohn und Tochter – aus beruflichen Gründen in den USA aufhielten. Zuvor hatte er für ein Jahr den Loft eines versetzten Kollegen gehütet. Auf diese Weise bewegte er sich seit der Trennung von seiner Frau von Wohnung zu Wohnung. Schnappte sich Bücherkartons, Koffer und Computer und siedelte um in ein Heim auf Zeit. Ein Nomadenleben, das ihm gefiel.

Auf den romantischen Mädchenalbtraum hatte er Norma vor ihrem Einzug nicht vorbereitet. In der Küche hatte sie das nächste Klischee empfangen: Landhausstil in cremeweißem Lack, herausgeputzt wie für einen Katalog. Mittendrin eine Kaffeemaschine, die jeden Barista vor Neid erblassen ließe. Erst seit einer Schulung durch Timon wagte Norma sich an das chromblitzende Ungetüm heran. Vorsichtshalber beschränkte sie ihre Getränkewünsche im Augenblick noch auf Espresso und Cappuccino.

Sie nahm ein zierliches Tässchen aus dem Lackregal. Während sich das Kaffeearoma im Raum ausbreitete, kraulte sie Leopold, dessen blaugraues Kartäuserfell elegant mit den roten Kissenbezügen der Eckbank harmonierte. Entgegen ihren Befürchtungen hatte er sich umgehend mit der neuen Behausung arrangiert. Er lag den ganzen Tag auf der faulen Haut und zeigte keinerlei Interesse daran, zu nächtlichen Streifzügen aufzubrechen. Weil er ihr so ans Herz gewachsen war, vergaß sie gern, dass er eigentlich ihrer Vermieterin gehörte. Den Kater kümmerten diese menschlichen Zuweisungen nicht. Er hatte Norma auf Anhieb gemocht und war ihr beim ersten Besuch so zutraulich um die Beine gestrichen, dass Eva alle Bedenken gegen die kürzlich aus dem Dienst geschiedene Hauptkommissarin und frischgebackene Private Ermittlerin über Bord geworfen und ihr neben der Dachwohnung auch den Ladenraum im Erdgeschoss vermietet hatte. Den Rest trug Normas Angebot bei, sich um den Kater zu kümmern, wenn Eva die Wochenenden und Ferien bei ihrem Partner in Köln verbrachte. Außerdem fand Eva es schick, im ehemaligen Blumenladen das Büro einer waschechten Privatdetektivin zu beherbergen. Eva bewohnte die mittlere Etage. Für die Umbauphase war sie zu ihrer Schwester nach Bierstadt, einem Wiesbadener Ortsteil östlich der Kernstadt, gezogen und hatte Leopold den Trubel mit ihren Nichten und Neffen ersparen wollen.

Mit dem schnurrenden Kater an ihrer Seite ließ Norma sich mit Dr. Ludwig Konrad Sorst verbinden, ihrem letzten Klienten, für den sie seine Tochter aufgespürt hatte, von der ihm bis dahin nicht mehr bekannt gewesen war als ihre bloße Existenz. Die Suche war dementsprechend nicht ohne reichlich detektivischen Spürsinn abgelaufen. Die Tochter, inzwischen Mitte 30, entstammte einem Flirt mit einer Urlaubsbekanntschaft. Die Mutter hatte mehrfach den Wohnort gewechselt, geheiratet und den Namen des Mannes angenommen, der das Kind adoptierte. Bis vor wenigen Jahren hatte Ludwig Sorst nichts von der Existenz seiner Tochter geahnt und nur durch Zufall davon erfahren. Ein Glücksmoment für den kinderlosen Mediziner und Betreiber einer Wiesbadener Privatklinik. Aus Rücksicht auf seine Frau hatte er bis zu deren Tod mit Nachforschungen gewartet. Als es schließlich zur ersten Begegnung gekommen war, die Norma auf Bitten von Vater und Tochter in die Wege geleitet hatte, waren zwei Menschen aufeinandergetroffen, die auf Anhieb vertraut miteinander schienen. Tief gerührt hatte Norma sich zurückgezogen.

»Kein Irrtum«, erklärte Dr. Sorst gut gelaunt. »Ich habe mir erlaubt, Ihr Honorar aufzurunden.«

»Aufzurunden? Sie haben die Summe glatt verdoppelt. Ich kann das unmöglich annehmen.«

»Bitte, Frau Tann, machen Sie mir die Freude! Ich habe eine Tochter gewonnen. Und außerdem: Wie Sie wissen, ist Mariella Ärztin. Sie wird in die Klinik einsteigen. Endlich kann ich meinen Nachlass regeln. Alles hat sich so wunderbar gefügt. Dank Ihnen, Frau Tann.«

Er redete charmant auf sie ein, bis ihr schließlich nichts anderes übrig blieb, als einzuwilligen. Hörbar zufrieden verabschiedete er sich mit: »Grüßen Sie Dr. Frywaldt!«

Ohne Timons Empfehlung hätte Dr. Sorst wohl kaum den Weg in Normas bescheidenes Biebricher Eine-Frau-Büro gefunden. Timon, selbst Mediziner und dazu Biologe, arbeitete als Spezialist für die Spurensicherung beim Hessischen Landeskriminalamt. Er hatte Dr. Sorst beim Wiesbadener Internistenkongress kennengelernt. Die beiden Mediziner schätzten sich sehr.

Das dicke Honorar sollten wir feiern, entschied Norma. Timon war um diese Zeit gewöhnlich in seinem Labor in der Hölderlinstraße. Als Kriminalhauptkommissarin hatte Norma in früheren Jahren oftmals im Landeskriminalamt zu tun gehabt, wo sie Timon über den Weg gelaufen war. Mittlerweile war sie dort als »die Freundin des Doppeldoktors« bekannt, der seinen Spitznamen den beiden Doktortiteln in Medizin und Biologie zu verdanken hatte.

Sie erreichte ihn auf dem Handy. »Bist du heute Abend zu Hause? Ich möchte Unordnung in die Luxusküche bringen.«

Durchs Telefon waren klackernde Schritte auf hartem Boden zu hören. Der vertraute Widerhall in den langen Fluren des LKA. Da Timon leise Sohlen bevorzugte, tippte sie auf High Heels, die eilig an seiner Seite trippelten.

Er sei auf dem Weg zu einer Besprechung. »Du willst kochen? Warum nicht!« Begeisterung klang anders.

»Wenn du nicht magst …«

Das Klackern entfernte sich. Er war stehen geblieben, wie sie aus dem ruhigeren Atem schloss.

»Ich freue mich auf heute Abend, Norma, und auf unser Essen, das weißt du«, erklärte er geduldig. »Ich bin nur in Eile.«

Eine helle Frauenstimme hallte heran: »Tiiimooon! Kommst du?«

»Wer ist das?«

»Wie?«, gab er sich begriffsstutzig.

»Tiiimooon!«, äffte Norma.

Er lachte. »Meine neue Praktikantin. Angelique!«

Norma konnte ein pikiertes Schnauben nicht unterdrücken. »Angelique? Soso. Und von der lässt du dich gleich rumkommandieren?«

Er lachte lauter. »Ich nehme es sportlich. Bis heute Abend, Norma!«

Beide mochten dieselben Gerichte. Norma lebte beinahe ihr ganzes Leben schon lang vegetarisch, und Timon machte der Verzicht auf Fleisch und Fisch nichts aus. Sie entschied sich für ein asiatisches Essen, wofür sie – anders als in ihrer Küche – keinen schlichten Wok, sondern den blitzblanken Luxus-Wok nutzen wollte. Mit ihrer Einkaufsliste verließ sie die Wohnung. Und malte sich auf dem Weg durch das großbürgerliche Treppenhaus, das lang gezogene »Tiiimooon« noch im Ohr, ein vernichtendes Bild der stöckelbeschuhten Praktikantin aus.

3

Der Mann, den sie um Haaresbreite getötet hätte, schenkte den Sehenswürdigkeiten unterwegs keine Aufmerksamkeit. Jedes Mal, wenn Josefine in den Rückspiegel schaute, sah er unbeweglich geradeaus, während sich die Köpfe der übrigen Fahrgäste bei jedem Kommentar der Männerstimme aus dem Lautsprecher zur Strecke wie auf Kommando zur Seite wendeten. Nervös konzentrierte sie sich auf ihre Aufgabe, während die THermine auf die Russische Kirche zuhielt, deren fünf goldene Zwiebeltürme durch das Laub der Waldbäume schimmerten. Josefine dachte sogar daran, im richtigen Augenblick die Ansage zu aktivieren.

Sie freute sich auf die kurze Pause und den Kaffee aus der Thermoskanne, fürchtete sich aber auch vor dem, was der unheimliche Gast vorhaben könnte. Warum ihn nicht einfach fragen?, nahm sie sich vor. Was er von ihr wollte. Direkte Konfrontation. Angriff als die beste Verteidigung.

Doch dazu gab es keine Gelegenheit. Nachdem die Bahn zum Halten gekommen war, wurde Josefine von einem älteren Paar, ihrem Dialekt nach aus dem Bayerischen, angesprochen. Wie es denn nun richtig hieße: Russische Kirche oder Griechische Kapelle? Während Josefine den Gästen geduldig erklärte, dass der erste Name der korrekte sei, der zweite dem Volksmund entstamme, beobachtete sie den Schwarzfahrer, der zum Russischen Friedhof hinüberspazierte und dort in den Wald eintauchte.

4

Der Peugeot stand nur wenige Schritte vom Haus entfernt. Mit leichtem Bedauern startete Norma den Motor. Wer gab schon gern eine legale Parkbucht in der Innenstadt auf? Doch ihr Weg führte sie aus der Kernstadt hinaus und zu ihrem liebsten Bioladen, der auch eine reichhaltige Auswahl asiatischer Zutaten, Kräuter und Gewürze im Angebot hatte. Auf dem Ersten Ring glitt der Verkehr zügig dahin. Die Fassaden der historistischen Bürgerhäuser und Jugendstilgebäude zogen an ihr vorbei, und sie spielte mit dem Gedanken, wie es wäre, vorübergehend in einem solchen Prachtbau zu Hause zu sein. Sie vermisste ihr Biebricher Fachwerkdomizil und machte sich Gedanken, was die Handwerker inzwischen mit ihrer Wohnung angestellt haben mochten.

Zehn Minuten später verließ sie die breite Ausfallstraße, die weiter in Richtung Mainz führte, und steuerte den Wagen quer durch den Wiesbadener Ortsteil Erbenheim. Ein Sträßchen brachte sie schließlich zum Ziel. Der Bioladen gehörte zu einem Aussiedlerhof, dessen abgeschiedene Lage inmitten von Feldern und Streuobstwiesen den Besucher die eng besiedelte Umgebung vergessen ließ. Der Parkplatz lag vor einer Mauer. Neben einem Schild mit den Öffnungszeiten des Hofladens hing eine große Tafel mit der Aufschrift »Hundezucht Von der alten Weide – Italienisches Windspiel«. Kaum ausgestiegen, atmete Norma unwillkürlich tief ein. Es roch nach Sommer. Auf dem Hof schallte ihr Kälberblöken entgegen und weckte Erinnerungen an ihre Kindheit. Untermalt wurde es von fröhlichem Vogelgezwitscher, und die gelben Strauchrosen, die den Fußweg zum Laden säumten, empfingen sie in voller duftender Blüte.

Vor dem Laden stürmte ihr eine agile Meute junger Hunde entgegen. Zwei rehbraune, ein schwarzer und ein stahlgrauer Welpe umwuselten ihre Waden. Die Hundekinder begeisterten sich für ihre Schnürsenkel und verbissen sich in ihrem Einkaufskorb und in den Blusenärmeln, nachdem sie in die Hocke gegangen war. Spitze Zähnchen kauten auf ihren Fingern, zarte Schnäuzchen überboten sich in dem Bemühen, ihr Gesicht zu küssen. Alles geschah unter leidenschaftlichem Fiepen, Winseln und Knurren. Kurz und gut: Norma war hingerissen von diesen entzückenden Wesen, die bei aller Vitalität so zartgliedrig schienen, als könnte man sie mit einem Griff aus Versehen zerquetschen.

Als zwei stämmige, jeansbehoste Beine in ihrem Gesichtsfeld auftauchten, richtete sie sich auf und begrüßte die Biobäuerin und Hundezüchterin. »Was für ein temperamentvoller Empfang!«

Barbara Seeborn lachte herzlich. »Vier Welpen bringen Leben ins Haus, keine Frage.«

Mit sanfter Konsequenz löste Norma das besonders anhängliche schwarze Kerlchen von ihrem Schuh. Die drei Geschwister hatten in der Zwischenzeit ein neues Spiel entdeckt und attackierten mit Vehemenz ein zerschlissenes Handtuch. Nach einem behutsamen Schubs tappte Nummer vier der Rangelei entgegen, die prompt unterbrochen wurde, als eine kniehohe braune Windhündin die Welpen mit hohen Fieptönen zu sich rief.

»Bei meinem letzten Einkauf waren sie kaum halb so groß«, stellte Norma beeindruckt fest, »und lagen friedlich schlummernd im Hundekorb.«

Barbara Seeborn beobachtete das muntere Treiben mit mütterlichem Stolz. »Welpen entwickeln sich fix. Die Rasselbande ist jetzt neun Wochen alt. Unser S-Wurf übrigens. Suleika, Sofia, Sissi und der schwarze Saphir.«

»Sind Saphire nicht blau oder grün?«, wunderte sich Norma.

»Nun, es gibt sehr viel mehr Farbtöne«, gab die Züchterin gut gelaunt zurück. »Ich finde den Namen passend.«

Norma betrachtete das kleine Familienglück mit großem Vergnügen. »Ich könnte glatt schwach werden!«

»Alle vier sind vergeben«, erklärte Barbara Seeborn. »Nächste Woche kommen sie zu ihren neuen Familien. Aber wenn Sie ernsthaft interessiert sind … Sie sind sportlich und naturverbunden, Frau Tann. Ich könnte Sie mir gut mit einem Windspiel vorstellen. Vielleicht aus dem Wurf unserer zweiten Hündin im Herbst?«

Norma wiegelte lächelnd ab. »Das ist sehr nett. Aber mein Kater wäre mit einer so bezaubernden Konkurrenz nicht einverstanden.«

»Sie haben recht; eine Anschaffung wie diese muss gut überlegt sein. So zart diese Rasse wirkt, die Hunde können bis zu 14 Jahren alt werden. Eine langfristige Freude, aber auch Pflicht. Und sie wollen viel laufen.«

»Den Bewegungsdrang bezweifle ich nicht«, erwiderte Norma mit Blick auf die Hundekinder, die nach der Verschnaufpause bei ihrer Mutter bereits wieder unternehmungslustig über den Rasen tollten. »Nichts für langwierige Observationen.«

Barbara Seeborn wusste von Normas Beruf. »Arbeiten Sie zurzeit an einem spannenden Fall? Ich stelle mir das Leben einer Privatdetektivin sehr aufregend vor.«

»Ach, die meisten Fälle sind langweilige Recherchen, und die Details oft bedrückend. Dagegen war mein letzter Auftrag eine angenehme Abwechslung. Eine Art Familienzusammenführung mit Happy End. Heute Abend will ich mit meinem Freund den erfolgreichen Abschluss feiern.«

»Ich habe einen hervorragenden Bio-Riesling aus dem Rheingau. Perfekt für besondere Gelegenheiten. Kommen Sie!«

Sie schritt voran in den Ladenraum, der ehemals eine Garage gewesen sein mochte und dank eines geräumigen Glasvorbaus genügend Platz für die reichhaltige Auswahl bot. Während Norma ihre Wünsche kundtat und Barbara Seeborn das Gemüse abwog und einpackte, setzten sie ihre Plauderei fort.

»Haben Sie Erfahrung mit Hunden, Frau Tann?«

»Als Kind, ja. Auf dem Bauernhof meiner Eltern in Niedersachsen hatte ich einen Hund namens Fiete, einen schwarzen Schnauzermix. Leider war er viel zu kurz bei mir.«

»Wodurch haben Sie ihn verloren?«

»Er musste ... getötet werden. Das war schlimm für mich.«

Dezent hielt sich Barbara Seeborn mit weiteren Nachfragen zurück. »Freud und Leid liegen eng aneinander, wenn man Tiere hat. Trotzdem, für mich ist die Hundezucht ein wunderschönes Hobby«, erklärte sie und packte auf Normas Bitte eine blauschwarz glänzende Aubergine ein. »Manche Leute halten es nicht für eine Liebhaberei, wenn sie von unseren Verkaufspreisen hören. Aber auch wenn es auf einen Laien einen anderen Eindruck macht, ich lege eher Geld drauf, als an der Zucht zu verdienen. Und die ganze Familie hilft mit.«

Zu den Seeborns gehörten, wie Norma wusste, neben Barbara ihr Ehemann Helge und die Kinder Lucy und Lasse im Teenager-Alter. Wie gerufen betrat Helge Seeborn, vom Typ eher Banker als Biobauer, den Verkaufsraum, und begrüßte Norma als Stammkundin mit einem freundlichen Lächeln.

»Hast du die Welpen ins Haus gebracht?«, erkundigte sich seine Frau.

Er nickte bestätigend. »Die Kleinen sind im wahrsten Sinn des Wortes hundemüde und müssen sich ausschlafen. Juliane Sahling kommt in einem ungünstigen Moment, um mit Saphir zu spielen.«

»Hast du mit ihr gesprochen?«

»Nein, Babs, ich habe sie gar nicht persönlich gesehen. Aber ihr Geländetrumm steht draußen.«

Barbara überging die despektierliche Autobezeichnung und wandte sich wieder Norma zu – mit einem Strahlen im pausbäckigen Gesicht: »Frau Sahling ist Saphirs zukünftiges Frauchen. Sie ist völlig vernarrt in den Kleinen und besucht ihn regelmäßig. Solche Käufer wünschen wir uns!«

Auf Normas Bitte stellte sie zu den restlichen Einkäufen zwei Flaschen des Bio-Rieslings hinzu. »Soll es noch etwas sein, Frau Tann?«

Norma ging ihre Zutatenliste durch. »Tofu brauche ich noch, rote Currypaste, ein paar Gewürze. Das finde ich ja sicher dort drüben.«

Während Norma sich in einem Regal umschaute, packte die Biobäuerin die Einkäufe in den mitgebrachten Korb. Dabei wurde sie von einer stadtfein gekleideten Frau unterbrochen, die den Laden mit einem angriffslustigen Lächeln betrat.

Ohne Norma zur Kenntnis zu nehmen, kam die Dame zur Sache. »Bedaure, Frau Seeborn, aber ich kann Saphir nicht zu mir nehmen.«

Mit schnellen Schritten schoss Barbara hinter dem Verkaufstresen hervor. »Um Himmels willen, warum denn nicht? Sind Sie krank? Haben Sie ein Zeitproblem? Natürlich können Sie den Hund noch eine Weile bei uns lassen.«

»Das wird nicht nötig sein«, erwiderte Juliane Sahling kämpferisch. »Bitte geben Sie mir die Anzahlung zurück.«

Sofort schlug Barbaras Stimmung um. Ihre freundliche Miene verdüsterte sich. »Wir zwingen niemandem einen Welpen auf, das tun wir unseren Hunden nicht an. Aber eine Erklärung sind Sie mir schuldig! Sie waren so hartnäckig und haben keine Ruhe gelassen, bis wir Ihnen einen Welpen versprochen haben. Und mit einem Mal wollen Sie keinen Hund?«

»Wer sagt, dass ich keinen Hund will?«, war die energische Antwort. »Das genau ist ja der Grund, warum ich Saphir nicht nehmen kann: Seit Samstag habe ich einen.«

»Einen was?«, fragte Helge Seeborn irritiert.

»Na, einen Welpen! Ein pechschwarzes kleines Windspiel. Mindestens so entzückend wie Saphir, aber für ein Drittel des Preises, den Sie verlangen!« Sie beendete ihre Erklärung mit triumphierendem Augenaufreißen, als erwartete sie Beifall für ihren Coup.

Verständnislos schüttelte Barbara den Kopf. »Ich begreife das nicht. Saphir hängt an Ihnen, und Sie sind ganz vernarrt in den Kleinen. Das haben Sie selbst gesagt!«

Helge Seeborns Lächeln war eingefroren, als hätte es ihm die Bio-Radieschen verhagelt. »Ihretwegen haben wir weiteren Interessenten abgesagt. Wieso jetzt dieser andere Hund?«

»Er war der letzte Welpe des Wurfs und noch nicht vergeben. Deswegen war er so günstig zu haben«, erklärte Juliane Sahling eine Spur kleinlauter.

»Woher haben Sie ihn überhaupt?«, fragte Helge.

»Über eine Anzeige im Internet.«

»Aus welchem Zwinger, wenn ich fragen darf?«, erkundigte sich Barbara, sichtlich um Fassung bemüht. »Die meisten Windspielzüchter sind mir bekannt.«

»Mein Hund heißt ›Luca vom hellen Licht‹.«

Barbara schüttelte den Kopf. »Den Zwingernamen habe ich noch nie gehört. Wie alt ist der Welpe?«

»Sieben Wochen, wenn Sie es genau wissen wollen.«

»Na, dann viel Freude mit dem Tier!«, wünschte Helge sarkastisch.

»Ich will mein Geld zurück!«, verlangte die Sahling.

Barbara öffnete die Ladenkasse, zählte einige große Scheine ab und setzte handschriftlich ein paar Zeilen auf ein Blatt Papier. »Quittieren Sie hier. Nehmen Sie das Geld und verlassen Sie bitte den Hof!«

Juliane Sahling unterschrieb – nicht ohne zuvor zwei Mal nachgezählt zu haben. Als sie sich vom Tresen abwendete, bemerkte sie Norma, die sich so lange mit der Suche nach einer Currypaste ohne Fischsoße beschäftigt hatte, und streifte sie mit einem erschrockenen Blick, bevor sie aus dem Laden floh.

Barbara hatte den stürmischen Abgang kopfschüttelnd beobachtet. »Wie konnte ich mich so sehr in einem Menschen täuschen!«

»Frau Sahling wird den Welpen nicht lange haben«, knurrte Helge.

»Weil er ihr bald lästig wird?«, vermutete Norma.

»Weil er die nächsten Tage womöglich nicht überleben wird«, antwortete Barbara an seiner Stelle betrübt.

»Warum befürchten Sie das?«, fragte Norma erschrocken.

»Vermutlich stammt der Kleine aus einer Massenzucht – ›Hundevermehrer‹ trifft es eher. Die Tiere werden zu Billigpreisen verhökert.«

»Und was heißt das genau?«, hakte Norma nach.

»Die nötigen Impfungen gibt es nur auf dem Papier, und die Hunde gehen oft schon krank auf die Reise zum neuen Besitzer. Hoffentlich hat dieser Hund mehr Glück, das wünsche ich ihm«, fügte Barbara Seeborn versöhnlich hinzu. »Was kann das Tier für unseren Ärger mit der Sahling?«

5

Ein klobiger SUV, cremefarben wie die Landhausküche der Stadtwohnung, parkte dicht neben Normas kleinem Wagen und blockierte die Fahrertür. Norma stapelte die Einkäufe in den Kofferraum und ließ genügend Platz, um notfalls daran vorbeiklettern zu können. Zunächst versuchte sie es jedoch an der Beifahrertür. Sie streikte. Ärgerlich, denn wegen kaputten Scheibenwischerarmen war der Peugeot erst kürzlich in der Werkstatt gewesen. Norma hatte das betagte Gefährt günstig bekommen und wusste es wegen seiner Unscheinbarkeit fürs Observieren zu schätzen. Weniger nett war seine Angewohnheit, sie alle paar Tage mit einem neuen Defekt zu überraschen.

In diesem Moment fiel ihr ein Stück entfernt auf einem Feldweg eine schlanke Gestalt in hellblauer Hose und weißer Bluse auf. Natürlich, der SUV. Eins musste man Juliane Sahling lassen: Die Frau hatte Talent, sich beliebt zu machen! Doch warum verharrte sie auf der Stelle und starrte angestrengt auf den Boden? Als Norma mit langen Schritten losmarschierte, erkannte sie bald den Grund dafür: Ein pechschwarzes Hundekind stemmte die Pfötchen in den Schotterbelag und den zerbrechlich zarten, zitternden Körper gegen den Zug der Leine am roten Katzengeschirrchen. Wobei von Zug eigentlich nicht die Rede sein konnte. Juliane Sahling hielt die Leine wie eine Feder in der Hand.

Sie warf Norma einen hilflosen Blick zu. »Luca mag keinen Schritt laufen. Ich muss ihn überall hintragen.«

»Vielleicht kennt er das nicht.«

»Was meinen Sie?«

»Na, Schotter oder Asphalt. Der Boden ist ihm wohl nicht geheuer.«

»Dann muss ihm die ganze Welt unheimlich sein«, antwortete Juliane Sahling seufzend. »Er mag sich nirgends bewegen, auch nicht auf Rasen. Nur auf den Teppich im Flur traut er sich und macht ihn voll.«

Norma konnte für einen Moment nicht anders, als sich Juliane Sahlings Wohnung mit einem sündhaft teuren Designerteppich vorzustellen – von Hundehäufchen gespickt. Doch der Humor verging ihr schnell wieder. Verglichen mit den putzmunteren Seeborn-Hündchen schien der Welpe beängstigend matt und müde. Die verklebten Äuglein, der Trommelbauch, die zitternden Beinchen: Das Hündchen wirkte sterbenskrank.

Juliane Sahling musterte ihren Hund mit mütterlicher Sorge. Nachdem sie sich gebückt und ihn auf den Arm genommen hatte, entschuldigte sie sich für den Streit im Laden. Sie habe Norma zu spät bemerkt. »Dass die Seeborns aber auch so aus der Haut fahren! Die ganze Zeit war von einer Warteliste für Welpenkäufer die Rede. Da kann es nicht so schwer sein, einen neuen Besitzer für Saphir zu finden.« Aufgebracht fügte sie hinzu: »Obwohl der Preis happig ist. 1.500 Euro verlangen sie für einen Welpen. 1.500!«

Der dafür immerhin, anders als dieser kleine Kerl, quietschlebendig war. Norma betrachtete das schmächtige Hundeelend in der Armbeuge seiner Besitzerin, die nicht bemerkte, wie der Kleine begann, sein Geschäft in luftiger Höhe zu erledigen. Ein schwarzbraunes Rinnsal ergoss sich über das weiße Leinen.

Norma räusperte sich. »Vorsicht, Ihre Bluse!«

»Ach, du lieber Himmel! Jetzt hat er auch noch Durchfall.«

Erschrocken hielt Juliane Sahling ihren Schützling mit ausgestreckten Armen von sich. Der Welpe winselte schwach und ließ das Köpfchen hängen. Das Rinnsal nahm eine blutrote Farbe an und tropfte, stechend nach Krankheit riechend, ins Gras.

Verstört betrachtete Juliane das Hundekind. »Was mache ich nur mit ihm?«

»Bringen Sie ihn schnellstens zum Tierarzt«, schlug Norma vor.

»Tierarzt, ja! Aber ich kenne keinen, bin noch gar nicht vorbereitet …«, stammelte sie. »Wissen Sie jemanden?«

Der Welpe zitterte und wimmerte erbärmlich, und sein Frauchen schien von der Situation überfordert.

»Kommen Sie!«, sagte Norma. »Erst mal zurück zum Wagen!«

Während sie zu ihren Autos hasteten, nahm sie das Telefon aus der Tasche und rief bei den Seeborns an. Barbara meldete sich und klang entsetzt, als Norma ihr die Symptome des Hündchens schilderte. Norma blieb kurz stehen und notierte eine Adresse auf der Rückseite ihrer Visitenkarte. Am Parkplatz angekommen reichte sie die Karte weiter.

Juliane las die handschriftliche Notiz. »Dr. Marius Nemenz?«

»Eine Empfehlung von Barbara Seeborn, ein Hundespezialist. Bringen Sie Luca am besten sofort dorthin.«

Juliane bedankte sich für die Hilfe. »Was wollten Sie eigentlich von mir?«

»Ihr Wagen! Sie haben mich eingeparkt.«

»Du meine Güte, heute läufts wohl wie am Schnürchen.«

Juliane öffnete die Heckklappe und setzte den Welpen

in eine Gitterbox. Dann sah sie kopfschüttelnd an sich herunter. »Ich muss zuerst nach Hause und mich umziehen.«

»Sie sollten keine Zeit verlieren. Ziehen Sie die Jacke an!«

Eilig wechselte Juliane die verschmutzte Bluse gegen die leichte Strickjacke, die Norma auf der Rückbank des SUV entdeckt hatte, und bat Norma, der sowieso nichts anderes übrig blieb, eine Sekunde zu warten.

Juliane lehnte sich durch die Fahrertür in den Wagen und drehte sich mit einer Visitenkarte in der Hand wieder zu Norma. »Kommen Sie in meinen Kosmetiksalon. Maniküre, Pediküre, Waxing, Sugaring, ganz wie Sie möchten. Als Wiedergutmachung für die Umstände zum Spezialpreis.«

Norma fand eine Sonderbehandlung in Sachen Waxing und Sugaring wenig verlockend, nahm die Karte aber der Höflichkeit halber entgegen. Mit schnurrendem Motor rollte der SUV wenig später los.

6

Bruce.

Sobald Sandro Alandt an ihn dachte – und das tat er in diesen Tagen sehr oft –, griffen die Hände wie ferngesteuert an die eigene Kehle, fuhren unter den Schal und tasteten über die buckligen Narbenwülste, die nicht mehr schmerzten; er hätte nicht sagen können, seit wann. Doch die Angst war geblieben. Und gewachsen. Die Panik, bei lebendigem Leib zerrissen zu werden, schnürte seinen Brustkorb zusammen und legte sich wie ein bleischweres Tuch über seinen Körper. Vielleicht hätte er damals die Attacke verhindern können, hätte er sich gewehrt. Aber er war wie gelähmt gewesen. Wie eingefroren. Wie in Todesstarre auf den Boden getackert, nachdem die Wucht des Angriffs ihn zu Fall gebracht hatte.

Sein Versagen. Der Gedanke an seine Hilflosigkeit, an dieses Ausgeliefertsein trieb ihm die Schamröte ins Gesicht. Und jetzt könnte ausgerechnet Bruce die Lösung sein? Die Lösung seines Problems. Seines Problems namens Rainald. Sein Schwager Rainald.

Nachdem Plan A, ebenso spontan wie dilettantisch umgesetzt, komplett danebengegangen war, wurde es Zeit, über Plan B nachzudenken.

B wie Bruce.

7

Norma brachte die Einkäufe im Gemüsekühlfach und den Riesling – ungewohnter Luxus – im durchdesignten Weinkühlschrank unter und begab sich mit einer skurrilen Detektivgeschichte, einer Buchempfehlung von Timon, auf den Balkon. Sie blendete alle Geräusche der Straße aus und vertiefte sich in die Kapitel. So verstrich die Mittagszeit wie im Flug. Als Norma ohnehin gerade eine Lesepause einlegen wollte, meldete das Mobiltelefon einen unbekannten Anrufer. Sie nahm das Gespräch an.

»Juliane Sahling hier!« Die Stimme klang verweint und zugleich von hilflosem Zorn erfüllt.

Norma ahnte, was passiert war. »Ist was mit Luca?«

»Er ist gestorben. Der Tierarzt konnte ihm nicht mehr helfen. Der arme Kleine … Ich habe auf Ihrer Karte gelesen, dass Sie Privatdetektivin sind. Können wir uns treffen? Heute Nachmittag?« Sie schlug ein zentral gelegenes Café in einer Einkaufspassage der Wilhelmstraße vor.

Um 15 Uhr machte Norma sich auf. Das Übergangsdomizil im äußeren Westend bot als praktischen Vorteil kurze Fußwege in die Stadtmitte. Sie verlangsamte ihre Schritte, damit sie nicht in der prallen Sonne ins Schwitzen geriet, und spazierte gemächlich entlang der Bleichstraße, die den stark befahrenen Ersten Ring kreuzte und sich danach zunehmend mit lebendiger Betriebsamkeit füllte. Internationale Supermärkte und kleine Kioske wechselten sich mit Telefonshops, Schnellimbissen und bunten Läden aller Art ab. Jenseits der Schwalbacher Straße, über die sich die Autokolonnen in jeder Fahrtrichtung mehrspurig voranschoben, begann die Fußgängerzone. Zwischen den Geschäften und Kaufhäusern staute sich die Nachmittagshitze. Die Cafétische auf dem Mauritiusplatz waren eng besetzt. Wie gern hätte Norma es den Kindern nachgemacht, die sich in der Nähe barfuß und mit vergnüglichem Quietschen in Wasserfontänen stürzten, die in Vierergruppen aus sieben schwarzen Steinquadern emporsprudelten. Vor dem Stadtschloss, dem Sitz des Hessischen Landtags, versperrte ein Übertragungswagen des Hessischen Rundfunks die Sicht auf das Neue Rathaus. Norma entging knapp einer Reporterin, die mit Kamerafrau und Tonmann im Schlepptau Passanten abfing und wirkungsvolle Strategien gegen den Hitzekoller erfragte. Norma zog nichts vor die Kamera, und sie entschwand flotten Schrittes zum Dern'schen Gelände, wo die Marktbeschicker damit beschäftigt waren, die letzten Stände abzubauen.

Als sie das Café in der Passage gefunden hatte und durch die Scheiben spähte, winkte Juliane ihr von innen zu. Der kleine Raum empfing seine Gäste mit erfrischender Kühle. Sichtlich angespannt saß Juliane auf der Bank am hintersten Tisch und hatte die geräumige Handtasche und den sorgsam zusammengefalteten Blazer neben sich ausgebreitet. Wer in aller Welt brauchte bei dieser Affenhitze einen Blazer?, fragte sich Norma, die eine Caprihose und ein schlichtes Top trug und sich vor dem Losgehen rasch die Lippen nachgezogen hatte. Julianes Gesicht dagegen war bis ins Detail professionell aufgehübscht. Wie man eine solche Perfektion bei diesen Temperaturen aufrechterhalten konnte, war Norma ein Rätsel.

»Gegen Kummer hilft Süßes«, erklärte Juliane mit einem gequälten Lächeln und schob Norma die Speisekarte zu.

»Ich bekomme ein Honorar, wenn Sie mich beauftragen.«

»Verstehe! Sie halten mich für geizig. Aber mir geht es nicht ums Geld«, erklärte Juliane entschieden. »Mein Kosmetikstudio läuft bestens. Mir kommt es auf ein paar hundert Euro nicht an. Doch ich bin Geschäftsfrau, und wenn ich ein besseres Angebot bekommen kann …«

»Deswegen also hat Sie das Internetangebot gereizt. Und der große Preisunterschied hat Sie nicht misstrauisch gemacht?«

Juliane zuckte mit den Schultern. »Warum hätte ich Bedenken haben sollen? Sonderangebote gibt es immer und überall.«

»Was sich in diesem Fall nicht ausgezahlt hat«, urteilte Norma kühl und wappnete sich im Stillen für harte Honorarverhandlungen. »Der Kaufpreis ist verloren. Den Tierarzt müssen Sie bezahlen. Dazu kommt das Leid des Tieres. Abgesehen von Ihrem eigenen Kummer.«

Als wollte sie sich die Augen reiben, hob Juliane die Hand, stoppte aber die Bewegung, bevor sie die getuschten Wimpern erreichte. Ein berufsbedingter Reflex, wie Norma vermutete. »Bedauernswerter kleiner Luca! Zugegeben, ich war naiv. Aber vielleicht kann ich etwas gutmachen und der Frau ins Handwerk pfuschen. Mit Ihrer Hilfe. Einverstanden?«

Die Waffeln wurden serviert, ergänzt von tiefrotem Kirschkompott und einem dicken Klacks Sahne.

Bei der zweiten Runde Tee und Cappuccino einigten sie sich auf ein Stundenhonorar, mit dem beide zufrieden waren. Danach ging es an die Fakten. Immerhin war Juliane so geistesgegenwärtig gewesen, die Internetanzeige auszudrucken, deren Informationsgehalt leider mäßig ausfiel. Unter dem Foto eines Welpen standen der Name der

Anbieterin, Tilda Auerbach, sowie eine Mobiltelefonnummer und ein kurzer Text, wonach das Italienische Windspiel »Luca vom hellen Licht« kerngesund, geimpft, entwurmt und im Kreise seiner Geschwister liebevoll von der Züchterin aufgezogen worden sei.

»War Luca nicht süß?«, flötete Juliane.

Norma sah genauer hin. »Hatte Luca einen weißen Fleck an der Kehle?«

»Nein, Luca war durch und durch schwarz. Zeigen Sie mal!« Sie zog den Zettel heran und beugte sich darüber. »Das ist nicht Luca. Wieso ist mir das nicht früher aufgefallen?«

»Haben Sie eine E-Mail-Adresse von Tilda Auerbach?«

Juliane verneinte. »Wir haben nur einmal telefoniert und wurden uns sehr schnell einig.«

»Wie lief das Gespräch ab?«

Sie habe am Freitag angerufen, das »süße Foto« sei ihr aufgefallen. »Das Warten auf Saphir hat mir zu schaffen gemacht. Tilda Auerbach klang ungemein sympathisch! Luca gehöre einer Freundin aus Köln, einer preisgekrönten Züchterin, die überraschend ins Krankenhaus müsse und sich nicht mehr um den Welpen kümmern könne. Ganz uneigennützig wolle sie, Tilda Auerbach, den Hund vermitteln und Wiesbaden, das sei ja perfekt! Sie müsse am Samstag von Köln nach Frankfurt und würde mir den Hund vorbeibringen. Wir einigten uns über den Preis. Morgen schon, dachte ich nur und habe mich so gefreut!«

Ein kreuzunglücklicher Blick traf Norma, die sich in sachlichem Ton erkundigte, wo die Übergabe stattgefunden habe.

»Tilda Auerbach hat das Jagdschloss Platte vorgeschlagen«, fuhr Juliane fort, »das würde sie kennen. Als ich ankam, saß sie auf einer Bank und schaute auf die Stadt hinunter. Den Hund hielt sie auf dem Schoß.«

»Und was hatte sie noch dabei?«

Juliane seufzte. »Einen Impfpass und eine Ahnentafel. Beides gefälscht, sagt Dr. Nemenz.«

Der Tierarzt. Norma erinnerte sich an Barbara Seeborns Tipp. »Kein Vertrag? Keine Rechnung?«

»Nichts Schriftliches, leider.«

»Was ist mit dem Auto? Das Kennzeichen?«

»Keine Ahnung, der Parkplatz stand ziemlich voll. Ich bin vor ihr losgefahren. Der Hund solle so schnell wie möglich in sein neues Zuhause, sagte sie. Er brauche Ruhe nach der langen Fahrt von Köln.«

»Und sonst? Was ist Ihnen aufgefallen?«

Mit der Menükarte fächelte sich Juliane Luft zu. »Die Papiere steckten in einer Stofftüte mit aufgedruckten Stadtansichten. Die Marktkirche war abgebildet. Das Kurhaus mit den Kaskadenbrunnen. Das Alte Rathaus.«

Wiesbaden also. »Wie sah die Frau aus?«

»Durchschnittlich würde ich sagen. Kräftig, aber nicht dick. Anfang 30. Kurzhaarfrisur, dunkel mit Strähnchen, ein bisschen altbacken. Und die Augen sind mir aufgefallen: braun und mit übertriebenem Lidstrich.«

»Wie groß war sie?«

»Kleiner als Sie, aber nicht viel.«

»Um die 1,68 Meter?«

»Könnte hinkommen«, meinte Juliane.

Eine präzise Beschreibung, die allerdings auf unzählige Frauen zwischen Köln und Frankfurt passte. Hätten sie ein Foto, ließe sich womöglich über eine Suchmaschine etwas finden, dachte Norma. Aber so hatten sie kaum eine Chance.

»Mir fällt ein, es gibt ein Handyfoto«, sagte Juliane, als könnte sie Normas Gedanken lesen. »Die Auerbach wurde ärgerlich, deswegen habe ich nur die eine Aufnahme.«

Gespannt übernahm Norma das Handy. Das kleine Display zeigte das Bild des schwarzen Welpen, der sich in einen nackten Arm schmiegte. Nicht sehr ergiebig. Sie bat Juliane trotzdem, ihr das Bild per Mail zu schicken.

»Werden Sie die Frau finden?«, fragte Juliane, als sie draußen in der Passage standen.

»Mit nicht mehr als der Beschreibung von einer Wiesbadener Stofftasche und dem Namen Tilda Auerbach, der, jede Wette, falsch ist? Versuchen werde ich es. Versprechen kann ich nichts.«

Juliane verabschiedete sich. Norma ließ sie vorausgehen. War es klug, diesen Auftrag anzunehmen? Mehr als einen Tag Recherche würde sie dafür jedenfalls nicht verschwenden. Im beginnenden Abendlicht, das die roten Backsteintürme der Marktkirche zum Glühen brachte, schlängelte sich die kleine Stadtbahn heran und kam an der Haltestelle zum Stehen. Die Fahrerin, eine rundliche Frau mit hellem Lockenkranz, verabschiedete sich in herzlichem Ton von ihren Fahrgästen.

Hinter Norma rief jemand: »Norma, bist du es? Norma Tann!«

Als sie sich umwandte, stand sie Dorit Rusack gegenüber, einer ehemaligen Kollegin der Schutzpolizei, mit der sie sich während ihrer Zeit beim Polizeipräsidium regelmäßig schweißtreibende Squash-Matches geliefert hatte.

»Wie lange ist das her?«, fragte Dorit. »Als ich dich zuletzt gesehen habe, hast du haushoch gegen mich verloren.«

»War es nicht genau andersrum?«

»Kann gar nicht sein!«

»Das sollten wir bei einem kühlen Drink ausdiskutieren«, schlug Norma vor.

»Geht leider nicht, ich bin im Dienst. Ich muss mit der Dame dort sprechen.« Sie wies unauffällig auf die THermine-Fahrerin, die freundlich mit den Fahrgästen scherzte.

»Hat sie was angestellt?«

Dorit winkte ab. »Ganz im Gegenteil, aber ich muss ihre Aussage überprüfen. Ich führe leider nicht das aufregende Leben einer freien Detektivin.«

Norma lachte. »Frust und Papierkram gibt's auch bei mir.«

Dorit verabschiedete sich und wendete sich der Fahrerin zu. Aus der Ferne beobachtete Norma die beiden Frauen im Gespräch. Dorit Rusack hatte den Ruf einer besonnenen Polizistin, die ihren Beruf wahrhaftig liebte. Für einen winzigen Moment war Norma beinahe neidisch auf die ehemalige Kollegen, die sich nicht mit den Unwägbarkeiten eines freiberuflichen Ermittlerdaseins herumplagen musste. Doch das Gefühl verflog so schnell, wie es gekommen war. Norma hatte aus den starren Regeln des Polizeidienstes ausbrechen wollen, und es war die richtige Entscheidung gewesen. Mit sich im Reinen machte sie sich auf den Weg zu Dr. Marius Nemenz.

8

»Ich müsste Sie sprechen, Frau Luven. Die Angaben der Beteiligten sind widersprüchlich, und ich möchte die Sache zum Abschluss bringen. Können wir uns nach Ihrem Dienstschluss treffen?«

Während des Stopps an der Neroberg-Talstation hatte Josefine die Mailbox abgehört. Dorit Rusacks Stimme klang ebenso höflich wie bestimmend. Die Polizistin war mit einem Kollegen zufällig in der Nähe gewesen und hatte Josefines Aussage unmittelbar nach dem Ereignis am Samstagnachmittag aufgenommen. Beunruhigt steuerte Josefine die THermine zum letzten Mal an diesem Tag durch die Taunusstraße zurück zur Endstation. Was sollte an ihren eigenen Angaben falsch sein? Sie hatte den Vorfall bis ins kleinste Detail beschrieben, und wenn sie sich auf zwei Dinge verlassen konnte, dann auf ihre Beobachtungsgabe und ihr Gedächtnis. Zum Glück war der Mann, den sie beinahe getötet hätte, nach der Pause nicht zur Russischen Kirche zurückgekehrt und wieder bei ihr eingestiegen. Auf der zweiten Hälfte der Tour war sie folglich von seinen Blicken unbehelligt geblieben.

Nun brachte sie die Bahn vor der Tourist-Information zum Stehen und verabschiedete sich durch das Mikrofon von den Fahrgästen. Ein kleines Grüppchen hatte bereits auf den Stufen zum Marktgewölbe auf die THermine gewartet und kam erwartungsvoll heran. Unter ihnen ein Mann mit Schaffnermütze umringt von Kindern, die ihn mit Fragen löcherten und denen er gut gelaunt Rede und Antwort stand.

»Bitte einsteigen, meine Herrschaften!« rief er und deutete galant auf die beiden Wagen, bevor er an Josefines Seite trat. »Alles paletti, Kollegin?«

»Alles paletti«, gab sie zurück und lächelte Pablo Kalabis zu, der sie eingewiesen und ihre Anfängerzappeligkeit mit väterlicher Geduld ertragen hatte.

»Hab doch gesagt: Du kriegst das alleine hin. Die Vollbremsungen neulich hast du auch gemeistert.«

»Ist gerade noch gut gegangen«, gab Josefine beunruhigt zur Antwort. »Bis morgen, Pablo.«

Als sich die Bahn zur nächsten Runde in Bewegung setzte, trat Dorit Rusack aus dem Schatten der Bäume hervor, die den Aufgang zum Café säumten. Sie habe in der Nähe zu tun gehabt, erklärte die Polizistin zuvorkommend, und Josefine den Weg zum Revier ersparen wollen.

»Was meinen Sie mit ›widersprüchlich‹?«, fragte Josefine geradeheraus. »Ich weiß, was ich gesehen habe.«

Dorit Rusack ging nicht darauf ein und schlug stattdessen vor: »Setzen wir uns? War den ganzen Tag auf den Beinen.«

Sie eilte voraus zu einer Bank, die soeben frei geworden war. Josefine folgte langsamer. Sie fühlte sich unwohl und hockte sich auf die Kante.

Aufmunternd nickte Dorit Rusack ihr zu. »Also, Frau Luven! Sie waren am Samstagnachmittag mit der Bahn auf dem Weg ins Depot. Vor dem Hauptbahnhof sind Sie, vom Ersten Ring kommend, nach links in die Sulzbachstraße abgebogen. Richtig?«

Josefine nickte. »Richtig.«

»Und außer Ihnen befand sich niemand in der Bahn? Kein Fahrgast?«

»Nee, nur ich. War ja unterwegs in die Garage.«

»Wie schnell fuhren Sie?«

»20 Stundenkilometer in etwa. Die THermine macht nicht mehr als 25, und ich habe kein Vollgas gegeben«, antwortete Josefine, die sich allmählich fing.

»Und die zwei Passanten warteten am rechten Straßenrand?«

Konzentriert schloss Josefine die Augen, um sich das Bild der beiden Männer in Erinnerung zu rufen. »Ja, wie ich schon gesagt habe: zwei Männer, dicht nebeneinander. Auf der Bordsteinkante. Vorn, in meiner Richtung, der Kleinere. Der Mann, der gestoßen wurde. Hinter ihm der Größere mit dem Backenbart und dem Schal, der den anderen gestoßen hat. Wenn ich nicht sofort auf die Bremse …« Ihre Stimme hatte zu zittern begonnen, angetrieben vom Herzschlag, der ihr wild bis in den Hals hineinpochte. Die verschränkten Finger klebten verschwitzt aneinander. »Was wollen Sie eigentlich von mir?« Wie zur Bestätigung wiederholte sie: »Wenn ich nicht in letzter Sekunde …«

»Frau Luven, beruhigen Sie sich. Niemand macht Ihnen einen Vorwurf. Ganz im Gegenteil. Sie haben schnell und besonnen gehandelt, und keiner wurde verletzt.«

Die Lok war so knapp zum Stehen gekommen, dass die Stoßstange den Mann am Boden berührt, aber nicht verletzt hatte. Josefine erinnerte sich mit Grausen an diesen Anblick.

Die Polizistin sah streng drein. »Bleiben Sie bei der Aussage, der größere Mann habe den Kleineren vor die Bahn gestoßen?«

»Aber so war es!«

»Frau Luven, ist Ihnen bewusst, wie gravierend diese Anschuldigung ist?«

»Ich habe es mit eigenen Augen gesehen«, antwortete

Josefine mit flatternder Stimme. »Wie er ihn an den Schultern gepackt und auf die Straße gestoßen hat. Wenn ich nicht in letzter Sekunde … Warum glauben Sie mir nicht?«

»Ja, sehen Sie«, erklärte die Polizistin mit beginnender Ungeduld, »die beiden Männer schildern den Hergang vollkommen anders. Rainald Prüsse – den Sie den Kleineren nennen – hat ausgesagt, er sei alkoholisiert gewesen und habe vermutlich das Gleichgewicht verloren.«

»Was heißt vermutlich?«

»Er war stark angetrunken. Aus Kummer, wie er sagt, über den Tod seiner Mutter, die am Mittag desselben Tages verstorben ist. Genau erinnert er sich nicht. Aber in einem ist er sich absolut sicher: Sein Schwager, Sandro Alandt, habe versucht, ihn aufzufangen.«

»Lüge! Gestoßen hat er ihn. Ich hab's doch gesehen.«

Dorit Rusack straffte die Schultern. »Überlegen Sie gut. Ihre Version widerspricht den Aussagen der beiden Männer.«

Mit einem Mal begriff Josefine. »Sie halten mich für eine Angeberin, nicht wahr? Für eine, die sich wichtigmachen will!«

»Das sagen Sie, Frau Luven!«

Josefine wandte den Blick ab und sah auf den Boden. Eine Taube näherte sich mit eilig nickendem Kopf, um einer anderen eine Brotrinde abzujagen. Als Josefine den Fuß bewegte, flatterte sie schwerfällig auf, während die andere ungerührt weiterpickte.

»Herr Prüsse hat nicht die Absicht, Anzeige gegen seinen Schwager zu erstatten«, erklärte die Polizistin streng. »Bis auf ein paar Schürfwunden und blaue Flecken blieb er unverletzt. Wenn Sie Ihre Aussage korrigieren, hat sich die Angelegenheit für alle erledigt.«

Und du hast weiter keine Arbeit damit, Frau Polizistin, dachte Josefine. »Und wenn ich trotzdem dabei bleibe?«

»Dann treffen wir uns auf dem Revier und verfassen ein Protokoll. Ihre Entscheidung.«

Der Gedanke an ein Protokoll brachte Josefines Widerstand in Wanken. »Muss ich das selbst schreiben?«

Dorit Rusack lächelte überrascht. »Natürlich nicht, das nehmen wir auf. Sie brauchen den Text nur zu lesen und zu unterschreiben.«

»Und wenn ich mich vielleicht doch geirrt habe?«, warf Josefine ein, hin- und hergerissen zwischen Pflichtgefühl und Sorge wegen des Protokolls.

»Dann hat sich die Sache erledigt. Ist ja nichts passiert bei dem Unfall, oder doch? Wurden Sie selbst verletzt? Oder die Bahn verkratzt?«

»Nein, nichts dergleichen«, versicherte Josefine schnell. »Okay, ich habe mich geirrt. Der Mann wurde nicht gestoßen.«

»So werde ich das in den Akten vermerken.« Die Polizistin erhob sich erleichtert. »Denken Sie trotzdem in Ruhe drüber nach. Wenn Sie Ihre Aussage nochmals korrigieren wollen, melden Sie sich. Ist noch was?«

Zögernd sagte Josefine: »Der Mann, den ich beinahe überfahren hätte … Ich glaube, er verfolgt mich.«

Skeptisch runzelte Dorit Rusack die Stirn. »Was soll das heißen: Sie glauben? Verfolgt er Sie nun oder nicht?«

»Er setzt sich in die Bahn. Zahlt nicht. Sagt nichts.«

»Und Sie?«

»Wie, ich?«

»Na, was sagen Sie?«

Josefine warf der Polizistin einen entrüsteten Blick zu. »Was soll ich dazu sagen?«

»Na, Rainald Prüsse zum Beispiel auffordern, eine Fahrkarte zu lösen, wie es sich gehört.«

»Die Karte zahle ich für ihn. Damit alles seine Ordnung hat.«

»Haben Sie Angst vor dem Mann? Bedroht er Sie?«

»Ich weiß nicht. Nein.«

»Was soll das heißen, Frau Luven? Bitte äußern Sie sich konkret: Hat er Sie bedroht?«

»Nein, hat er nicht. Aber er ist mir unheimlich, irgendwie.«

»›Irgendwie‹ reicht nicht. Rufen Sie mich an, falls die Sache eskaliert, versprochen? Hier, meine Karte.«

Ohne es weiter zu beachten, schob Josefine das Stück bedruckte Pappe in ihre Jackentasche, während sie Dorit Rusack nachsah, die bald schon zwischen den Passanten außer Sicht geriet. Wenigstens kannte sie nun den Namen des Mannes. Und hatte erfahren, dass er am Samstag seine Mutter verloren hatte.

9

Auf der Rheinstraße schritt Norma flott voran. Neben ihr rollten die Autokolonnen dicht an dicht über den historischen Boulevard mit seinen Bürgerhäusern, die sich über hunderte Meter mit ihren von Erkern und Balkonen geschmückten Backsteinfassaden aneinanderreihten. Bald kam die Ringkirche in Sicht, vom Verkehr umströmt wie so manche Trutzburg vom Wasser. Die sie umgebenden Jugendstilhäuser schienen vom Feierabendverkehr unberührt. In einer Nebenstraße, die sich mit kaum weniger prächtigen, von hohen Bäumen beschatteten Fassaden schmückte, wurde es fast übergangslos ruhiger. An einem Durchgang stieß Norma auf das Praxisschild von Dr. Marius Nemenz. Die Sprechzeiten waren mit 9 bis 12 Uhr und 15 bis 17 Uhr angegeben. Ihr Handydisplay zeigte 16.58 Uhr an. Norma durchquerte den Innenhof und schritt vorbei an sprießenden Kübelpflanzen und drei Autostellplätzen, die für die Tierarztpraxis reserviert waren. Zwei Parkplätze waren frei, auf dem dritten war ein Kombi mit dem Namenszug des Tierdoktors abgestellt. Kurz nachdem Norma an einer Glastür geklingelt hatte, wurde sie von einem mittelalten, rundgesichtigen Mann geöffnet. Unter seinem Karohemd zeichnete sich ein deutlicher Bauchansatz ab.

»Dr. Nemenz?«, fragte Norma.

»Wie dort zu lesen steht.« Dr. Nemenz deutete mit dem Daumen auf das Klingelschild und schaute an Norma vorbei zum Parkplatz. »Zu Fuß gekommen? Wo ist Ihr Hund?«

Sie schüttelte den Kopf. »Ich habe keinen Hund. Nur einen Leihkater, aber dem geht es gut.«

Ein lautes, ansteckendes Lachen schallte ihr entgegen. »Verzeihen Sie meine Ignoranz. Es gibt Menschen ohne Hund, was ich bisweilen vergesse. Was führt Sie zu mir?«

Norma nannte ihren Namen. »Ich bin Privatdetektivin.«

»Oh, tatsächlich? Und Sie handeln im Auftrag von …?«

»Juliane Sahling. Sie hat heute Vormittag ihren Welpen verloren.«

»Das tote Windspiel also.«

Sein Blick ging nach unten auf einen braun-weiß gescheckten Terrier, der herangezuckelt war und auf der Türschwelle herumschnüffelte, ohne den Gast zu beachten. Ein recht betagtes Hundchen, wie der staksige Gang und die ergraute Schnauze verrieten.

»Es gibt gewisse Merkwürdigkeiten im Zusammenhang mit dem Kauf des Welpen«, sagte Norma.

»Dem würde ich nicht widersprechen. Aber ich gebe keine Auskunft über Kunden und Patienten.«

Darauf war Norma vorbereitet. »Moment bitte!«

Sie griff nach dem Mobiltelefon und wählte Julianes Nummer, die den Anruf erwartet hatte. Nemenz übernahm das Gespräch und stellte zwei, drei präzise Fragen zum Ablauf der Behandlung, die nur Juliane beantworten konnte. Norma betrachtete so lange den kurzbeinigen Hund, der nun vor ihren Füßen hockte und philosophierend auf den Hof hinausblickte.

Der Tierarzt beendete das Gespräch und gab das Telefon mit einer Entschuldigung zurück. »Ich musste sichergehen. Meinen Patientenbesitzern gegenüber fühle ich mich verpflichtet.«

»Selbstverständlich.«

Einladend zog er die Glastür auf. »Auf Frau Sahlings ausdrücklichen Wunsch dürfen wir über alles offen reden. Gehen wir in mein Büro.«

Der Terrier trottete vorweg und legte sich, die prallen Hinterkeulen wie bei einer Yogaübung nach hinten ausgestreckt, auf den Läufer, der als gestreiftes Rechteck auf dem grauen Linoleum etwas Farbe in den kargen Raum brachte. Der Tierarzt wies auf die Sitzecke neben dem Schreibtisch und sank in einen Sessel nieder, nachdem er Norma mit knapper Geste einen Platz auf der Ledercouch zugewiesen hatte.

»Was die Merkwürdigkeiten betrifft«, begann er unverblümt, »war ich heute Morgen reichlich verwirrt.«

Norma saß kaum, als sie schon das kühle Leder durch den Hosenstoff spürte. »Was hat Sie verwundert?«

»Nun, Frau Sahling erschien hier in Tränen aufgelöst. Ich kannte sie vorher nicht. Sie sagte, sie komme auf Empfehlung von Barbara Seeborn.« Erklärend fügte er an: »Das ist eine Züchterin aus Erbenheim.«

Norma nickte ihm zu. »Ich kenne die Seeborns.«

»Dann verstehen Sie meine Bestürzung beim Anblick des Windspiels. Die Seeborns sind erfolgreiche und fachkundige Züchter. Wie konnte Barbara einen Welpen in solch erbärmlichem Zustand abgeben?, fragte ich mich.«

»Die Seeborns haben den Hund nicht verkauft.«

»Damit rückte Frau Sahling auf mein nachdrückliches Fragen schließlich heraus«, erklärte der Doktor. Die Verärgerung war ihm deutlich anzumerken. »Sie hat den Hund übernommen, ohne sich über dessen Herkunft zu informieren.«

Norma fühlte sich bemüßigt, ihre Mandantin in Schutz zu nehmen. »Die Art und Weise, wie der Kauf ablief, sieht sie im Nachhinein als Fehler.«

»Frau Sahling ist skrupellosen Betrügern aufgesessen«, meinte Nemenz, nun milder gestimmt. »Wie viele andere, die Welpen zweifelhafter Herkunft im Internet kaufen oder von einem Parkplatz mitnehmen, wo die Hunde aus dem Kofferraum heraus verhökert werden. Oft landen diese Welpen kurz darauf todkrank bei mir und meinen Kollegen.« Er schüttelte den Kopf über so viel Unverstand.

»Sicher ist auch Mitleid im Spiel«, warf Norma ein, der sich das Bild erbarmungswürdiger Hundekinder aufdrängte.

»Aber ja! Man will einen Hund retten. Wer könnte das besser nachempfinden als ich als Tierarzt und Hundefreund? Deswegen funktioniert die Masche. Neben dem Mitgefühl setzen die kriminellen Hundehändler auf die Schnäppchenmentalität der Leute. Den Käufern ist gar nicht klar, was für einen grausamen Hundemarkt sie mit ihrer Naivität anheizen.« Die Entrüstung stand ihm auf die rundlichen Wangen geschrieben.

»Inwiefern grausam?«

»Wo soll ich anfangen?«, entgegnete Nemenz aufgebracht. »Bei den Hündinnen, die als Gebärmaschinen missbraucht werden? Die unter Schmerzen dahinvegetieren, weil ihr Gesäuge zerbissen und permanent entzündet ist? Bei den Welpen, die mit vier bis sechs Wochen viel zu früh entwöhnt werden? Viele dieser Vermehrer sind in Osteuropa angesiedelt. Von dort werden die Hunde in den Westen geschleust. Zu Leuten, die sich oft überstürzt zum Kauf entscheiden und mit einem kränkelnden jungen Hund völlig überfordert sind.«

»Und die Käufer nehmen das hin?«

»Was bleibt ihnen anderes übrig? Kaum einer mag sein Tier in schlechte Hände zurückgeben. Sofern man den deutschen Zwischenhändler überhaupt ausfindig machen kann. Nein, die meisten Besitzer wollen einfach nur, dass der Hund gesund oder von seinen Leiden erlöst wird. Kaum jemand hat danach die Nerven für eine Anzeige oder womöglich für einen Prozess.« Er beugte sich interessiert vor. »Frau Sahling sieht das offensichtlich anders. Sonst wären Sie nicht hier.«

»Sie lässt sich nicht gern hinters Licht führen.«

»Kann ich verstehen. Aber entschuldigen Sie die Frage: Wieso engagiert Frau Sahling eine Privatdetektivin? Sie könnte die Angelegenheit der Polizei und Staatsanwaltschaft überlassen.«

»Wozu ich ihr geraten haben. Aber wie Sie selbst gesagt haben, angesichts der dürftigen Beweislage wäre das im Augenblick wenig erfolgversprechend.«

»Na, dann viel Glück für Sie!«

»Danke«, sagte Norma, die Ironie ignorierend. »Sie könnten mir helfen.«

Nemenz blinzelte gegen das Sonnenlicht, das in hellen Streifen die Jalousie durchbrach und ein Muster auf sein Mondgesicht zeichnete. »Stellen Sie Ihre Fragen, Frau Tann!«

»Danke«, wiederholte sie. »Ich habe verstanden, dass die Zucht der Hunde …«

»Vermehrung«, warf Nemenz ein. »Mit Zucht hat das nichts zu tun.«

»… dass die Vermehrung der Hunde unter katastrophalen Bedingungen stattfindet. Der erste Teil des Betrugs?«

»In jedem Fall bei solchen Welpen, die in den Anzeigen als liebevoll aufgezogen und das Familienleben gewohnt angepriesen werden. Für die Sozialisation sind die ersten Lebenswochen der Welpen entscheidend.«

»Heißt das im Klartext: Ein Massenzuchtwelpe hat eine Macke?«

»Damit muss man rechnen. Trotzdem kann sich auch so ein Welpe zu einem liebenswerten, angenehmen Hausgenossen entwickeln. Schließlich besitzt jeder Hund individuelle Stärken. Der Betrug liegt vor allem im Fälschen der Dokumente. Bin gleich wieder da.«

Der Terrier hob kurz den Kopf, als der Tierarzt den Raum verließ, döste jedoch sofort weiter, bis sein Herr zurückkehrte und ein weißes Stoffbündel mitbrachte, das er mit latexbehandschuhten Händen auf dem Schreibtisch ausbreitete. Unter dem weißen Frottee kam schwarzes Fell zum Vorschein.

»Kommen Sie, Frau Tann!«

Norma stand auf und trat an den Schreibtisch heran. Luca sah noch zarter und verletzlicher aus als in lebendigem Zustand. »Sie haben ihn tiefgefroren?«

»Sie sind nicht die Einzige, die den Verbrechern das Handwerk legen will«, sagte Nemenz bitter. »Ich für meinen Teil sichere als Beweis, was sich sichern lässt. Sehen Sie diese Wunde?« Der Tierarzt griff sich eine Schere vom Schreibtisch, zog über der linken Schulter des Hündchens das Fell auseinander und richtete die Scherenspitze auf die Haut.

Als Norma sich tiefer darüber beugte, erkannte sie einen kleinen, zentimeterlangen Schnitt. »Sieht aus wie von einem Skalpell. Wozu?«

»Dort hat man einen Mikrochip entfernt.«

»Einen Chip zur Identifizierung?«

Nemenz legte die Schere beiseite. »Für die meisten EU-Länder gilt folgende Vorschrift: Wenn ein Welpe ohne die Mutter nach Deutschland einreist, braucht er einen EU-Heimtierpass und einen Mikrochip unter der Haut, der ihn eindeutig identifiziert. Der Chip kann mit einem Lesegerät ausgelesen werden, und die Nummer muss im Pass eingetragen sein.«

»Das heißt«, überlegte Norma laut, »Luca kam aus dem Ausland nach Deutschland. Um die Herkunft zu verschleiern, hat man ihm den Chip rausgeschnitten?«

»Und flugs verwandelt sich das Produkt einer osteuropäischen Vermehrerscheune in einen deutschen Rassehund. Für deutsche Hunde, die nicht ins Ausland verreisen sollen, genügt der Internationale Impfpass. Einen solchen Impfpass hat Frau Sahling bekommen. Sie hat ihn mir überlassen.«

Er nahm ein gelbes Heft aus der Schublade. Norma blätterte durch das amtlich wirkende Dokument, dessen Zeilen eng mit Aufklebern, Stempeln und Unterschriften gefüllt waren. »Das sind eine ganze Reihe von Impfungen.«

»Und allesamt ein Fake! Der Welpe hat keine einzige Impfung tatsächlich bekommen. Die Aufkleber mit den Angaben zum Impfstoff sind gefälscht und Stempel und Unterschrift des Tierarztes unleserlich, wie Sie sehen. Frau Sahling wurde außerdem eine Ahnentafel mit fantasievollem Zwingernamen untergejubelt. Echt daran sind nur das Papier und die Druckertinte.«

Norma drehte das gelbe Heft in den Händen. »Und der Impfpass selbst? Auch gefälscht?«

»Der Impfpass ist ein Original. Ist keine Kunst, an Blankopässe heranzukommen.«

»Also musste Luca sterben, weil man ihm die Impfungen vorenthalten hat?«

»Er war ebenso wenig geimpft wie die Mutter, die die Antikörper an ihre Welpen weitergegeben hätte. Luca ist an einem Virus gestorben. Die Krankheit heißt Parvovirose und ist nicht unbedingt tödlich, aber sehr gefährlich für geschwächte Welpen wie Luca, der viel zu früh von der Mutter getrennt wurde. Der passive Impfschutz der Mutter verliert sich mit der Zeit. Deswegen beginnt man bei einem Welpen üblicherweise in der sechsten bis achten Lebenswoche mit der Grundimmunisierung. Luca ist keine acht Wochen alt geworden.«

Norma kam die verschmutzte Bluse in den Sinn. »Luca hatte schlimmen Durchfall.«

»Das gehört zum Krankheitsbild. Die Parvoviren führen zu einer heftigen Darmentzündung und greifen letztendlich das Herz an.«

Nachdenklich betrachtete Norma den toten Welpen auf dem weißen Handtuch. »An den Impfungen wird also gespart. Aber wieso treiben die Hundehändler den Aufwand mit dem Chip?«

»Als reine Vorsorgemaßnahme, falls der Transporter in eine Grenzkontrolle gerät. Die Grenzbeamten sind heutzutage viel aufmerksamer als früher. Deswegen bekommen die Welpen den gefälschten EU-Pass mit und werden gechipt. Das Alter wird so eingetragen, wie es der Impfplan verlangt. Nur haben die Welpen in der Regel bei Weitem nicht das Alter erreicht wie angegeben.«

»Fällt den Zöllnern nicht auf, dass die Hunde viel jünger sind?«

Resigniert zuckte Nemenz mit den Schultern. »Was erwarten Sie? Da müsste zufällig ein Hundeexperte im Einsatz sein. Die Beamten orientieren sich an den Dokumenten, und auf den ersten Blick scheint alles in Ordnung. Die Hunde werden mit Spritzen aufgeputscht, sodass sie einen munteren Eindruck machen. Außerdem wird sowieso nur ein geringer Teil der illegalen Transporte kontrolliert. Die Hunde reisen oft in Kisten gepackt und unter Decken versteckt.«

Beinahe fürsorglich faltete er das Handtuch über dem Hundekörper zusammen. »Ich bringe den Kleinen zurück ins Eis.«

Norma setzte sich wieder und schlug die Arme um sich. Sie fröstelte in der für den kühlen Raum zu luftigen

Sommerkleidung. Der Terrier rappelte sich auf, um seinen zurückkehrenden Herrn in Empfang zu nehmen und zum Sessel zu begleiten. Norma wartete mit der nächsten Frage, bis Nemenz wieder Platz genommen hatte.

»Wie viel springt für die Hundehändler heraus?«

Der Tierarzt suchte eine bequemere Haltung im tiefen Sessel, bevor er antwortete: »Ein Welpe wird meist für weniger als 20 Euro beim Vermehrer gekauft und an einen Großhändler weitergegeben, der ihn wenige Tage später in Deutschland, Holland oder Belgien für 400 bis 600 Euro an den Mann bringt.«

Norma pfiff leise durch die Zähne. »Trotz der Zwischenhändler, Transportkosten, Aufwendungen für die gefälschten Dokumente und ab und zu einen toten Hund, was sicher vorkommen wird: Die Gewinnspannen sind gigantisch.«

»Bei geringem Risiko! Falls überhaupt einmal ein deutscher Verkäufer erwischt wird, kommt er meistens mit einer Geldstrafe davon.«

Er brach ab, und sie sagte in das Schweigen hinein: »Was für ein Anreiz für Skrupellose!«

»Die im großen Stil agieren«, ergänzte der Tierarzt zornig.

Norma schlug die Beine übereinander. Eine Bewegung, die den Terrier aufweckte. Grunzend räkelte er sich auf dem Teppich, erhob und drehte sich tapsig im Kreis, bevor er sich auf die Keule fallen ließ und sich mit der Hinterpfote an der Kehle kratzte. Nach der Körperpflege trippelte er zu ihr und ließ sich vertrauensselig auf ihren linken Schuh fallen. Sie verstand die Aufforderung und bückte sich, um den gefleckten Bauch zu kraulen. Der Hund brummte zufrieden.

Nemenz hatte die Szene beobachtet. »Karlchen ist 16 Jahre alt. Jack Russell Terrier gelten als langlebig. Hunde anderer Rassen werden vielleicht zwölf oder 14 Jahre alt. Die Billigwelpen, wenn ich sie ausnahmsweise so nennen darf, haben wenig Chancen auf ein langes, gesundes Leben. Aber es gibt einen weiteren Aspekt, der mir Sorgen macht.«

Während Norma sich weiterhin mit dem Hundebauch beschäftigte, steigerte sich Karlchens Grunzen zu einem grummelnden Dauerton. »Was beunruhigt Sie?«

»Ich spreche von einer der grauenhaftesten Krankheiten überhaupt. Eine Krankheit, gegen die kein Kraut gewachsen ist, sobald sie ausgebrochen ist. Es gibt kein Entrinnen. Nicht für die Hunde und nicht für uns Menschen.«

Durch seinen düsteren Ton alarmiert, richtete Norma sich auf. »Welche Krankheit meinen Sie?«

»Sie hat viele Namen. Lyssa, Rabies, Wutkrankheit, Hundswut.«

Bezeichnungen, die Norma bekannt waren. »Die Tollwut also! Aber heißt es nicht, Deutschland und viele Teile Europas seien seit Jahren von der Tollwut befreit?«

»Das war in der Tat gelungen«, stimmte der Tierarzt zu. »Dank immenser Anstrengungen, zu denen auch die flächendeckenden Impfungen von Füchsen gehörten. Viele Jahrzehnte wurde darauf hingearbeitet. Doch nun ist die Tollwut zurückgekommen. In Norddeutschland gab es kürzlich einen Fall.«

»Wo genau?«

»In der Nähe von Bremen.«

Ihr Heimatdorf lag im Bremer Raum – sie wollte lieber nicht nach dem genauen Ort fragen. »Ist dort ein Hund erkrankt?«

»Nein, ein Fuchs war betroffen. Niemand weiß, wo er sich angesteckt haben könnte. Doch die Gefahr durch erkrankte Hunde dürfen wir nicht unterschätzen. Wenn wir nach Osten sehen, nach Polen, Ungarn, Estland, zur Slowakei – überall dort traten in den vergangenen Jahren vereinzelte Fälle von Tollwut bei Hunden und Füchsen auf. Länder, in denen viele Massenzüchter agieren.«

»Also könnte die Tollwut durch Hundewelpen bei uns eingeschleppt werden«, schlussfolgerte Norma. »Welche Maßnahmen dagegen werden ergriffen?«

»Für Welpen aus bestimmten Ländern ist eine Tollwutimpfung vorgeschrieben, im Alter von zwölf Wochen. Darauf folgt eine dreiwöchige Wartezeit.«

»Was bedeutet, diese Welpen dürfen erst mit 15 Wochen über die deutsche Grenze gebracht werden?«

»Genau. Dies müsste den Transport von sehr jungen Welpen ausschließen«, ergänzte der Tierarzt.

»Was wiederum den Hundeschmugglern schnurzegal ist?«

»Sie sagen es! Wer sich infiziert und nicht rechtzeitig geimpft wird, wird diese Krankheit nicht überleben. Sobald die Viren das Gehirn erreicht haben, ist die moderne Medizin machtlos.«

»Ich weiß, wovon Sie reden.«

Sein Blick schärfte sich. »Sie haben eigene Erfahrungen mit der Krankheit?«

»Ich bin auf dem Land aufgewachsen, da gab es immer wieder Fälle«, gab sie ausweichend zur Antwort und erhob sich. »Sie haben mir sehr geholfen. Danke, dass Sie sich die Zeit genommen haben.«

Karlchen tappte voraus durch den Flur. Norma stand schon draußen, als Nemenz fragt, wen sie durch Tollwut verloren habe.

»Einen Freund«, sagte sie nur. Unverhofft flammte der Schmerz auf. Erwachsen, reflektiert und immer noch schneidend tief.

Nemenz lächelte mitfühlend. »Der Freund war ein Hund, nehme ich an.«

Er fand verständnisvolle Worte, und anders als damals fühlte Norma sich mit ihrem Verlust ernst genommen und getröstet.

10

Vorsichtig beschnupperte der weiße Welpe die Hündin, die im Schutz des Autowracks kauerte, das ihr und ihren Jungen Unterschlupf bot. Nach Krampfanfällen und Beißattacken gegen ihn und seine beiden Geschwister rührte sie sich nicht mehr. Die Lähmungen waren von den Hinterläufen bis in die Vorderbeine gewandert. Nun konnte sie den Kopf nicht mehr heben und den weißen Welpen nicht abwehren, der ihr ins Gesäuge biss und an den Zitzen zog, um die letzten Tropfen Milch herauszusaugen. Die anderen, zwei lehm- und blutverkrustete Fellbündel, lagen apathisch in der Pfütze, die der nächtliche Regenschauer unter das Wrack gespült hatte. Ihre Bisswunden rochen nach Blut und Eiter. Aus den Schnauzen tropfte schaumiger Speichel. Der weiße Welpe, der von Geburt an der Kräftigste des Trios gewesen war, hatte sich den Bissen der Mutter geschickter entzogen und nur eine Schramme am Hals davongetragen. Als er erneut in die Zitzen biss, schmeckten sie kalt. Es kam keine Milch mehr, so sehr er auch saugte und mit den Pfoten trommelte. Er kletterte über die Hündin hinweg, beschnupperte ihren Kopf, leckte über den Fang. Als sie sich nicht bewegte, trottete er zu den Geschwistern, deren Geruch sich zu verändern begann. Er fiepte, erprobte ein heiseres, ungeübtes Bellen und kratzte mit der Vorderpfote über die kleinen, erstarrten Körper. Hungrig verließ er den Schutz des Autowracks.

Aus einem Gehöft zog ihm der Geruch anderer Hunde entgegen. Der Welpe folgte der Duftspur, in die sich die Verlockung von Hühnerfleisch mischte, wie es die Mutter herangetragen hatte, als sie noch bei Kräften gewesen war. Kläffen und Jaulen drang gedämpft an sein Ohr, wie von Mauern abgeschirmt. Darin schwangen die vertrauten Winsellaute um Futter bettelnder Welpen mit, die den jungen Hund alle Furcht vergessen ließen. Auf schwachen Beinen trabte er voran und hielt schnurstracks auf die Gebäude zu. Im Hof lag ein verloren gegangener Hühnerkopf, der nach Menschenhand roch. Gierig schnappte er danach.

Dem Mann am Fenster entging der fremde Welpe nicht. Zlatko erinnerte sich an die zunächst trächtige, bald darauf säugende Hündin, die eine Weile scheu und herrenlos um Pukanec herumgestrolcht war. Zuletzt hatte er sie auf dem nahe gelegenen Schrottplatz gesehen, was dafür sprach, dass dieser vorwitzige Kerl zu ihr gehörte. Mit dem schmutzigen, verfilzten Fell sah er wenig ansprechend aus, aber Zlatko hatte einen Blick für Hunde. Schließlich lebte er von deren Zucht und wusste, was er gut an die Deutschen verkaufen konnte. Helle, knapp kniehohe Tiere standen weit oben auf der Beliebtheitsskala. Der verwahrloste Streuner würde sicher zehn Euro einbringen – leicht verdientes Geld.

Zlatko schlich durch den Hintereingang aus dem Haus und schob leise das Hoftor zu. Der Welpe saß in der Falle. Geschickt trieb Zlatko den jungen Hund in die Enge und packte ihn, von Lederhandschuhen geschützt, im Nackenfell, was der Welpe mit Wimmern und Knurren quittierte. Auf die Schnelle inspizierte Zlatko ihn. Reichlich mager und mit nicht nennenswerten Schrammen, also in Ordnung. Den Welpen so unter den Arm geklemmt, dass er sich nicht mit den spitzen Milchzähnen wehren konnte, griff Zlatko mit der freien Hand einen Karton, öffnete den Deckel und setzte den Kleinen hinein. Zeitlich hätte es nicht besser passen können. Jede Minute erwartete Zlatko den Aufkäufer, der eine neue Ladung abholen und noch in der Nacht von der Slowakei nach Deutschland fahren wollte. Bodo war stets für ein gutes Geschäft zu haben und kannte keine Skrupel, dem Aufkäufer in Wiesbaden einen Wildfang unterzujubeln.

11

Donnerstag, der 28. Juli

Das Abendessen hatte bestens geschmeckt. Eine Prise zu viel Chili, aber Timon aß wie sie selbst zum Glück gern scharf. Auch der Bio-Riesling erwies sich am Morgen danach als bekömmlich. Kein schwerer Kopf, nein, dennoch veranlasste das alles durchdringende Rosa Norma, die Augen prompt wieder zuzumachen. Spät in der Nacht hatte Timons Schnarchen sie ins Mädchenzimmer getrieben. Dort war es zwar ruhig gewesen, gut schlafen hatte Norma trotzdem nicht können, denn eine Kuhle hatte sie ununterbrochen Richtung Matratzenmitte gezogen. Wie hielt die Tochter das aus? Nun war sie vom Zuschnappen der Badezimmertür geweckt worden. Er müsse früh raus, mit einem alten Kollegen zum Institut für Rechtsmedizin nach Frankfurt, hatte Timon vor dem Einschlafen murmelnd von sich gegeben.

Als Norma sich wieder einmal auf die Seite warf, rumpelte von draußen etwas Schweres gegen das Türblatt. Mit geschlossenen Augen erwartete sie den Einbrecher, der sich mit grollendem Schnurren auf der Bettdecke niederließ. Mit offizieller Genehmigung! Weil der Kater jede Türklinke als Herausforderung betrachtete, hatte Norma der abwesenden Familie ein Foto gemailt, das den prachtvollen Kartäuser zeigte und – zumindest bei der Tochter – höchstes Entzücken ausgelöst hatte. Natürlich dürfe der »süüüüße Leopold« in ihrem Bett schlafen, hatte das Mädchen postwendend per WhatsApp geantwortet und die Nachricht mit einer langen Reihe Smileys dekoriert.

Norma vergrub die Finger im Katzenpelz. Wie stark sich sein Körper anfühlte. Ein gewichtiges Kraftpaket, ein vor Gesundheit strotzender Gegenpol zu dem eisigen kleinen Körper auf dem weißen Handtuch.

»Das Glück ist mit die Doofen!«, flüsterte sie dem Kater ins Ohr, der die flüchtige Annäherung mit einem sanften Tatzenhieb kommentierte.

Nach dem Gespräch mit Dr. Nemenz war sie zu spät zurückgekommen, um Timon wie geplant mit dem fertigen Abendessen zu überraschen. Bemerkenswert gut gelaunt half er ihr, Zucchini, Möhren, Brokkoli und weitere Zutaten in mundgerechte Stückchen zu zerlegen, und frittierte den Tofu, während sie die zuvor geschälten und gerösteten Erdnüsse für die Soße zerkleinerte. Als das Röhren des Stabmixers verstummt war, juckte es sie, nach Angelique zu fragen, der »Tiiimoon«-Praktikantin.

Eine fitte Kommissarin sei das, erklärte er und fischte ein knuspriges Tofustückchen aus dem Wok.

Seine hörbare Begeisterung versetzte Norma einen Stich.

»Wieso fit?«, fragte sie säuerlich.

»Pfiffig, wenn dir das lieber ist.«

Ob fit oder pfiffig: Lieb war ihr das eine so wenig wie das andere. »Und warum das Praktikum bei dir, wenn sie bereits Kommissarin ist?«

»Sie hat ein Studium drangehängt und macht bald ihren Master. Biosciences.«

»Bio-wie?«, knurrte Norma gereizt.

Er naschte wieder vom Tofu und erklärte geduldig, in dem Studium gehe es um biologische Grundlagen, die für die Medizin und Pharmazie maßgebend seien. »Jemand mit diesem Fachwissen können wir in der Kriminaltechnik gut gebrauchen.«

»Vor allem in deiner Abteilung!«

»Norma, fang nicht wieder damit an.«

»Womit?«, entgegnete sie scheinheilig.

Timon blieb ruhig und widmete seine Aufmerksamkeit einer frischen Tofu-Portion im heißen Öl. »Du weißt genau, was ich meine. Deine grundlose Eifersucht! Wäre nicht das erste Mal seit dem Missverständnis mit Nike.«

Norma erinnerte sich mit Unbehagen, wie sie ihn und die attraktive Fremde bespitzelt hatte. Von einer Schwester hatte sie bis dahin nichts gewusst. Statt daraus eine Lehre zu ziehen, zettelte sie immer wieder einen Streit wider besseres Wissen an.

Sie rettete sich in Ironie. »Wieso sollte ich auf deine Schwester eifersüchtig sein? Nur weil sie wunderschön wie ein Model und blitzgescheit wie eine Nobelpreisträgerin ist?«

Er grinste zufrieden. »Vergiss nicht ihre irre steile Karriere.«

»Und liebenswert ist Nike außerdem! Was soll's, ich gönne dir dein Schwesterherz.«

»Dann lass mir auch die patente Praktikantin«, sagte er unbekümmert. »Was macht die Soße?«

Mit patent kann ich leben, beschloss Norma und löffelte großzügig rote Currypaste in die Kokosmilch. Patent, das klang nach burschikos. Nach aktiv statt attraktiv. Mit diesem versöhnlichen Bild nahm sie den Bio-Riesling aus dem Weinkühlschrank.

»Edler Tropfen! Gibt's was zu feiern?«, fragte Timon mit einem Blick aufs Etikett, als alles aufgetischt war.

»Wie wäre es mit dem erfolgreichen Abschluss einer Ermittlung und dem Bonus eines wunschlos glücklichen Klienten?«

Er hörte sich an, was sie von Dr. Sorst und der wiedergefundenen Tochter zu berichten hatte. »Gönn dir ein paar freie Tage auf den Erfolg. Noch einen Wein?«

»Gern!« Sie reichte ihm das Glas.

»Also, was hast du vor? Urlaub machen?«

»Hmm«, machte Norma und überlegte, wann sie zum letzten Mal verreist war. Lange her! »Du magst doch Hunde!«

»Und wie! Hunde sind faszinierend. Wenn ich mehr Zeit hätte ... Willst du dir einen Hund anschaffen?«, fragte er neugierig.

»Wenn es so wäre, wüsste ich jedenfalls, wo ich ihn *nicht* kaufen sollte. Meine Klientin hat diesen Fehler gemacht.«

Timon wirkte tatsächlich ein wenig enttäuscht. »Also kein Hund, sondern ein neuer Auftrag.«

»Lass uns nach dem Essen darüber reden«, schlug Norma vor.

Später, beim Espresso, erzählte sie vom Tod des kleinen Luca und fasste zusammen, was sie von Dr. Nemenz über den kriminellen Welpenhandel erfahren hatte.

»Gutgläubigkeit gepaart mit Geiz heizen diese miesen Geschäfte an«, schimpfte Timon, während er die Teller in die Spülmaschine räumte. »Und die Tiere zahlen die Zeche. Was weißt du über die Frau, die den Welpen verkauft hat?«

»Nicht viel, leider. Unter der Mobilnummer gibt es keinen Anschluss. Keine Autonummer, keine Mailadresse. Nur einen Namen, der mit ziemlicher Sicherheit falsch ist: Tilda Auerbach. Angeblich war sie von Köln nach

Frankfurt unterwegs. Unter dem Namen habe ich auf die Schnelle deutschlandweit nichts Verwertbares gefunden. Zu mehr bin ich noch nicht gekommen.«

Timon nahm wieder am Tisch Platz. »Und sonst?«

»Ein Foto vom Welpen. Leider ist von der Frau nur der Arm zu erkennen.«

»Lass es uns anschauen«, schlug Timon vor.

Schnell holte Norma ihr Tablet an den Tisch. Sie lud Juliane Sahlings Foto aus dem E-Mail-Postfach in ein Bildbearbeitungsprogramm. Auf den ersten Blick bot der größere Bildschirm nichts Neues, doch als sie genauer hinschaute, bemerkte sie die zarten, dunklen Linien, die sich um das Handgelenk schlängelten.

»Ein Tattoo! Sieht aus, als sollten die Linien ein Armband darstellen.«

Timon warf den Zopf über die Schulter zurück und beugte sich tiefer über den Bildschirm. »Das sind Buchstaben! Ein Name vielleicht? Leider liegt der Arm im Schatten.«

»Moment, das haben wir gleich!«

Mit gezielten Klicks hellte Norma das Bild auf, bis der Schriftzug lesbar wurde. »Das heißt ›Sandro‹!«

»Wer sagt's denn! Hast du noch mehr in petto?«

»Die Frau hatte bei der Übergabe eine Stofftasche mit aufgedruckten Motiven dabei. Alle zeigten Sehenswürdigkeiten aus Wiesbaden.«

»Wo fand die Übergabe statt?«

»Auf ihren Wunsch auf dem Parkplatz vor dem Jagdschloss Platte. Keine schlechte Wahl. Dort stehen immer etliche Autos herum, andererseits ist es nicht überlaufen.«

Timon nickte zustimmend. Von gemeinsamen Spaziergängen und Joggingrunden kannte er sich rund um die

Schlossruine ebenso gut aus wie Norma. Die Platte war mit 500 Metern die höchste Erhebung im Wiesbadener Stadtwald und die Gegend bei Spaziergängern, Radlern und Joggern gleichermaßen beliebt. »Trotzdem frage ich mich, warum sie keinen Autobahnparkplatz vorgeschlagen hat. Warum macht sie sich die Mühe, die A 3 zu verlassen und über Taunusstein hinauf auf die Platte zu fahren?«

»Weil sie sich beim Jagdschloss auskennt«, überlegte Norma. »Weil sie gar nicht auf der A 3 unterwegs war.«

»Weil sie womöglich aus Wiesbaden kommt? Das würde die Stofftasche erklären.«

»Zumindest könnte sie auf Besuch hier gewesen sein. Taschen der Art kann man in der Tourist-Info kaufen.«

Timon übernahm das Tablet und tippte verschiedene Begriffe in eine Suchmaschine.

»Wonach suchst du?«, fragte Norma, der die gemeinsame Detektivarbeit gefiel.

»Sandro. Hund. Wiesbaden.«

Auf einen Klick erschien eine lange Liste von Links.

Norma hatte nichts anderes erwartet. »Puhh! Na, viel Vergnügen!«

»Für einen zweiten Espresso arbeite ich mich durch«, bot er an. »Bekanntlich ist das Glück mit die Doofen.«

»Das hast du gesagt!«, sagte Norma und lachte.

Sie erledigte die letzten Handgriffe rund um die Spüle und hörte seine gemurmelten Kommentare im Rücken.

Als sie sich mit dem Kaffeeautomaten beschäftigte, schlug Timons Tonfall um. »Treffer!«

Mit dem Wasserbehälter in den Händen fuhr sie herum. »So schnell? Was hast du entdeckt?«

»Eine Hundezucht in Wiesbaden-Naurod. Sandro und Ilka Alandt. Golden Retriever.«

»Zu früh gefreut, mein Lieber! Die falsche Tilda züchtet keine Hunde. Sie vertickt sogenannte Billigwelpen.«

»Zugegeben auf der Website hält jemand ein Hundekind im Arm, das vor Gesundheit zu strotzen scheint. Aber sieh selbst!«

Er stand auf und hielt ihr das Display vor die Nase. Das Bild glich Julianes Aufnahme, was den Ausschnitt betraf, und ließ ebenfalls einen Teil eines menschlichen Handgelenks erkennen. Vom Tattoo waren zwar nur die Buchstaben n und d zu sehen, aber die Linienführung des angedeuteten Armbands glich dem auf Normas Foto.

Mit zufriedener Miene nahm Timon wieder Platz, gefolgt von Norma, die die die Espressotassen zum Tisch brachte. »Gibt es Fotos von Ilka Alandt?«

»Nicht auf der eigenen Homepage. Aber als Züchterin müsste sie irgendwo auftauchen.« Er tippte und scrollte eine Weile, während Norma gespannt am Espresso nippte.

»Hier haben wir sie«, verkündete Timon schließlich. »Eine Hundeausstellung in den Rhein-Main-Hallen, liegt schon ein paar Jahre zurück. Das Internet vergisst nichts! Unter dem Foto steht: ›Die Nauroderin Ilka Alandt und ihr preisgekrönter Golden Retriever Abraxas! Bester Rüde seiner Gruppe‹.«

Er schob ihr das Tablet zu. Die Aufnahme zeigte eine Frau mit einem blonden Hund an der Seite und einem silbern glänzenden Pokal im Arm. Norma vergrößerte es, bis das Gesicht besser zu erkennen war. Wie hatte Juliane Tilda Auerbach beschrieben? Durchschnittlicher Typ, kurze dunkle Haare mit hellen Strähnchen, braune Augen, zu viel Lidstrich. Offensichtlich hatte sich die Dame ihr Erscheinungsbild über die Jahre bewahrt.

Danke, Kommissar Zufall, dachte Norma begeistert, du bester Freund der Ermittler!

»Ich werde auch Detektiv«, sagte Timon mit breitem Grinsen. »Ist ja kinderleicht.«

Sicherheitshalber schickte sie das Foto der Hundezüchterin sogleich an Juliane und erhielt nur zehn Minuten später die Antwort, die alle Zweifel beseitigte: Ilka Alandt und Tilda Auerbach waren ein und dieselbe Person. Zum Lohn hatte Timon einen Kuss eingefordert, woraufhin beiden sehr viel Schöneres in den Sinn gekommen war als die Suche nach verbrecherischen Hundehändlern. Dem gemeinsamen Einschlafen war Normas mitternächtliche Flucht vor Timons lautmalerischen Sägearbeiten gefolgt.

Mit der Sehnsucht nach einem morgendlichen Abschiedskuss hob sie nun den Kater vom Bett und verließ die rosa Hölle. Bad und Schlafzimmer waren verlassen. In der Küche hing der Geruch von Öl und Curry – ohne das Aroma frisch gebrühten Kaffees. Timon musste es sehr eilig gehabt haben, um seinen alten Kollegen nicht zu verpassen. Sie trat ans Küchenfenster heran und schaute in den Hof hinunter. Das Mountainbike, mit dem er gewöhnlich zur Arbeit fuhr, lehnte angekettet am Treppengeländer. Norma ging hinüber ins Wohnzimmer, dessen Erker zur Blücherstraße zeigte. Sie hatte Glück! Timon stand wartend auf dem Bürgersteig. Mit freiem Blick auf seinen dunklen Haarschopf wollte sie das Fenster öffnen und ihm einen Gruß zurufen, als der lange Zopf zu baumeln anfing, weil Timon zur Bordsteinkante eilte. Sekunden später eroberte ein weißer Mini Cooper mit schwarzem Dach schwungvoll die Lücke vor der Hofeinfahrt. Heraus sprang eine Frau – jung, sportliche Figur, ein flauschiger Helm brauner Haare. Sie flog um den Wagen herum und direkt an Timons Hals. Und er? Drückte sie an sich! Küsschen links, Küsschen rechts. Beide stiegen ein, Timon auf der Beifahrerseite, und der Mini Cooper schoss rückwärts, hielt abrupt, katapultierte sich nach vorn, scherte aus, brauste los und veranlasste den nachfolgenden Fahrer zu wütendem Hupen. Mit angehaltenem Atem schaute Norma dem Auto hinterher.

So sah also der »alte Kollege« aus: dieses frische, hübsche Gesicht – das war bestimmt die fitte Praktikantin! Mit patentem Fahrstil! Was fiel der verhinderten Rennfahrerin überhaupt ein, Timon derart intim zu begrüßen? Vor ihren Augen! Sie spürte, wie die Eifersucht von ihr Besitz ergriff und als süßes Gift durch ihre Adern rauschte.

12

Gegen miese Laune half Arbeit. Was das Internet wohl über Ilka Alandt, die Hundezüchterin, preiszugeben hatte? Mit dem Tablet bewaffnet nahm Norma am Couchtisch Platz, bis ihr der tiefe Sessel innerhalb einer Viertelstunde ein heftiges Zwicken im gekrümmten Rücken einbrachte. Gereizt verlegte sie den Arbeitsplatz an den Küchentisch, wo sie ihr Kreuz jedoch weiterhin spürte: eine Empfindlichkeit, die sie der Matratzenkuhle zu verdanken hatte. Eine weitere Nacht im Mädchenbett schlafen? Mit diesen Rückenschmerzen indiskutabel! Lieber auf der Couch.

Norma kehrte ins Wohnzimmer zurück und inspizierte das ausladende Möbelstück. Länge und Breite gestalteten sich großzügig, ein kurzes Probeliegen jedoch machte diese Alternative zunichte. Die nachgiebigen Polster gaben dem lädierten Rücken den Rest.

Mit der Laune auf Talsohle durchstöberte sie die Schrankwand nach dem Schlüssel für das Jungenzimmer, der dort für Notfälle hinterlegt worden war. Sie hatte Erfolg, doch der Blick in den vor Kisten und Koffern berstenden Raum, in dem gelagert wurde, was die Familie nicht hatte mitnehmen können, führte auch diese Idee ad absurdum. Blieb nur das bequeme Ehebett, das mit Timons vom Riesling forcierten akustischen Einlagen drohte. Abgesehen davon wollte sie frei wählen, wann und ob sie das Bett teilte. Eine Entscheidung, die mit dem Bild der Mini Cooper fahrenden Praktikantin im Kopf eindeutig zu Timons Ungunsten ausfiel! Sie verstaute den Schlüssel wieder an seinem Platz und ging missgestimmt in die Küche, in deren Landhausbeschaulichkeit der Kühlschrank mit dem Weinkühlschrank um die Wette brummte und klingelte. Ein Hoch auf die Gemütlichkeit! Wo und wie sollte man in dieser Wohnung konzentriert arbeiten? Zumal Timon von jeder Ecke Besitz ergriffen hatte: die Jeansjacke über dem Stuhl. Das liegen gelassene Magazin auf dem Küchentisch. Der Stapel Post auf dem Wandbord.

Der Gedanke an Flucht drängte sich rigoros auf und brachte ein kindisches Heimweh mit sich. Norma sehnte sich nach ihrer winzigen Küche mit der anarchischen Unordnung, vermisste die Aussicht vom Dachfenster aus auf den grünen Streifen der Rettbergsaue im grauen Rheinwasser und hätte eine Menge für das zänkische Kreischen der Papageien im benachbarten Schlosspark gegeben. Kurz entschlossen griff sie zum Smartphone und rief ihre Vermieterin an.

Nach dem dritten Klingeln war Eva Vogtländer dran und klang außer Atem, als wäre sie zum Telefon gesprintet. »Was gibt's, Norma? Ist was mit Poldi?«

»Ihm geht's bestens«, versicherte Norma, während sie den Kater beobachtete, der von der Küchenfensterbank aus nach imaginären Mäusen Ausschau hielt.

»Wunderbar, da bin ich beruhigt. Dein Anruf kommt übrigens wie gerufen«, sagte Eva erfreut. »Könntest du heute zum Haus kommen?«

»Ich darf wieder einziehen?«, rief Norma hoffnungsvoll.

Eva lachte unwirsch. »Klar, kannst du haben! Mitten rein in Staub und Lärm! Das wird sich auch noch eine Weile ziehen, länger als geplant.« Sie seufzte. »Nein, du müsstest die neuen Fliesen aussuchen.« Der Fliesenleger sei am Nachmittag in der Wohnung, nur einer von vielen Handwerkern, die im Haus ein und aus gingen.

Ein rasches Ende der Wohnungsnot rückte in weite Ferne. »Gibt es Probleme?«

»Der Fluch des uralten Fachwerks«, stöhnte Eva entmutigt. »Kaum hat man eine Sache im Griff, tut sich die nächste Katastrophe auf. Dieses Haus macht mich arm.«

Was so viel bedeutete wie: Stell dich auf eine Mieterhöhung ein, reimte sich Norma zusammen. »Eva, es muss schneller vorangehen. Hier kann ich weder schlafen noch arbeiten. Ich brauche mein Bett und mein Büro.«

»Das nenne ich Jammern auf hohem Niveau, meine Liebe! Residierst mit Poldi und Timon in der Beletage. Ich hause im Reihenhäuschen mit drei Kindern zwischen sechs und zehn und einem entnervten Schwager. Muss ich mehr sagen?«, konterte Eva. Trotz des Vertrauensvorschusses hatte sie sich vorab angesehen, wo Poldi unterkommen sollte. »Hast du Krach mit Timon?«

»Wie kommst du darauf?«

»Weil ich es deiner Stimme anhöre. Da stimmt etwas nicht.«

Norma war verblüfft. Sie hätte Eva nicht als enge Freundin bezeichnet. Andererseits, wer so viele Sommerabende gemeinsam bei einer Flasche Riesling im Hof verbringt, lernt sich kennen. Und Eva, die Pädagogin, verfügte über ein intuitives Gespür für Menschen.

»Ich will nur mein Büro und mein Bett«, wiederholte Norma trotzig.

Eva verabschiedete sich mit einem leisen besserwisserischen Lachen. »Grüß Timon. Und vergiss die Fliesen nicht!«

Enttäuscht legte Norma das Handy beiseite. Sollte sie Lutz um Asyl in der Villa Tann bitten? Ihr geschätzter väterlicher Freund und liebenswürdiger Vertrauter, der Vater ihres verstorbenen Mannes Arthur, würde sie sicher mit offenen Armen aufnehmen, und sie selbst wäre gern für eine Weile in die imposante, wenn auch in die Jahre gekommene Gründerzeitvilla im Nerotal gezogen. Doch das hieße auch, mit der Galeristin Undine Abendstern unter einem Dach zu leben. Lutz' exzentrische Lebensgefährtin hatte sich vor einigen Wochen bei ihm eingerichtet, und beide fochten ihr Zusammenleben mit ungleichen Waffen aus, wie Lutz Norma beim letzten Treffen detailreich geschildert hatte. Sie wollte nicht mitansehen müssen, wie er sich von Undine vorführen ließ.

In diese Überlegungen hinein brummte das Mobiltelefon und identifizierte Timon als Anrufer. Norma starrte auf das Gerät, bis es verstummte, und wandte sich wieder den Recherchen zu. Darum bemüht, den gesprächigen Kühlschrank aus ihrer Wahrnehmung zu verbannen, surfte sie auf den Spuren von Ilka Alandt durchs Netz. Die Hundezüchterin lebte in Wiesbaden-Naurod mitten im Grünen, gemeinsam mit Ehemann Sandro Alandt, der mit gebrauchten Haushaltsgeräten handelte. Ilka Alandt züchtete Golden Retriever. Ihre Homepage wirkte laienhaft, die Fotos dagegen – herzige Hundekinder im Körbchen, bildschöne Zuchthündinnen in Schaupose – waren von guter Qualität. Außerdem warb sie mit hervorragenden Verbindungen zu Züchtern in ganz Deutschland und dem angrenzenden Ausland und demonstrierte diesen Service mit hübschen Fotos von angeblich vermittelten Hunden unterschiedlicher Rassen.

Auf der Startseite prangte, fett in rote Lettern gesetzt, die Meldung: »Im Gegensatz zu vielen anderen Züchtern führe ich eine Liebhaberzucht! Ohne jede Absicht, mit den Hunden Geld zu verdienen. Unsere geliebten Fellnasen sind Lebewesen, keine Sachen. Das Glück von Ihnen und Ihrem zukünftigen Hund ist auch unser ganzes Glück! Wir planen einen Wurf entzückender Golden-Retriever-Welpen! Zögern Sie nicht uns zu kontaktieren.«

Jedes Mal, wenn das Wort »Glück« fiel, wurde es von blinkenden roten Herzchen umkränzt. Konnte man noch dicker auftragen? Juliane Sahling müsste dieses »Glück« wie Hohn erscheinen. Wie könnte Norma an Ilka Alandt herankommen? Sich als Interessentin für einen Welpen ausgeben? Während sie darüber nachdachte, fiel ihr auf der Website ein Link auf.

Die Lösung ihres Wohnproblems?

13

»Biegen Sie in die nächste Straße links ab. Die nächste links.« Norma lenkte den Wagen in einem Viertelkreis um die kleine, runde Barockkirche, Naurods architektonisches Schmuckstück, und folgte den weiteren Angaben der smarten Männerstimme bis zur Ansage: »Sie haben Ihr Ziel erreicht.«

Die Fahrt hatte sie in eine ruhige Wohngegend im älteren Teil Naurods geführt. Sie steuerte den Peugeot in eine Seitenstraße, um dort zu wenden, und stoppte in Sichtweite ihres Ziels. Einfache, mehrstöckige Häuser reihten sich mit den Traufseiten, wenige mit dem Giebel entlang der leicht ansteigenden Straße aneinander. Hin und wieder unterbrach ein Hoftor die Häuserkette. Im Hintergrund der weiter oben gelegenen Gebäude stieg die schwarzgrün bewaldete Flanke des Kellerkopfs auf.

Norma verließ den Wagen und hielt auf zwei giebelseitig ausgerichtete Häuser zu, die von einem breiten, mannshohen Holztor getrennt wurden. Dessen hellblauer Anstrich erschien stumpf und porös und hätte ebenso eine Auffrischung vertragen wie die abblätternde Farbe der Fensterläden am Giebel des rechts gelegenen Hauses. Das Haus links des Tores, das mit zwei Stockwerken sowie dem ausgebauten Dachgeschoss sehr geräumig erschien, punktete mit einer dotterfarbenen Fassade und nachtblauen Fensterläden gegen den blassen, eingeschossigen Nachbarn. Zu dessen Tristesse passte die hässliche Glastür aus den 70er-Jahren. Norma verlangsamte die Schritte und warf einen Blick auf zwei Klingelschilder, die mit »Prüsse/Alandt« und »Büro Alandt GmbH« beschriftet waren. In einer Fensterscheibe klebten verblasste großformatige Fotos von Golden Retrievern.

»Läuten Sie bei meiner Mutter«, hatte der Mann am Telefon gesagt. »Das gelbe Haus links vom Hoftor. Ich erwarte Sie dort.«

Also passierte Norma das Tor und klingelte wie verabredet bei »Michaela Prüsse«.

Ein Mann um die 40 öffnete und stellte sich als Rainald Prüsse vor. »Haben wir vorhin miteinander telefoniert? Frau Lienhop?«

»Mieke Lienhop«, ergänzte Norma, die mit dieser Variante ihres vollständigen Namens – Norma Mieke Tann, geborene Lienhop – nah an der Wahrheit blieb. »Sie sagten, Sie vermieten auch möbliert?«

Er nickte bedächtig und betrachtete sie abschätzig. Ein kühler Blick aus eisblauen Augen, der nicht zur saloppen Erscheinung, freundlich ausgedrückt, des Mannes in schäbiger Jogginghose und verschlissenem T-Shirt zu passen schien. Die nackten, knochigen Füße steckten in abgetragenen Birkenstock-Schlappen. Es hätte sie nicht gewundert, wenn er eine Schnapsfahne vor sich hergetragen hätte. Erschnuppern ließ sich allerdings nichts.

»Wir haben fünf Wohnungen hier im Haus«, erklärte er in geschäftsmäßigem Ton. »Die möblierte Dachwohnung ist zurzeit frei.«

Kein Wunder, wenn die Wohnungen seinem Stil entsprachen! Norma hätte am liebsten auf der Stelle kehrtgemacht.

»Darf ich fragen, warum Sie unbedingt möbliert mieten wollen?«, erkundigte er sich.

»Meine Wohnung hat einen Wasserschaden, muss alles neu gemacht werden. Fachwerk, wissen Sie?«

Die Andeutung genügte ihm. Sie arbeite für Versicherungen, beantwortete sie lapidar auf seine Frage nach ihrem Beruf, was nicht gelogen war. Mehrere Agenturen gehörten schließlich zu ihren Auftraggebern. Zögerlich folgte sie ihm in den Hausflur, der wider Erwarten aufgeräumt und einladend wirkte. An den Wänden hingen gerahmte Kalenderblätter mit Landschaftsmotiven, darunter tiefblaue Gletscher.

Vor einer Tür im ersten Stock hielt Prüsse inne. »Irgendwann werde ich auch diese Wohnung vermieten. Sie gehörte meiner Mutter.«

Im Pflegeheim oder tot?, überlegte Norma und fragte behutsam nach.

Bedrückt antwortete Prüsse: »Meine Mutter ist am Samstag verstorben. Wie heißt es in den Anzeigen immer? Plötzlich und unerwartet. Mit gerade mal 66!«

Norma horchte auf. Ein Reflex der ehemaligen Ermittlerin einer Mordkommission, hinter jedem plötzlichen Todesfall ein Verbrechen zu vermuten.

»Zuckerschock«, murmelte Prüsse und verharrte gedankenverloren vor der Wohnungstür. »Mama war Typ-2-Diabetikerin. Sie hat zu wenig Acht auf ihre Gesundheit gegeben. Wie am Samstag, als sie zu Besorgungen in Wiesbaden war. Mutter ist herumgehetzt und hat sich überanstrengt.« Aus dem Zorn in seiner Stimme war zu schließen, dass ihm diese Unvernunft öfter zu schaffen gemacht hatte.

»Diabetiker müssen sehr diszipliniert leben«, antwortete Norma mit einer Floskel, um Prüsses Gesprächigkeit in Gang zu halten.

Prüsse stimmte ihr zu. »Mutter musste sich regelmäßig Insulin spritzen. Darin war sie nachlässig, obwohl sie sonst so gewissenhaft war. Wer weiß, ob sie Samstag in der Stadt nicht sogar einen Schoppen getrunken hat?« Mit bekümmerter Miene verstummte er und verbarg, wie in bösen Erinnerungen versunken, das Gesicht in den Händen, bevor er aufblickte, mit eigentümlichem Glanz in den Stahlaugen, und anmerkte: »Das Notfallset lag auf dem Küchentisch, noch in der Tüte der Apotheke. Sie hatte es aus der Stadt mitgebracht. Die Spritze hätte ihr das Leben gerettet.«

»Aber Ihre Mutter hat sich nicht selbst helfen können?«, fragte Norma behutsam.

»Sie wollte Zuckerwasser trinken, doch das Glas ist ihr aus der Hand gerutscht. Dann ist sie ohnmächtig geworden, unglücklich auf den Fliesenboden gefallen und erstickt. Sie war allein.«

Nach einer kurzen Pause ergänzte er: »Mutter hatte mich gebeten, in der Dachwohnung nach dem Küchenabfluss zu sehen. Keine drei Meter über ihrem Kopf war ich, als sie starb. Mit der Spritze hätte ich sie retten können. Aber ich war nicht bei ihr.«

Norma ließ ihm Zeit, sich zu fassen, bevor sie auf die nächste Treppe wies und freundlich fragte: »Können wir hinaufgehen?«

Er rührte sich. »Entschuldigen Sie, ich bin ganz mitgenommen, kann es immer noch nicht fassen. Aber Sie sind wegen der Wohnung hier. Kommen Sie!«

Unter dem Dach gab es, wie auf den unteren Fluren, ebenfalls jeweils zwei Türen. Die eine führte, wie Prüsse erklärte, auf den nach dem Ausbau verbliebenen Dachboden. Er schloss die zweite Tür auf und ließ Norma den Vortritt. Von abgewohnten Sessel-Oldtimern bis hin zu Möbelmonstern im Stil des Gelsenkirchener Barocks war sie auf alle Geschmacksverirrungen gefasst. Was sie erblickte, überraschte sie aufs Angenehmste. Ein heller, geräumiger

Wohnraum, nach oben geöffnet bis in die Dachsparren und sparsam ausgestattet mit schlichten, nach den Regeln der Handwerkskunst gearbeiteten Holzmöbeln. Dazu dezente Wandfarben, dunkles Parkett, Kunstdrucke an den Stirnwänden und ein einladender Lesesessel nebst Leuchte. Die offene Küche war frei von Schnickschnack, aber mit allem ausgestattet, was man zum Kochen brauchte. Obendrein wäre, dem Kaffeeautomaten sei Dank, für frisch gebrühten Espresso gesorgt. Das Bad nebenan war hell und praktisch ausgestattet, das Schlafzimmer mit Doppelbett schlicht, aber hübsch. Daneben lag ein zweites Schlafzimmer mit einem Einzelbett.

»Falls mal Besuch kommt«, erklärte Prüsse selbstgefällig.

Oder falls der Besuch schnarcht, ergänzte Norma im Stillen.

»Darf ich?« Ohne eine Antwort abzuwarten, strich sie sich die Schuhe von den Füßen und warf sich auf das Bett, das unter einer Tagesdecke verborgen war. Elastisches Latex umschmeichelte ihren lädierten Rücken. Der Liegetest im Doppelbett nebenan fiel nicht minder überzeugend aus.

Mit feierlichem Ernst sah Prüsse auf sie herab. »Die Matratzen hat meine Mutter vor zwei Wochen bestellt. Die sind nagelneu.«

Welche Wonne gegen die Qualen der rosa Hölle. Ein wenig unwillig rappelte Norma sich auf und suchte ihre Schuhe zusammen. »Das sollte passen.«

»Alles Mamas Werk!«, verkündete Prüsse stolz. »Mama hatte ein Händchen für die Einrichtung.«

»Kann man wohl sagen!«

Er schaute sie, in den Sandalen wippend, herausfordernd an. »Also gefällt Ihnen die Wohnung?«

Norma stimmte ihm freimütig zu. »Unbedingt. Wie ich sehe, kann man auch draußen sitzen?«

Der Balkon bot zwar kaum genug Platz für einen Bistrotisch und zwei Gartenstühle, war aber besser als nichts.

Prüsse öffnete die Fenstertür. »Hat Abendsonne und geht zum Hof raus. Ich hoffe, das stört Sie nicht?«

Ganz im Gegenteil, dachte Norma, sehr angetan vom Blick in den Hof, der zwischen beide Häuser gebettet war. In den Ecken hatten sich Kisten und Gerümpel neben aufeinandergetürmten Waschmaschinen angesammelt. In den Blumenkübeln wucherte Gestrüpp. Vor einer Wand parkte ein weißer Lieferwagen. Vom Balkon aus wäre gut zu beobachten, was sich im Hof abspielte.

Prüsse deutete ihre prüfende Miene falsch. »Mama hat diese Unordnung großen Kummer gemacht, aber mein Schwager lässt alles stehen und liegen. Wir wohnen dort zusammen. Ich, meine Schwester Ilka und Sandro, ihr Mann.« Mit ausgestrecktem Arm wies er auf das triste Haus gegenüber, das für drei Bewohner nicht gerade geräumig erschien.

»Gehören beide Häuser Ihnen und Ihrer Schwester gemeinsam?«, fragte Norma geradeheraus.

Prüsse schien ihre Neugier nicht zu stören. »Aber nein, das alles gehört mir allein. Das kleine Haus hat Mama mir vor fünf Jahren überschrieben. Wegen der Erbschaftssteuer, wissen Sie. Nun ist das Mietshaus dazugekommen.«

Norma schloss von der Miete der Dachwohnung auf die übrigen Wohnungen und überschlug im Kopf die monatlichen Einnahmen – ein hübsches Sümmchen. Und die Schwester war leer ausgegangen?

Als habe er Normas Gedanken erraten, erklärte Prüsse: »Ilka ist meine Halbschwester. Wir haben denselben Vater, aber unterschiedliche Mütter. Mein Vater hatte meiner Mutter lange vor seinem Tod den gesamten Besitz überschrieben, deshalb steht Ilka nichts von dem Erbe zu. Weil sie meine Schwester ist, lasse ich sie und Sandro umsonst bei mir wohnen. Man hilft sich schließlich unter Geschwistern.«

Aus einer Gerümpelecke kam ein wolliger blonder Hund zum Vorschein. Norma schaute zu, wie er hechelnd über das aufgeheizte Pflaster trottete und in einen Anbau an der Rückseite des Hofes verschwand. Daneben führte ein Gang zu einem Obstgarten, dessen hinterer Bereich über das Dach hinweg vom Balkon aus zu erkennen war.

»Mir sind die Fotos im Fenster draußen aufgefallen. Sie züchten Hunde?«

»Golden Retriever«, ergänzte er nachsichtig. »Das ist Ilkas Passion. Die Zwinger liegen draußen im Garten. In den Hof kommt nur der alte Abraxas, und er tut keiner Fliege etwas zuleide. Der Hund wäre doch kein Problem für Sie?«

»Nicht für mich«, entgegnete Norma leichthin. »Eher für meinen Kater.«

Bei diesen Worten zuckte Prüsse zusammen. »Eine Katze? In dieser Wohnung? Kommt nicht infrage. Mama hat in ihrem Haus keine Tiere geduldet. Wenn Sie hier mit einer Katze einziehen wollen, muss ich Ihnen absagen. So leid es mir tut.«

Nachdenklich sah Norma auf den Hof hinunter. Der blonde Hund war zurückgekehrt und beschnupperte umständlich einen Blumenkübel, bevor er das Bein hob. Sie trat näher an die Brüstung heran. Jetzt rührte sich etwas im Haus gegenüber. Hinter einem Fenster waren zwei Menschen zu erkennen, ein Mann und eine kräftige brünette

Frau, die beide mit den Händen gestikulierten. Schwager und Halbschwester in lebhafter Diskussion?

»Ich könnte Poldi vielleicht bei meinem Freund lassen«, überlegte Norma laut.

»Klären Sie das, Frau Lienhop. Von mir aus können Sie die Wohnung haben. Aber ohne Katze!«

»Darf ich mir die Küche noch einmal ansehen?«

Sie ließ Prüsse mit einem Lächeln stehen. Das niedrige Fensterband, das sich über die Arbeitsplatte hinwegzog, gestattete einen tiefen Einblick in die nachbarliche Küche.

Fernglas, Richtmikrofone vor dem Fenster, Drohnen, schoss es ihr übermütig durch den Kopf.

Der Mann verließ den Raum, entzog sich ihren Blicken und erschien gleich darauf draußen im Hof. Ein korpulenter Typ in Jogginghosen und grauem Sweatshirt, der ungeachtet der Frühlingssonne einen Schal trug und plötzlich zu Norma hinaufschaute. Der Backenbart betonte das kantige Gesicht. Im Sonnenlicht blitzte ein Goldkettchen am Handgelenk auf.

Unwillkürlich machte Norma ein paar Schritte rückwärts und wandte sich Prüsse zu, der sehr aufrecht und in seinen Sandalen wippend abwartend inmitten des Zimmers stand.

»Mein Freund wird das machen. Sich um den Kater kümmern, meine ich. Herr Prüsse, ich nehme die Wohnung. Am liebsten so bald wie möglich!«

»Meinetwegen können Sie morgen einziehen«, stimmte er ihrem Entschluss zu.

Angestachelt vom Jagdfieber konnte sie den Umzug kaum erwarten. Es hieße, zwei Fliegen mit einer Klappe zu schlagen, da ihr im neuen Übergangsdomizil die Zielperson sozusagen auf dem Silbertablett serviert wurde.

Zurück im Wagen wartete sie mit der Abfahrt und stöberte mit dem Smartphone im umfangreichen Angebot an Welpen im westdeutschen Raum. Unter all den angepriesenen Tieren stieß sie auf eine junge Königspudelhündin: apricotfarben und einfach entzückend. War ihr exakt dieses Foto nicht vor Kurzem im Netz begegnet? Ungeduldig rief sie Ilka Alandts Zwingerseite auf und scrollte herunter zu den vermittelten Hunden. Die richtige Spur! Auf Ilkas Homepage zeigte das Foto allerdings angeblich einen Rüden, der vor zwei Jahren in eine Familie abgegeben worden war. Perplex über eine solche Dreistigkeit, beobachtete Norma weiter Prüsses Häuser. Wenn das Glück weiter auf ihrer Seite war, tat sich vielleicht etwas. Und tatsächlich: Keine halbe Stunde später trat Ilka Alandt durch die Glastür auf den Gehweg hinaus. Sofort rief Norma die Mobilnummer der Pudel-Anzeige an. Prompt blieb Ilka stehen und kramte in der Handtasche. Zum zweiten Mal an diesem Tag wechselte Norma den Namen. Als sie Interesse an dem Pudelwelpen vorgab, erkannte sie aus der Entfernung, wie Ilka Alandts Schultern sich erwartungsvoll strafften.

14

Am nächsten Tag ließ sich der Fremde, den sie um Haaresbreite getötet hätte, nicht blicken. Angestrengt hielt Josefine nach ihm Ausschau, während sie mit der THermine ihre Runden drehte. Auf der zweiten Tour meinte sie, ihn unter dem Viadukt der Nerobergbahn entdeckt zu haben, bemerkte die Verwechslung jedoch bald. Der leicht schleppende Gang des Spaziergängers hatte sie in die Irre geführt. In der dritten Runde glaubte sie, ihm ein Stück in der Taunusstraße nachzutuckern, bis der Mann sich umwandte und sie ihren Irrtum erkannte. Auf ihrer letzten Fahrt am Nachmittag meinte sie, ihn hinter dem Wassernebel des dortigen Springbrunnens, des Kochbrunnenspringers, wahrzunehmen. Es bereitete ihr Unbehagen, wie beharrlich sich dieser Mann in ihrem Kopf eingenistet hatte.

Als sie die THermine an der Südfassade der Marktkirche entlangführte, fiel ihr eine Geschichte ein, die ihr die Mutter kurz vor ihrem Tod vorgelesen hatte. Über ein Jahrzehnt lag das zurück. Josefine war gerade 20 geworden, als ihre Mutter Sabine starb, die von allen, selbst von den Kindern, nur Bienchen genannt worden war. Die Krankheit hatte die Mutter geschwächt und tagsüber auf das Sofa im Wohnzimmer verbannt. Sofern Bienchen den Willen und die Kraft dafür aufbrachte, blätterte sie in den Illustrierten, die der Vater von der Arbeit mit nach Hause brachte. Heimlich sammelte er ein, was in den Wiesbadener Stadtbussen liegen geblieben war. Nicht selten befand sich Lohnenderes darunter als zerknitterte Zeitschriften. Die zusammengeklaub-

Fahrerin wieder, die ihm vor ein paar Tagen wegen ihres weizenblonden Lockenkopfs aufgefallen war. Kuhäugig und mondgesichtig hatte die Frau sichtlich aufgeregt hinter dem Steuer gehockt und keinen Blick für ihn übrig gehabt. Auch jetzt starrte sie hoch konzentriert auf die Fahrbahn und schien die beiden Männer auf der Bordsteinkante kaum wahrzunehmen. Die massive Lok fuhr zwar gemächlich voran, garantierte aber mehr Wucht als ein Pkw und wurde von einer Frau gelenkt, der es neben Erfahrung vermutlich auch an schnellen Reaktionen mangelte, wie Sandro mutmaßte.

Noch während ihm diese Spekulationen durch den Kopf gegangen waren, hatte er Rainald mit beiden Händen an den Schultern gepackt. Der Festgehaltene hatte sich aufgerichtet, als wollte er sich aus dem Griff herauswinden. Da war die Bahn schon dicht an sie herangekommen. Sandro hatte Rainald ein Stück zu sich herangezogen, ihn so mühelos aus dem Gleichgewicht gebracht und einfach losgelassen.

Wo mochte der Schwager nun stecken? Vielleicht drüben im Mietshaus? Auf dem Weg zum Lieferwagen, der im hinteren Teil des Hofs stand, schaute Sandro zum Dachgeschoss gegenüber hinauf und erhaschte einen Blick auf eine hellhaarige, schlanke Frau am Fenster, eine neue Mieterin vermutlich. Wenn Rainald wenigstens selbst ins gelbe Haus einziehen und das kleine Haus ihm und Ilka allein überlassen würde. Aber Rainald war scharf auf die Miete, versoff das Geld, scheute jegliche Arbeit und blockierte die gemeinsame Küche mit seiner stumpfsinnigen Gegenwart.

»Er lässt uns umsonst hier wohnen«, pflegte Ilka ihren nichtsnutzigen Bruder zu verteidigen.

Wofür man Rainalds lästige Gegenwart wohl oder übel in Kauf nehmen musste. Trotz allem war das kleine Haus besser als jede Mietwohnung. Sogar im eher ländlichen Naurod hatten die Preise in den letzten Jahren ordentlich angezogen. Und sie beide brauchten Platz: Ilka für ihre Hundezucht und er selbst für Büro und Werkstatt. Den Großteil der Ware kaufte und verkaufte er über das Internet, und er hatte wenig Lust auf lange Arbeitstage im Lager draußen bei Erbenheim, das im Winter schlecht zu beheizen war und im Sommer zum Glutofen mutierte. Lieber werkelte er gemütlich in Naurod herum.

»Ist immerhin sein Haus, schon vergessen?«, setzte Ilka bei diesen Streitigkeiten gern nach.

Weswegen er im Nachhinein dankbar sein musste, dass Rainald beim Sturz vor die Bahn nichts passiert war. Das hätte ein Eigentor gegeben! Rainald, erst wenige Stunden zuvor zum Erben geworden, hatte seinen Nachlass schließlich noch gar nicht regeln können. Diesen wichtigen Schritt hatte Sandro wenig später nicht kopflos, sondern schlau vorbereitet in Angriff genommen. Noch am selben Abend, an Michaelas Todestag und kurz nach dem unsinnigen Sturz, hatte Rainald seine Halbschwester Ilka zur Alleinerbin bestimmt. Seine Entscheidungsfindung war unterstützt worden von einer Flasche Mariacron und Sandros Warnung, man habe ja heute gesehen, wie schnell es gehen könne.

»Danke«, hatte Rainald an jenem Samstagabend gemurmelt, als er mit Sandro in der Küche gesessen hatte, und war in Tränen ausgebrochen. »Ich muss mich besaufen wegen Mamas Tod. Aber morgen höre ich auf. Mir ist ein Engel erschienen! Sie gibt mir die Kraft dazu.« Dabei leuchteten die Eisaugen in schnapsgetränkter Glückseligkeit auf.

»Das war kein Engel, das war die blonde Fahrerin«, stellte Sandro klar, der Rainald gegenüber am Tisch saß.

Sie waren allein im Haus, während Ilka die Hunde versorgte. »Du bist nun ein wohlhabender Mann. Als Erbe von Michaelas Mietshaus und dem Grundstück. Das ist Bauland! Was glaubst du, was hier in Naurod der Quadratmeter Bauland wert ist?«

»Keine Ahnung«, nuschelte Rainald, während er mit zweifelnder Miene den Ausdruck überflog, den Sandro ihm vorgelegt hatte. »Mama wollte keine Wohnblocks im Garten. Sie liebte die Obstbäume und ihren selbst gekelterten Äppelwoi.« Misstrauisch sah er auf. »Willst *du* womöglich Häuser von Fremden in unserem Garten?«

»Käme mir nie in den Sinn«, gab Sandro leutselig zurück. »Der herrliche Garten! Und wo sollte Ilka mit den Hundezwingern hin? Aber die lausige Brut von deinem Bruder hat wenig Sinn fürs Schöne. Die kümmert nicht, was Michaela wollte. Würde mich nicht wundern, wenn die demnächst vor der Tür stehen. Und sich ihren zukünftigen Besitz schon mal anschauen.«

»Wieso sollten die was von mir erben?«, lallte Rainald irritiert. »Mein Bruder, der Lump, ist seit Langem tot. Mit seinem Gesocks habe ich nichts zu tun.«

»Du hast keine Frau, keine Kinder. Deine Neffen kommen an die Reihe, wenn du keinen Alleinerben bestimmst, kapiert?«

Diese Worte begannen in Rainald zu arbeiten. »Die will ich hier nicht haben!«

Vor lauter Schreck legte er den Kopf in den Nacken und kippte sich den Schnaps in die Kehle, was ihm trotz des Alkoholpegels vom Nachmittag schon wieder möglich war, wie Sandro staunend, aber erfreut zur Kenntnis nahm. Je benebelter Rainald war, desto eher würde er sich auf den Plan einlassen. Eifrig füllte Sandro das Glas auf und tippte mit dem Finger auf den vor ihnen liegenden Text, den er im Internet gefunden und entsprechend angepasst hatte. Er schob Rainald ein leeres Blatt und einen Kugelschreiber rüber. »Schreib das ab! So wie es da steht. Mit dem Testament kriegt die elende Verwandtschaft keinen Cent.«

»Ilka ja. Du nicht«, brabbelte Rainald und ließ den Stift fallen. »Dich schreibe ich nicht rein!«

»Musst du ja nicht«, entgegnete Sandro gutmütig und schenkte sich selbst ein. »Prost, Schwager!«

»Ich könnte den Engel reinschreiben«, überlegte Rainald und angelte nach dem Stift.

»Engel erben nicht«, entgegnete Sandro entschieden. »Jetzt schreib das zu Ende!«

Angespannt verfolgte Sandro, wie Rainald Wort für Wort mit zittriger Hand, aber ausreichend leserlich auf das Papier setzte. Wenn Rainald ihn partout nicht im Testament aufnehmen wollte, ließ er es eben. Als Ilkas Ehemann würde Sandro sowieso miterben.

Ein Gedanke schien in Rainald zu gären. Verunsichert hielt er mitten im Satz inne. »Und wenn ich eines Tages doch heirate? Kinder, Familie – warum denn nicht, wenn ich nicht mehr trinke? Und was dann?«

»Dann machst du einfach ein neues Testament. Im Augenblick sehe ich hier keine Frau, aber eine Flasche auf dem Tisch. Also schreib es endlich komplett ab! Und vergiss das Datum nicht.«

Als Rainald fertig war, nahm Sandro neben der Vorlage auch den angebrochenen Weinbrand und das beschriebene Blatt an sich. »Das Testament verwahre ich, bevor du es verschluderst! Wer steht eigentlich in deiner Lebensversicherung drin?«

Rainald sah auf. »Mama natürlich.«

»Warum nicht deine Schwester, die dich umsorgt? Für dich putzt und kocht? So was nennt man undankbar. Ändere das schleunigst!«

Rainald hielt ihm das leere Glas hin. »Noch einen Schluck, den letzten für den Rest des Lebens.«

»Das schaffst du nie, du versoffenes Wrack!«

Sandro griff sich die Flasche. Als er den Schwager mit dem leeren Glas zurückließ, nahm er sich vor, in den nächsten Tagen wegen der Lebensversicherung nachzuhaken. Aus reiner Faulheit würde Rainald von allein nichts unternehmen, da war er sich sicher.

Als Sandro Ilka später das Testament zeigte, reagierte sie auf die Großzügigkeit ihres Halbbruders mit einer Rührung, die Sandros Hochgefühl in den Keller rutschen ließ. Gegen ihre Zuneigung für diesen Penner würde er niemals ankommen.

»Das hast du nur mir zu verdanken, Ilka! Oder glaubst du, er ist von allein draufgekommen?«

»Er hatte sich in der Stadt vor Kummer volllaufen lassen. Soll das heißen, du hast ihm zu Hause weiter Schnaps gegeben?«

Ihre Regel, dass kein anderer Alkohol als Bier und selbst gekelterter Apfelwein im Haus geduldet wurde, war der hilflose Versuch, ihren Bruder vor der Alkoholsucht zu retten. Doch Rainald betrank sich ohnehin lieber in Gesellschaft.

16

Der Anschlag auf Rainalds Leben lag nun fünf Tage zurück. Mit jeder Stunde, die verstrich, legte sich Sandros Anspannung ein wenig. Die Sonne brannte durch die Frontscheibe hindurch. Er riss sich den Schal vom Hals und schaltete die Klimaanlage ein, nachdem er den Wagen in Gang gesetzt hatte. Gleich darauf schwenkte das ferngesteuerte Hoftor auf, und der weiße Lieferwagen rollte auf die Straße hinaus.

Als er die B 455 erreichte und sich in den dichten Nachmittagsverkehr in Richtung Erbenheim einreihte, meldete sich Ilka. »Bist du auf dem Weg ins Lager? Heute kommt doch eine Lieferung? Wann rechnest du mit Bodo? Fährst du jetzt ins Lager?«

Er hasste es, wenn sie die Fragen wie eine Maschinengewehrsalve abschoss und die erste Frage zum Schluss wiederholte, als wäre ihr entfallen, dass sie diese längst rausposaunt hatte. Eine echt nervige Macke von ihr. Ganz schön blond für eine gesträhnte Brünette, dachte er bissig. »Ja. Ja. Eine Stunde. Ja.«

»Geht's noch knapper? Also kommt Bodo in einer Stunde, oder wie?«

»Sag ich doch.« Ein Traktor mit Ladewagen passierte die Ausfahrt nach Rambach und staute eine lange Kolonne hinter sich auf. Sandro trat kräftig auf die Bremse, was den nachfolgenden Fahrer zu einem Hupkonzert veranlasste.

»Idiot«, murmelte er.

»Wie?«, ließ sich Ilka hören.

»Nichts! Ist noch was?«

Ilka schnaufte hörbar durch. »Schau bitte in Bodos Liste. Er hatte mir vier Königspudel in bestem Zustand versprochen, darunter eine Hündin in Apricot. Ich hoffe sehr, er hält Wort. Nachher ist so wenig Zeit, deswegen habe ich die Pudel vorab schon ins Netz gestellt. Und sofort kam eine Anfrage wegen der Hündin.«

»Ziemlich voreilig von dir«, entgegnete er verwundert. »Bleib dran, ich sehe nach.«

Die Aufstellung war am Morgen per E-Mail gekommen. 36 Welpen der Rassen Labrador, Rottweiler, Dalmatiner, Havaneser, verschiedene Terrier und andere. Was der Markt verlangte. Wenn er sich recht erinnerte, waren auch Pudel dabei. Aber in welcher Größe? Mit nur einer Hand am Steuer griff er nach dem Smartphone und suchte im Mailordner nach Bodos Nachricht.

»Hier hab ich's. Großpudel. Zwei Rüden, schwarz. Zwei Hündinnen, eine in Weiß, eine in Apricot.«

»Bingo. Auf Bodo ist Verlass! Der Interessentin ist der alte Hund gestorben, und sie will kein halbes Jahr auf einen Welpen vom Züchter warten.«

»Lass sie ordentlich zahlen.«

»Na klar, was denn sonst? Dieses Geschäft mache ich, nicht dein Großabnehmer.«

Sandro hatte einen festen Aufkäufer im Ruhrgebiet. Der Händler verdiente den Löwenanteil an den Welpen, die er über eine Internetplattform bis in die Niederlande und nach Belgien an Privatleute verkaufte. Sandro war nur ein Rädchen im Getriebe und übernahm die Hunde von Bodo, der sie in slowakischen Vermehrungsstationen einkaufte und nach Deutschland transportierte. Als gelernte Krankenschwester päppelte Ilka die Welpen nach der langen Fahrt auf. Im Grunde passte sie gut zu ihm, fand Sandro. Abgesehen von der kindischen Zuneigung zu ihrem versoffenen Halbbruder konnte sie ziemlich nützlich sein. Beim Welpenhandel fiel für jeden etwas ab. Aufwand und Risiko waren unerheblich, solange man ein Glied in der Kette blieb. Private Verkäufe spülten viel mehr in die Kasse, brachten aber Arbeit mit sich und möglichen Ärger. Deswegen bot Ilka nur hin und wieder Hunde einer gefragten Rasse selbst in einer Internetbörse an. Nach der Herkunft der Jungtiere wurde selten gefragt. Entweder waren die Käufer von Ungeduld getrieben und wollten sich den Hundewunsch umgehend erfüllen, oder sie sahen mit starrem Blick auf den Preis. In der Gier, den Hund für weniger als den halben Züchterpreis zu bekommen, blendeten sie jedes Detail aus, das faul sein könnte. Bisher war das gutgegangen.

Mit dem Versprechen, sich zu melden, wenn die Hunde eingetroffen wären, beendete er das Gespräch und lenkte den Wagen die Ausfahrt hinunter. Nach einigen Kilometern über verschlungene Feldwege hielt er den Wagen vor der Feldscheune an, die ihm als Lager für die Haushaltsgeräte diente. Seit zwei Jahrzehnten betrieb er das Geschäft, und es war nicht leichter geworden. Früher hatte er sogar einen richtigen Laden in der Innenstadt geführt, mit einem angestellten Verkäufer und einem Techniker, der die gebrauchten Geräte vor dem Weiterverkauf überholte. Heute machte er alles allein. Alte Geräte abholen, oft aus Haushaltsauflösungen, sie überholen, gegebenenfalls reparieren, bei Ebay einstellen und zum Kunden bringen. Viel Arbeit für wenig Lohn. Mittlerweile diente der Haushaltsgeräteverkauf vor allem als Tarnung für die illegalen Hundegeschäfte. Die Scheune lag weit ab von jeglicher Nachbarschaft, und falls doch jemandem das An- und Abfahren der Transporter auffiel, würde es keinen Verdacht wecken.

Bevor er ausstieg, griff er trotz der Hitze zum Schal, um seinen Hals zu bedecken, was seine Gedanken unweigerlich auf Bruce lenkte, Bodos unberechenbaren Kumpanen. Er schloss die Giebeltür auf und knipste das Licht im vorderen Lagerraum an. Vorbei an Waschmaschinen, Trocknern und Elektroherden führte sein Gang nach hinten ins Büro. Das kleine Fenster darin wies zur Nordseite und ließ kaum Sonne hinein; eine kühle Frische, die Sandro gelegen kam. Aus dem Tresor nahm er sein Springmesser. Er liebte das scharfe Messer mit dem handlichen Hirschhorngriff und pflegte sorgsam die empfindliche Mechanik, die die Klinge aus dem Schaft schleuderte. Die illegale Waffe, die ein unbekannter Vorbesitzer unter einer Waschtrommel versteckt hatte, passte perfekt in die Hosentasche.

Er rollte den Aktenschrank beiseite, der den Durchgang zu einem zweiten Raum verbarg. Sofort drang ihm der unvermeidliche Geruch von Hundekot und Trockenfutter entgegen. Statt eines Fensters war auf Augenhöhe eine Holzklappe angebracht, die er nun öffnete, um frische Luft und etwas Tageslicht reinzulassen. Im Licht der Deckenlampe schaute er nach den Käfigen, die sich an den Wänden stapelten. Hier gab es nichts vorzubereiten. Ilka hatte nach der letzten Lieferung sauber gemacht und die Böden mit Zeitungspapier ausgelegt. Zufrieden verließ er den Raum, schob den Schrank an seinen Platz zurück und setzte sich an den Schreibtisch. Während er Bodos Liste ausdruckte, spürte er das beruhigende Gewicht des Messers am Oberschenkel. Ein zweites Mal wollte er Bruce nicht wehrlos gegenüberstehen.

17

Lang gezogenes Hupen rief ihn eine halbe Stunde später nach draußen. Bodo hatte seinen dunkelblauen Sprinter mit der Rückseite ans Tor herangefahren und wartete neben der geöffneten Fahrertür, eine Hand im Wagen auf der Hupe, die andere hing mit dem Daumen im Hosenbund. Wie üblich trug er zur Jeans und zu den albernen weißen Sneakern eine ärmellose Lederweste über dem ebenso ärmellosen Shirt, um die trainierten Oberarme zur Geltung zu bringen. Sandro hätte die paar Male an einer Hand abzählen können, die er Bodo – Minusgrade vorausgesetzt – in einer Jacke zu Gesicht bekommen hatte.

»Wo bleibst du, hey?«, knurrte Bodo. »Lässt mich ewig warten!«

Sandro murmelte einen Gruß und behielt die Kabine im Blick, in der Bruce in muskulöser Pracht auf dem Fahrersitz hockte und arrogant auf die beiden Männer herabschaute. Die kupierten Ohren seien ein Werk des slowakischen Tierarztes, der die Transportpapiere der Welpen fälschte, hatte Bodo einmal von sich gegeben. Ein naturbelassener Dobermann entsprach nicht dem Geschmack seines Herrn. Dobermänner mit Kippohren sehen dämlicher aus als Schafe, war Bodos dezidierte Meinung.

Sandro machte sich weniger Gedanken über Bruces angespitzte Ohren als über dessen gewaltige Fangzähne, die hinter den zuckenden Lefzen aufblitzten. Je tiefer das Knurren klang, desto enger schmiegte sich seine rechte Hand um das Messer in der Hosentasche.

»Hör endlich mit dem Gehupe auf!«, verlangte er barsch. »Und mach die Autotür zu!«

Der Lärm verstummte. Bodo lachte grob. »Angst?«

»Dein Köter hätte mich beinahe totgebissen!«

»Was reißt du auch wegen ein paar Fliegen den Arm in die Luft, hey? Bei einem Hund, der auf Mann trainiert ist! Der jedem gleich an die Kehle geht.«

Bei der Erinnerung daran brach Sandro der Schweiß aus. Wie aus dem Nichts hatte der Hund ihn angefallen. Verzweifelt hatte er versucht, sich die scharfen Zähne vom Leib zu halten, bis es Bodo endlich gelungen war, den Hund am Halsband fort und zum Auto zu zerren. Als er zurückgekommen war, hatte Sandro auf dem Boden gelegen und beide Hände an den Hals gedrückt – schwindelig vor Panik und übel von dem Blut zwischen den Fingern. Immerhin war sogar der hartgesottene Bodo von dem Anblick genügend geschockt gewesen, um einen Krankenwagen zu rufen, bevor er sich samt Bruce aus dem Staub gemacht hatte.

»Hättest ihm vor dem Zupacken besser das Loslassen beigebracht«, meinte Sandro nun, den Hund wachsam im Auge behaltend.

»Freigeben ist nicht so sein Ding«, entgegnete Bodo mit einem Grinsen unter der kreativ zusammengewachsenen Schlägernase. »Hey, lass uns zum Geschäft kommen.«

Bemerkenswert behutsam, wie Sandro mit Genugtuung wahrnahm, als traute er seiner Kampfmaschine selbst nicht über den Weg, schlug Bodo die Fahrertür zu. Sandro löste die Faust vom Messer in der Hosentasche.

Nach und nach trugen sie gemeinsam zahlreiche Transportkisten und Kartons mit Welpen durch das Lager hindurch und in den hinteren Raum. Dort stellte Sandro eine Kiste nach der anderen auf den Tisch und sah sich jeden

Hund genau an, bevor er ihn in einen der eigenen Käfige setzte und auf der Liste abhakte.

»Im Preis musst du mir entgegenkommen«, urteilte er streng. »Die meisten sind keine sechs Wochen alt. Schlechte Ware!«

»Die Kunden wollen das so«, widersprach Bodo gelassen. »Je jünger, desto treuer. So sagt man doch.«

»Sofern sie's überleben! Wo ist der Apricot-Pudel? Ilka macht mir die Hölle heiß, wenn er fehlt.«

Mit kumpelhaftem Grinsen öffnete Bodo den vorletzten Karton und hob ein wolliges Hündchen im bestellten Orangeton heraus. Als Sandro den Kleinen übernahm, begann der Welpe sofort, an seinem Daumen zu nuckeln. Auch diese Hündin war reichlich jung, sah aber gesund aus. Ilka dürfte zufrieden sein. Aus dem Privatgeschäft könnte etwas werden. Auch ihre drei Geschwister, zwei in Schwarz, eines in Weiß, waren vergleichsweise lebhaft. Ihre Gefährten dagegen, zwei winzige Terrier und drei Dackelchen so groß wie Meerschweinchen, beförderte Sandro nach einem prüfenden Blick zurück in den Karton. Sie rührten sich kaum, hatten sich kraftlos angefühlt und konnten sich nicht auf den Beinchen halten.

»Die nimmst du wieder mit«, sagte er barsch. »Was soll ich mit halbtoter Ware?«

Bodo nahm es gelassen. »Schwund ist immer. Häppchen für Bruce.«

Ihm war zuzutrauen, dass er das ernst meinte. Sandro warf Bodo einen Seitenblick zu, doch dessen Pokerface wirkte ungerührt. Was soll's, dachte Sandro. Geschäft ist Geschäft. Mit kranken Welpen konnte er nichts anfangen. Was kümmerte es ihn, was Bodo mit den unverkäuflichen Hunden machte?

Ein Karton war noch übrig, darin ein vor Scheu zitterndes, verfilztes Hündchen undefinierbarer Rasse.

»Was ist mit dem?«, fragte Sandro. »Der steht nicht auf der Liste.«

»Der Kleine kam in letzter Minute dazu«, antwortete Bodo, lässig an der Wand lehnend, einen Fuß angewinkelt. »Ein reinrassiger Tibet-Terrier.«

»Ach nee? Wenn du mich fragst, ist das ein astreiner slowakischer Straßenköter.«

Bodo lachte, ohne seine Haltung zu verändern. »Mag sein, aber weiß und wollig. Voll süß, hey!«

»Eher voll daneben«, blaffte Sandro und musterte das wimmernde Hündchen. »Wenn der die Staupe hat, gibt das Ärger.« Er griff in den Karton hinein. Der Hund wirkte apathisch, aber als Sandro die Hand nach ihm ausstreckte, schnappte der Kleine reaktionsschnell und ohne Vorwarnung zu.

Mit einem Fluch riss Sandro die Hand zurück. Nachdem er den Handrücken mit einem Taschentuch abgetupft hatte, blieb dort, wo die Milchzähne zugeschlagen hatten, eine Reihe roter Punkte zurück. Die Wunde blutete kaum.

»Ich würde das unter Wasser halten und Jod draufkippen«, schlug Bodo vor.

»Ach was, nur ein Kratzer. Aber den Welpen nimmst du wieder mit.«

»Wie du meinst«, entgegnete Bodo gelassen. »Den krieg ich anderswo los.«

Bodo ließ die beiden Kisten mit den abgelehnten Tieren vorerst in der Scheune stehen und schaute sich unter den Haushaltsgeräten nach Waschmaschinen, Wäschetrocknern und Geschirrspülmaschinen um, die er für die Rückfahrt einladen wollte. Mit Hunden hin und mit Geräten zurück, so machten sich die Touren für ihn bezahlt. Der Auswahl folgte das Feilschen um jeden Cent. Wie Sandro arbeitete auch Bodo auf eigene Rechnung – jeder sein eigener Unternehmer. Andererseits waren beide aufeinander angewiesen. Nach dem üblichen Hin und Her wurden sie sich schließlich einig.

Als Bodo sich verabschiedete und mit betont langsamen Bewegungen, um Bruce nicht zu reizen, zurück in den Sprinter kletterte, ging es Sandro wieder einmal im Kopf herum, welchen Schachzug es bräuchte, um Rainald mit dem Dobermann zusammenzubringen. Ein Hund. Ein Mann. Ein Ort. Rainald betrunken, die Bewegungen unbeholfen. Das wäre alles, was es brauchte, um in Bruce den trainierten Killer zu wecken. Ein satter Biss in die Kehle, und das erbärmliche Dasein des Schwagers fände sein Ende. In Gedanken überschlug er, was der große Garten als Bauland einbringen mochte. Selbst wenn er den Preis niedrig ansetzte, könnten Ilka und er das Leben dann wesentlich entspannter angehen. Und Entspannung, so fand er, hatte er sich verdient.

In Zukunftsträume versunken klebte er sich ein Pflaster auf die verletzte Hand und wartete auf Ilka.

18

Beinahe tat es Josefine leid, in den Feierabend zu gehen. Doch schon morgen erwartete sie ein neuer, aufregender Arbeitstag, und sie war – bei ehrlicher Betrachtung – ziemlich geschafft von der ungewohnten Konzentration. Sie wünschte Pablo einen schönen Tag und spazierte gemütlich zur Bushaltestelle. Auf dem kurzen Weg meinte sie, Rainald Prüsse im Schatten des gläsernen Parkhauszugangs zu erspähen, wollte sich aber nicht länger von Hirngespinsten irritieren lassen. Entschlossen verbat sie sich jeden weiteren Kontrollblick rundherum. Die letzten Schritte rannte sie und fragte im Laufen einen Passanten, ob der im Abfahren begriffene Bus zum Hauptbahnhof führe. Fünf Minuten später stieg sie am Bahnhofsvorplatz aus und fand allein den richtigen Bahnsteig für die S 9 nach Mainz-Kastel. Mit Zahlen (und Rechnen) kam sie gut zurecht.

Am Kasteler Bahnhof bestand kaum Gefahr, in die falsche Buslinie zu steigen. Hier kannte sie sich gut aus. Während sie auf den Bus nach Mainz-Kostheim wartete, musste sie wie so oft an ihren Vater denken, der zu seiner Zeit als Busfahrer die boshafte Behauptung, das Schönste an Wiesbaden sei der Bus nach Mainz, wortwörtlich genommen hatte. Sein Berufsleben lang war er lieber auf der anderen Rheinseite unterwegs gewesen und betrachtete sich, den gebürtigen Kostheimer, als waschechten »Meenzer« und nicht als »Wissbadener«. Er war ein Kind gewesen, als die bis dahin zu Mainz gehörenden AKK-Gemeinden Amöneburg, Kastel und Kostheim nach Kriegsende Wiesbaden zugeschlagen worden waren.

Josefine lag dieses nostalgische Gedankengut fern. Sie war mit ganzem Herzen Wiesbadenerin, machte aber genauso gern einen Stadtbummel drüben in Mainz, das näher an Kostheim lag als das Wiesbadener Zentrum. Nie hatte sie woanders gewohnt als in der Kostheimer Altstadt. Dort stand das Geburtshaus ihres Vaters, Seite an Seite mit anderen einfachen Fachwerkhäuschen. Früher war es eng zugegangen, was bei fünf Kindern kein Wunder war. Wer anders als Josefine, die älteste von vier Schwestern und einem Bruder, hätte nach und nach immer mehr Aufgaben im Haushalt übernehmen sollen, je kränker die Mutter wurde? Putzen, Waschen, Einkaufen und sogar das Kochen gingen ihr schon als Neunjährige leicht von der Hand. Auf alle Fälle wesentlich leichter als die Schule. Todmüde vom frühen Aufstehen fiel ihr das Lernen schwer, und für die Schulaufgaben blieb immer weniger Zeit. Irgendwann verpasste sie den Anschluss, saß die Schulstunden nur noch ab, wenn sie nicht sowieso schwänzte. Sie verließ die Hauptschule, ohne viel mehr als ihren Namen schreiben zu können, was die Eltern nicht weiter kümmerte. Die Mutter, die sich alleingelassen mit der Krankheit sehr schwer tat, wollte die älteste Tochter am liebsten ständig an ihrer Seite haben. Der Vater war froh, von allen familiären Lasten befreit zu sein. Unser Josefinchen ist eine richtige kleine Hausmaus, hieß es all die Jahre. Worin die Einstellung mitschwang, die Hausmaus tauge auch zu nichts anderem, während sich die Jüngeren zum Stolz der Eltern als fleißige Schüler bewiesen. Alina, Steffi, Jana und Martin bestanden die mittlere Reife und lernten alle einen Beruf. Als sie nacheinander auszogen, ließen sie den mittlerweile verwitweten Vater zurück, der mit Leib und Seele Busfahrer gewesen war und als Rentner nichts mit sich anzufangen wusste.

Und Josefine? Anstatt eigene Pläne zu schmieden, hatte sie sich in das gestürzt, was sie kannte und konnte, und eine Putzstelle nach der anderen angenommen. Was bestens klappte, solange die Wohnungsbesitzer ihr keine Listen mit Aufträgen hinlegten. Bevor verwunderte Nachfragen gekommen waren, wie der Zettel schon wieder aus Versehen im Abfall hatte verschwinden können, hatte sie in den nächsten Haushalt gewechselt. Anfragen hatte sie schließlich genügend gehabt. Sie konnte perfekt putzen und hatte sich stets bescheiden gegeben.

»Wovon hast du als Kind geträumt?«, hatte Martin, ihr Bruder, im vergangenen Sommer gefragt. Er selbst, der gelernte Landschaftsgärtner, hatte gerade seine Selbstständigkeit vorbereitet. Als er Josefine einige übrig gebliebene Pflanzen vorbeigebracht hatte, war er auf der Terrasse auf seine in Tränen aufgelöste Schwester gestoßen.

»Ist was mit Papa?«, fragte Martin erschrocken und stellte einen bunt gefüllten Korb auf dem Terrassentisch ab.

»Papa! Papa! Immer geht's um die Familie«, fauchte sie aus dem Sessel heraus, in dem sie wie ein Häufchen Elend kauerte. »Wie's mir geht, kümmert keinen.«

»Wieso? Was ist mit dir?«, fragte er irritiert. »Bist du krank?«

»Krank? Im Kopf vielleicht. Wie man sich eben fühlt, wenn sich die ganze Welt weiterdreht, und nur um dich herum ist alles erstarrt wie in Packeis.«

Martin ließ sich auf einen Stuhl fallen und sagte erst einmal nichts. Dermaßen intime Äußerungen war er von der Schwester nicht gewöhnt. Sofort schämte sie sich, weil die

Erkenntnis so aus ihr herausgebrochen war. Am Abend zuvor hatte sie im Fernsehen einen Film über die Antarktis gesehen und sich plötzlich selbst entdeckt in dieser unendlichen Eislandschaft. Bis in den Schlaf war sie von verstörenden Bildern verfolgt worden. Davon noch immer beeindruckt, strich sie sich mit dem Blusenärmel übers Gesicht und wischte die Tränen ab.

Nach kurzem Nachdenken stellte Martin ihr dann die Frage, wovon sie als Kind geträumt habe, und erklärte, als sie schwieg, mit wichtiger Stimme: »Ich zum Beispiel wollte immer auf eigenen Beinen stehen. Also, was war dein größter Wunsch als Kind?«

»Ausschlafen!«, fiel ihr spontan ein. »Früher war ich andauernd müde. Schlafen, das wäre das Größte gewesen. Ihr habt mich nicht in Ruhe gelassen.«

»Ach, Fine! Was können wir dafür, dass die Eltern dich ausgenutzt haben? Also, wovon hast du als Kind geträumt?«

Sie dachte nach. So lange war das her. »Busse wollte ich fahren wie Papa. Oder noch besser: Lokführerin werden. Das habe ich mir toll vorgestellt. Immer unterwegs sein, Leute hin- und herbringen. So was eben.«

»Und heute? Was willst du heute?«

Ein neues Bild in ihrem Kopf löste die Eiswelt ab. Rot gegen Weiß. »Die THermine«, sagte sie zögernd. »Die würde ich gern fahren.«

»Die THermine? Du meinst die kleine Touristenbahn?«, vergewisserte er sich verblüfft.

»Genau die. Jedes Mal, wenn ich sie sehe, stelle ich mir vor, wie es wäre, an ihrem Steuer zu sitzen. Den Leuten die Stadt zu zeigen«, sagte sie schwärmerisch und hob sich ein Stück aus dem Sessel heraus.

»Dann tu es!«

Ihr Blick fiel auf den Korb auf dem Tisch. Liebend gern hätte sie ihrem Bruder eine Geranie samt Wurzelballen an den Kopf geschleudert, stattdessen verkroch sie sich, und die Tränen flossen erneut. »Warum machst du dich über mich lustig?«

Martin beugte sich vor und beteuerte beschwichtigend, er meine es ernst. »Warum sollst du das nicht können, Fine? Was Papa konnte, das kannst du auch.«

Der letzte hingeworfene Satz machte sie wütend. »Da gibt es einen nicht unwesentlichen Unterschied: Papa kann lesen und schreiben. Ich nicht!«

»Fine, man kann auch als Analphabet den Führerschein machen, sogar den Schein zur Personenbeförderung. Es gibt Fahrschulen, die sich darauf spezialisiert haben.«

Sie blieb skeptisch. »Woher willst du das wissen?«

»Ich bin im Internet darauf gestoßen. Die Fragen und die möglichen Antworten werden einem vorgelesen.«

»Mal angenommen«, sagte sie, von seiner Begeisterung vorsichtig angesteckt, »es ist, wie du sagst. Wovon soll ich die Prüfungen bezahlen? Sie sind bestimmt teuer.«

Wasser, Strom und Essen wurden von Vaters Rente finanziert. Weil sie sich um den Haushalt kümmerte, durfte sie umsonst bei ihm wohnen und musste nur ihre persönlichen Kosten bestreiten. Trotzdem blieb von dem Verdienst durch die Putzjobs nicht viel übrig.

»Papa«, schlug Martin vor. »Er hat Geld aus einer Lebensversicherung bekommen und kann dir einen Kredit geben. Ich werde mit ihm reden.«

»Ich weiß nicht«, sagte sie mutlos. »Wie soll ich das hinkriegen?«

»Indem ich dir helfe«, versprach Martin, und er hielt Wort.

Den Vater konnte er allerdings nicht als Sponsor gewinnen. Die törichte Tochter am Steuer eines Fahrzeugs? Mit Menschen drin? Warum nicht gleich Amok laufen, wenn sie unbedingt Blut sehen wollte? Ohne Martin hätte sie in diesem Moment aufgegeben. Aber ihr Bruder ließ nicht locker und überredete die drei anderen Schwestern, den Großteil des Geldes beizusteuern. Josefine versprach, jeden Cent zurückzuzahlen, und finanzierte den Rest aus ihren Ersparnissen. Außerdem nahm sie zusätzliche Putzstellen an.

Das Ziel erschien ihr so unendlich schwer und meilenweit entfernt. Als sie erfuhr, dass außerdem eine Sachkundeprüfung bei der Industrie- und Handelskammer erforderlich war, hätte sie beinahe alles hingeworfen. Doch Martin nahm sie quasi bei der Hand, organisierte bei der IHK ein Gespräch mit einer freundlichen Dame, die ihr Mut zusprach und vorschlug, die Fragen am sprachgesteuerten Computer zu beantworten. Fleißig lernen müsse sie allerdings, sehr fleißig lernen, erklärte die Dame nachdrücklich. Josefine stellte sich auf eine Menge Wissen ein, die in ihrem Kopf Platz finden und sich bei Bedarf abrufen lassen müsste. Eisern hatte sie dann auch in wenigen Wochen mehr Stoff gebüffelt als in der gesamten Schulzeit; angeleitet und unterstützt von Martin. Seit ihr die Prüfungen gelungen waren, fühlte sie sich von einem Hochgefühl durch die Tage getragen.

Ein Wermutstropfen war und blieb ihr Vater Ernst Luven, der Schwarzmaler, der ihr alle Arten von Katastrophen im Straßenverkehr prophezeite. Nicht allein die fehlende Anerkennung machte ihr zu schaffen. Seit einiger Zeit benahm er sich zunehmend merkwürdig. Das Mittagessen zu vergessen und die Töpfe unberührt auf dem Herd stehen zu lassen – damit hätte sie leben können. Sorgen hingegen bereitete ihr, wenn er sie mit Pyjamahose und Strickjacke im Empfang nahm oder komplett auf eine Hose verzichtete. Ausgerechnet ihr Vater, der sein ganzes Leben so pingelig mit seiner Kleidung gewesen war, ließ sich gehen. Anstatt sich fürs Bett fertigzumachen, hatte er eines Abends die Küchenschränke nach seiner Thermoskanne durchsucht und zum Dienst aufbrechen wollen. In Unterhose und mit nackten Beinen. Seitdem schloss sie über Nacht die Haustür ab und versteckte den Schlüssel. Tagsüber schien er sich besser unter Kontrolle zu haben. Aber Josefine fragte sich, wie er nun zurechtkommen sollte, wenn sie stundenlang bei der Arbeit war. Sie hatte die Nachbarin Roswitha Theilkuhl gebeten, ab und zu nach ihm zu sehen. Kinderlos und ebenfalls früh verwitwet, hatte sie seit Jahren ein Auge auf Ernst Luven geworfen, jedoch ohne dem Ziel wirklich nähergekommen zu sein. Nur zu Kaffee und selbst gebackenem Apfelkuchen hatte sie ihn hin und wieder ins Haus locken können. Seit Ernst sich so seltsam verhielt, ließen Roswithas Bemühungen um seine Gunst allerdings spürbar nach. Mittlerweile schien es ihr sogar lästig zu sein, Josefines Bitte zu erfüllen und zwei, drei Mal am Tag kurz hinüberzugehen.

In die Sorgen um den Vater vertieft, hätte Josefine beinahe den Bus nach Kostheim verpasst. Das laute Zischen der Bremsen ließ sie von der Bank hochschrecken. Zum Glück öffnete der Fahrer erneut die Tür und gab nuschelnd Auskunft, als sie ihn vorsichtshalber nach der Strecke fragte. Kaum hatte sich der Bus in Bewegung gesetzt, fiel ihr auf dem Parkplatz ein Mann auf, der ein Taxi heranwinkte. Sie schaute dem Mann nach, bis der Busfahrer auf dem Philippsring Gas gab und er aus ihrem Blickfeld verschwand. Obwohl der Eindruck kurz gewesen war, hatten ihre Augen sie dieses Mal nicht getäuscht, da war sie sich sicher: Das war er gewesen, der Mann, den sie um Haaresbreite getötet hätte. Kein Trugbild, es war Rainald Prüsse gewesen. Ein Zufall? Oder verfolgte er sie?

19

Auf dem Nachhauseweg kam ihr die Nachbarin entgegen. In eine bunte Schürze gewickelt, winkte sie Josefine von Weitem zu und meckerte über die Gasse hinweg: »So geht das nicht, Fine! Was für eine Undankbarkeit!«

Josefine rannte die letzten Schritte. »Was ist mit Papa?«

Sie habe gebacken, erzählte Roswitha Theilkuhl aufgebracht, extra Apfelkuchen mit Rahm, weil Ernst den doch so gern möge, und wie zum Beweis stieg Josefine der Geruch frischer Hefe aus Roswithas Haar entgegen. »Stell dir vor: Er hat mich aus dem Haus gejagt. Hat gebrüllt, er hasst meinen Apfelkuchen. Verabscheut meinen Apfelkuchen! Da hat er Jahr für Jahr Stück für Stück in sich reingestopft. Und jetzt heißt es plötzlich, mein Kuchen widert ihn an!« Die duftende Frisur, der vor dem runden Bauch baumelnde Knoten aus Schürzenbändern, Roswithas Gewissheit über die Vorlieben des Nachbarn: Alles schien in Auflösung begriffen, Roswithas Enttäuschung grenzenlos.

»Wo ist er jetzt?«, fragte Josefine erschrocken.

»Bei mir in der Küche.«

»Vater ist drüben bei dir?«, wunderte sich Josefine.

»Dein Vater doch nicht. Der Apfelkuchen! Ich habe ihn zurückgebracht. Keinen Krümel kriegt er davon.«

»Und wo ist Vater?«

»Ernst ist aus dem Haus.«

»Was soll das heißen: aus dem Haus?«, fragte Josefine, plötzlich in dem drohenden Gefühl gefangen, ein Unglück bahne sich an. »Wo wollte er denn hin?«

»Keine Ahnung«, antwortete Roswitha mit kaltem Herzen, wie es Josefine erschien. Sie hob den Arm und wies auf die Straße, die zum Mainufer führte. »Da ist er lang!«

»Hatte er Hosen an?«

»Na, was denn sonst?«, entgegnete die Nachbarin verblüfft. »Einen Rock trug er jedenfalls nicht.«

Wenigstens hatte sie noch nichts von Ernsts Hosenproblem mitbekommen, dachte Josefine.

»Warum hast du ihn nicht zurückgehalten?«

»Bin ich sein Kindermädchen?«

»Danke für deine Hilfe«, erwiderte Josefine und blieb höflich, da sie wusste, dass sie auch in Zukunft auf die Nachbarin angewiesen sein würde.

Hastig verabschiedete sie sich und eilte die Straße hinunter. Bald kam die schlanke Turmspitze von St. Kilian in Sicht. Hinter der Pfarrkirche lag das Mainufer, und wenige Schritte weiter nach rechts befand sich ein kleiner Strand, an dem sie als Kinder gespielt und Enten gefüttert hatten, bis sich die futterneidischen Schwäne breitgemacht und neben dem anderen Geflügel auch die kleinen Brotverteiler verscheucht hatten. Bei gutem Wetter und wenn sie sich stark genug gefühlt hatte, war Bienchen mitgegangen, um am Weinbrunnen in der Sonne zu sitzen. Seit ihrem Tod ging Ernst öfter zu dem kleinen begrünten Platz, und zwar am liebsten, wenn der Weinprobierstand geöffnet war. Als sich Josefine nun dort umschaute, waren die Holzläden geschlossen. Der Platz lag verlassen da, und das Brunnenwasser sprühte unbeachtet über die riesigen, in Stein gehauenen Trauben hinweg. Josefine wandte sich ab und lief die paar Schritte zu der kleinen Bucht hinunter, wo ein Schwanenpaar über den Kies stolzierte und ihr mit langem Hals zischend und schnatternd wie in alten Zeiten den Weg versperrte. Doch Josefine ließ sich nicht aufhalten, schlug einen Bogen um die Vögel und suchte das Ufer nach ihrem Vater ab. Ihr Herz schlug schnell von der ungewohnten Eile und vor Beunruhigung. War da nicht eine Bewegung zwischen den Büschen? Sie umrundete die Schwäne zum zweiten Mal und hielt auf das Wäldchen zu, dessen buschiger Randbewuchs bis an den Wasserspiegel heranreichte. Eine Schar Stockenten flüchtete schnatternd in den Main.

»Papa, bist du hier?«, rief sie – und noch einmal lauter: »Papa! Melde dich!«

Am Ufersaum paddelten die Enten emsig entgegen der Strömung des Mainwassers, das hier seinen Endspurt zum Rhein begann. An Land rührte sich nichts. Selbst die Schwäne verharrten still auf dem feuchten Kies. Das Sommergrün der bodentiefen Zweige verwehrte Josefine jeden Einblick in das Gebüsch. Falls sich darin tatsächlich jemand versteckt hielt, hätte sie keinerlei Interesse, das herauszufinden. Wer es auch immer sein mochte – der Vater wäre es sicherlich nicht. Aus welchem Grund sollte er sich vor ihr in dem Wäldchen verbergen? Vielleicht war er längst wieder zu Hause. Hatte einen Abendspaziergang unternommen wie andere Rentner auch. Und doch bohrte sich eine Sorge tief in sie hinein, die sie nicht erklären konnte. Von diffusen Ängsten alarmiert verließ sie den Strand und marschierte auf die Kirche zu. Wieder beschlich sie das Gefühl, verfolgt zu werden. Von dem Mann am Taxistand? Rainald Prüsse? Als sie sich blitzartig umschaute, war der Weg menschenleer.

Energisch verbat sie sich alle Spinnerei um den Mann, der vor die THermine gestürzt war. Ihre Gedanken kreisten um den Aussichtsturm. Wie gut man von dort aus die Schleuse beobachten und an klaren Tagen bis zum Taunus hinübersehen könne, hatte der Vater vor ein paar Tagen erzählt. Sie kannte den Turm. Von unten! Auch die größte Schwärmerei würde sie nicht auf das Stahlgerüst hinauflocken können. Allein der Gedanke an die Stufen, durch deren Gitterroste der Blick ins Bodenlose fiel, ließ sie schwindelig werden. Ob der Vater auf den Turm gestiegen war? Anstatt vor der Kirche abzubiegen, lief sie weiter geradeaus und hastete unter der Brücke hindurch, die hinüber nach Gustavsburg führte. Josefine folgte der Uferstraße, bis nach wenigen Schritten die fragile Metallkonstruktion in Sicht kam, die geradewegs in den Himmel zu führen schien. Und tatsächlich: Auf der oberen Plattform des Aussichtsturms erspähte sie im Abendlicht eine vertraute magere, vollständig bekleidete Gestalt, die nicht auf ihr Rufen reagierte.

Es half nichts, sie musste hinauf. Mit einer Hand fest am Geländer nahm sie die erste Treppe in Angriff. Und hätte am liebsten auf dem Absatz kehrtgemacht. Der Blick durch die Stufen nach unten jagte ihr sogar in dieser geringen Höhe Angst ein. Wie sollte es erst hoch oben werden?

Also nicht in die Tiefe schauen! Auf dem nächsten Podest hielt sie inne und spähte zur Aussichtsplattform hinauf. Dort oben lehnte sich Ernst Luven mit dem Oberkörper weit über das Geländer.

»Papa!«, brüllte sie. »Papa! Geh zurück!«

Stattdessen beugte er sich tiefer über den Abgrund. Seine Arme baumelten frei herab, als käme es ihm auf einen Halt nicht mehr an. Sie rannte los, nahm, die Höhenangst ignorierend, eine Stufe nach der anderen und stürmte atemlos weiter. In ihrer Panik bemerkte sie nur am Rande, dass ihr jemand die Treppe hinauf folgte. Dass von unten ein gehetztes Keuchen zu hören war und das Gerüst unter stürmischen Schritten vibrierte. Als der Verfolger ihr etwas zurief, klang er sehr nah. Josefine nahm sich nicht die Zeit, sich umzudrehen. Sie war beinahe oben angekommen. Drei Stufen. Zwei. Noch eine. Dort stand der Vater. Jetzt aufgerichtet, mit dem Rücken zum Geländer, schaute er sie an.

»Fine. Meine Fine.«

Seine Stimme: gelassen, beinahe zärtlich. Falscher Alarm! Alles gut. Sie hielt inne, schnappte nach Luft und kam sich töricht vor. Erschöpft strich sie sich Tränen und Schweiß aus dem Gesicht. Doch als sie die Arme herunternahm, war der Vater verschwunden. Sie hörte den dumpfen Aufschlag, das harsche Knirschen von Knochen. Ihr wurde schwarz vor Augen. Die Knie gaben nach. Bevor sie auf die Gitterroste niederkrachte, wurde sie von zwei Armen aufgefangen. Dann versank alles in Dunkelheit.

20

Juliane Sahling hatte erfahren, worauf es ihr angekommen war: die wahre Identität der Tilda Auerbach. Sie wollte das Honorar bar bezahlen und hatte als Treffpunkt den Kochbrunnen im Quellenviertel, der Keimzelle der Kurstadt, vorgeschlagen. Im dortigen Pavillon empfing sie Norma mit zwei Gläsern in der Hand. Der Privatdetektivin schwante Unangenehmes, während ihr Blick zum wenige Schritte entfernten Kochbrunnenspringer schweifte. Aus dem Springbrunnen, auf dem sich dicker rötlicher Sinter gebildet hatte, gluckste dampfend heißes Quellwasser empor, das nicht mit seinem stechenden Schwefelgeruch geizte. Dasselbe faulige Aroma entstieg dem zierlichen Becken im Pavillon, das aus vier metallenen Rohren gespeist wurde. 26 Quellen begründeten Wiesbadens Ruhm als Kurstadt, und als ergiebigste Thermalquelle füllte der Kochbrunnen die Becken der nahe gelegenen Kaiser-Friedrich-Therme wie des Aukammtal-Bads, beheizte das Rathaus sowie weitere Gebäude. Nur der geringste Teil wurde als Heilwasser getrunken. Nach Normas Empfinden war dieses Wenige schon zu viel.

Mit einem strikten »Nein, danke!« wehrte sie das Glas ab, das Juliane ihr auffordernd vor die Nase hielt. »Riecht wie alte Hühnersuppe. Ich bin Vegetarierin.«

»Seien Sie kein Frosch! Jeden Tag ein Gläschen hält gesund und fit. Das wussten schon die alten Römer, und ich mache es ihnen seit Jahrzehnten nach. Sind nur gute Sachen drin wie Blei, Strontium und eine Prise Cäsium.«

Mit einem listigen Grinsen, das Norma ihr nicht zugetraut hätte, schwenkte Juliane das Glas. Norma ließ sich nicht gern einen Frosch nennen, und vielleicht hatten die Römer recht? Also gab sie sich einen Ruck und trank schnell mit großen Schlucken.

»Und?«, fragte Juliane gespannt.

»Ziemlich versalzen, die Hühnersuppe. Und verdammt heiß! Ich bleibe bei Yoga für die Gesundheit.«

Juliane lachte. »Ich fürchte, meine Mission ging daneben. Haben Sie die Rechnung dabei?«

Im Gegenzug übergab sie der Privatdetektivin einen gefüllten Umschlag.

Norma zählte nicht nach. »Haben Sie mit Ihrem Anwalt gesprochen?«

»Er hat mir wenig Hoffnung auf einen erfolgreichen Prozess gemacht«, erwiderte Juliane resigniert. »Ilka Alandt wird alles abstreiten. Ich habe keine Quittung, nichts, womit man sie festnageln könnte. Das Handyfoto ist kein Beweis. Man wird ihr nichts anhaben können.«

»Es sei denn, ich bleibe ihr auf der Spur.«

»Ich weiß Ihr Engagement zu schätzen, Norma. Aber wie Sie wissen, bin ich Geschäftsfrau, und ein Handel, der aussichtslos erscheint ...«

»Keine Sorge«, sagte Norma mit einem Lächeln, »alle weiteren Ermittlungen gehen auf meine Kappe.«

»Sie wollen auf eigene Faust ermitteln?«, staunte Juliane. »Warum tun Sie das?«

»Weil ich keine Geschäftsfrau bin«, sagte Norma leichthin.

»Idealismus zahlt sich selten aus«, lautete Julianes nüchterner Kommentar. Zum Abschied lud sie Norma noch einmal zu Sugaring und Waxing ins Kosmetikstudio ein. Wie gehabt zum Sonderpreis und sofort, wenn sie wolle.

Doch Norma hatte eine höfliche Ausrede parat. Die Parkzeit lief ab. Sie war mit dem Wagen gekommen, um anschließend nach Biebrich zu fahren. Unterwegs bemühte sie sich, das verdächtige Klingeln des Motors ebenso zu ignorieren wie den zäh anhaftenden Brühegeschmack am Gaumen.

Wenig später empfing der Fliesenleger sie in einem Trümmerfeld. Wo sie bis vor Kurzem gemütlich gewohnt hatte, herrschte nun Chaos. Flur, Bad und Küche: eine einzige Baustelle. Auf den ersten Blick nichts als Bauschutt, nackte Wände, freigelegte Balken, baumelnde Stromkabel. Ganz zu schweigen vom Staub, der sich als dicke Schicht auf allem niedergelassen hatte und selbst trotz geschlossener Türen bis ins Schlaf- und Wohnzimmer vorgedrungen war. Bei dem Gedanken, das alles irgendwann putzen zu müssen, sank ihre Laune in den Keller, und der ungeduldig wartende Handwerksmeister tat sein Übriges dazu.

»Welche Fliesen sollen es sein?«, fragte er gereizt. »Frau Vogtländer sagt, Sie sind die Mieterin. Sie entscheiden das.«

Norma betrachtete die Auswahl, die der Mann ihr in aller Eile in jenem malträtierten Raum vorgelegt hatte, der wieder zu einem Bad werden sollte. Mit allen diesen Fliesenstrukturen und -farben hätte sie leben können. Was den Geschmack betraf, lagen Eva und sie dicht beieinander. Als nebenan in der Küche ein Bohrhammer mit ohrenbetäubendem Rattern loslegte, wollte Norma so schnell wie möglich raus.

»Küchenboden. Küchenwand. Badboden. Badwand«, schrie sie in den Lärm hinein und bestimmte jeweils einen Kandidaten dazu.

»Ich mag Leute, die nicht lange fackeln!«, brüllte der Handwerker zurück.

Als der Bohrhammer aussetzte, meldete sich in ihrer

Handtasche das zweite Handy, das sie neben einem Paar Fingerhandschuhe zusätzlich zum Smartphone für Ermittlungen undercover immer eingesteckt hatte: ein betagtes Nokia mit Prepaidkarte. Norma nickte dem Handwerker zu und trat in den Flur hinaus.

»Hallo?«, sprach sie ins Telefon.

»Frau Müller?«, fragte eine höfliche Frauenstimme. »Sabine Müller?«

»Ja, bitte?«

»Hier ist Tilda Auerbach«, meldete sich Ilka Alandt mit falschem Namen. »Ich habe eine wunderbare Nachricht für Sie.«

Der Bohrhammer machte sich erneut an die Arbeit.

»Einen Moment, bitte!«, rief Norma der Anruferin zu und verständigte sich über Handzeichen mit dem Fliesenleger darüber, dass ihre Entscheidungsfreudigkeit nicht länger gefragt war. Auf dem Weg durchs Treppenhaus wappnete sie sich für das Gespräch, das sie draußen vor dem Haus wieder aufnahm.

»Sie arbeiten auf einer Baustelle?«, fragte Ilka. »Sind Sie Architektin?«

»So etwas Ähnliches. Kann ich den Pudel haben?«

»Mimi ist ein wundervolles Hundemädchen!«, säuselte Ilka. »In Apricot, wie Sie es sich gewünscht haben. Und eine seltene Gelegenheit für Sie. Der Züchter will die Kleine eigentlich gar nicht hergeben und lieber selbst behalten. Aber weil Sie Ihren geliebten Hund verloren haben …« Es folgte eine blumige Schilderung, wie es ihr gelungen sei, dem Züchter, einen guten, alten Freund, seine zukünftige Weltsiegerin abzuschwatzen.

»Und der Welpe ist wie angegeben geimpft und entwurmt?«, fragte Norma in vertrauensseligem Tonfall.

»Selbstverständlich! Und Papiere hat Mimi auch.«

»Mit Papieren meinen Sie den Stammbaum?«

»Die Ahnentafel und den Impfpass gibt es beim Kauf dazu«, versicherte Ilka.

»Meine Hündin hatte ich mit zehn Wochen bekommen«, behauptete Norma frech. »Genau das richtige Alter, wie ich finde. Wie alt ist denn die Kleine jetzt?«

»Mimi ist gerade zehn Wochen alt geworden.«

So ein Zufall! »Können wir noch einmal über den Preis reden?«

»1.000 Euro verlangt der Züchter. Das ist nicht zu viel für einen Hund von dieser Qualität!«

»Und Ihre Provision?«

Ilka Alandt wies diese Vermutung entschieden von sich. »Ich mache das, weil ich Hunde liebe. Gar nichts bekomme ich dafür!«

Lamentieren konnte Norma auch. »Wissen Sie, ich hatte dermaßen hohe Tierarztrechnungen mit meinem alten kranken Hund«, beklagte sie sich mit bekümmerter Sabine-Müller-Stimme.

»Ich rede mit dem Züchter«, bot Ilka nachsichtig an. »Vielleicht geht er auf 800 runter. Aber Sie müssen sich sofort entscheiden. Es haben mehrere Leute angerufen. Aber ich würde Mimi am liebsten Ihnen geben. Bei Ihnen ist sie in den besten Händen, das spüre ich.«

Norma dagegen spürte eine wachsende Abscheu, die sie sich nicht anmerken lassen wollte. »Geben Sie mir bitte die Adresse des Züchters. Dann hole ich den Welpen dort ab.«

»Selbstverständlich. Darf ich fragen, wo Sie wohnen?«

»In der Nähe von Mannheim.«

»Sie Glückspilz, da muss ich morgen hin! Wissen Sie

was? Ich bringe Ihnen die Mimi gleich mit. Dann können Sie sich die Fahrt sparen.«

»Ich würde den Züchter gern kennenlernen.«

»Er lebt sehr zurückhaltend, seit seine Frau gestorben ist. Ich bringe Ihnen den Hund, einverstanden?«, erwiderte Ilka eine Spur kühler, als sähe sie ihre Felle davonschwimmen, und fügte nachdrücklich an: »Für 800! Ich nehme das auf meine Kappe. Aber Sie haben das Geld in bar dabei! Morgen Vormittag?«

»Das geht mir ein bisschen zu schnell.«

»Ich dachte, Sie haben es eilig?«

»Ich überlege es mir«, antwortete Norma und beendete das Gespräch. Obwohl es der Aufklärung gedient hatte: Als Lügnerin fühlte sie sich miserabel. Sie schaltete das Handy aus.

Weil der Innenhof vom Handwerkerfuhrpark blockiert war, hatte Norma fünf Fußminuten entfernt hinter dem Biebricher Schloss geparkt. Auf dem Weg zum Wagen hörte sie hoch über sich im blauen Sommerhimmel ein lautes Krächzen. Ihre Blicke folgten zwei flatternden Halsbandsittichen, bis die Vögel in eine Platane einfielen. Obwohl die Papageienkolonie zum Schlosspark gehörte wie die Mosburgruine und das Barockschloss selbst und damit kein außergewöhnlicher Anblick war, erfreute sie sich jedes Mal an den grasgrünen Exoten. Ihr Herz gehörte den Überlebenskünstlern, die sich seit Jahrzehnten im Park behaupteten und vermehrten. Auf dem Weg zurück in die Innenstadt bereitete sie sich auf ein zweites unangenehmes Gespräch vor. Dieses Mal von Angesicht zu Ansicht. Sie wollte nicht undankbar erscheinen. Schließlich hatte er sie mit offenen Armen aufgenommen.

21

Als sie die Wohnungstür aufschloss, stapfte Leopold ihr auf dem Parkett entgegen und verlangte mit lautstarkem Maunzen sein Abendessen. Timon war noch nicht zurück. Ob er sich von seiner Turteltaube nach Hause kutschieren ließ? Sie verbat sich, draußen nach den beiden Ausschau zu halten. Trank einen Cappuccino, und danach noch einen – und fand sich schließlich doch mit einem Espressotässchen in der Hand am Fenster wieder. Timon ließ auf sich warten. Sie saß mit dem Tablet am Küchentisch, als er endlich auftauchte: bestens aufgelegt und den dunklen Zopf in Auflösung begriffen, als habe die Praktikantin ihn in den Fingern gehabt.

Normas Laune fiel in den Keller. »Dein Zopf!«

»Was ist damit?« Timon fasste sich an den Kopf. »Oh, das Haargummi hat sich gelockert.«

Das Smartphone rettete sie vor einer hitzigen Unterstellung. Sie wandte sich von Timon ab und studierte die eingegangene SMS: »Wo bleibst du, Norma? Gruß, Dirk«.

Timon umarmte ihre Schultern. Am liebsten hätte sie sich an seinen Hals geworfen, wäre da nicht der zerzauste Zopf und der Gedanke an die adrette Angelique gewesen, die genau das womöglich mehr als einmal an diesem Tag getan hatte.

Sie entzog sich seinem Griff. »Ich muss los. Dirk und Luigi warten.«

Timon kannte ihre ehemaligen Kollegen gut. Bei der Auswertung von Tatorten, vor allem, was DNA- und Fingerspuren zu Tötungsdelikten betraf, arbeitete er eng mit dem Wiesbadener Polizeipräsidium zusammen.

»Ihr trefft euch heute Abend?«, fragte er mit hörbarer Enttäuschung.

»Einmal im Monat, wie du weißt. Ich habe nicht an die Verabredung für heute gedacht.«

»Ich hatte mich auf den Abend mit dir gefreut.«

»Ich muss dir was sagen«, platzte Norma heraus. »Mein Auftrag. Ich möchte deswegen nach …«

Er berührte ihren Mund mit dem Zeigefinger. »Pssst. Nicht jetzt. Auch eine Ermittlerin hat Feierabend. Lass uns morgen über deinen Job reden. Und über meinen.« Es klang seltsam, wie er das sagte.

»Ist was mit deiner Arbeit?«

»Lass uns morgen reden …«, wiederholte er, jetzt sehr nahe an ihrer Seite, sodass sie seine Wärme spürte. Sie angelte nach seinem Zopf.

Als sie wenig später das Haus verließ, hatte die Eifersucht den Stachel eingezogen. Beide hatten sich nicht mit der Erörterung von Fragen aufgehalten. Timon erfuhr nichts von ihrem geplanten Auszug und sie kein Wort von dem, was er ihr hatte sagen wollen.

Die Hauptkommissare hatten sich ins Nebenzimmer ihres italienischen Stammlokals zurückgezogen. Während Milano massig wie ein Berg hinter einem Weizenbier thronte und genüsslich Nudel für Nudel auf die Gabel spießte, hockte Wolfert dünn und blass bei Wasser und Salat. Der Wirt brachte Norma unaufgefordert ein Glas Rheingauer Riesling und nahm ihre Bestellung galant entgegen. Abwartend nippte sie am eiskalten Wein und fühlte sich durch Wolferts starke Brillengläser wohlwollend beäugt. Milano trug die gewohnt grimmige Miene zur Schau. Jahrelang hatten sie gemeinsam bei Sonderkommissionen gearbeitet, ohne sich über ein gutes kollegiales Verhältnis hinaus näherzukommen. Erst nachdem Norma sich vom Dienst verabschiedet hatte, waren sie zu Freunden geworden. Wobei sich die Grade der Freundschaft deutlich unterschieden. Während Wolfert sich Norma gegenüber stets zuvorkommend und verlässlich verhielt, spielte Milano gern das unberechenbare Raubein. Doch wenn es drauf ankäme, würde er zu ihr halten. Bildete sie sich zumindest ein.

Norma ging in die Offensive. »Sorry, Jungs! Ich hab's verpeilt. Eine Runde geht auf mich.«

Sie ging hinaus und orderte am Tresen drei Gläser und eine Flasche erstklassigen apulischen Primitivo. Als sie zurückkehrte, füllte sie nur zwei Gläser für die beiden Kommissare. Sie selbst blieb erst einmal beim Weißwein.

Milano schluckte den letzten Happen herunter und bekannte, vom Duft des Buketts milde gestimmt: »Auch wir waren spät dran. Haben es auch nicht pünktlich geschafft.«

»Luigi meint die Leichensache von heute«, kam Wolfert ihrer Nachfrage zuvor.

Das Thema, das sie nach wie vor elektrisierte. »Ein Tötungsdelikt, Dirk?«

Sanft neigte Wolfert den schütter behaarten Kopf. »Darauf deutet nichts hin. Freitod. Tragischer Fall.«

»Fall im wahrsten Sinn des Wortes«, brummte Milano, nahm einen großen Schluck und reichte im selben Moment die Rotweinflasche an Norma, die mit dem Riesling zum Ende gekommen war. Norma füllte den Primitivo ins unbenutzte Glas.

»Ein Sturz aus großer Höhe?«, vermutete sie.

»Kommt darauf an, ob du den Aussichtsturm am Kostheimer Mainufer hoch nennen möchtest«, erklärte Wolfert.

»Ihr sprecht von dem Stahlturm gegenüber der Kostheimer Schleuse?«, fragte sie. »Ich war einmal während einer Radtour mit Timon oben. 15 Meter, schätze ich. Und von dort ist jemand gesprungen? Riskant, bei der geringen Höhe.«

»Ein verwirrter älterer Mann«, sagte Wolfert betrübt. »Das Geländer von der unteren Plattform hat ihm das Genick gebrochen. Er war sofort tot.«

In Norma regte sich weiterhin die Polizistin von einst. »Und ein Fremdverschulden ist auszuschließen?«

»Es gibt zwei Zeugen«, sagte Milano. »Die Tochter, ausgerechnet. Sie hat alles mitansehen müssen. Und ein Passant, der ihr zu Hilfe kam.«

»Der Tote hatte einen Arztbrief dabei«, erklärte Wolfert. »Mit einer Diagnose, die ihn wohl verzweifeln ließ. Vaskuläre Demenz. Er wolle sein Ende selbst bestimmen, hat er handschriftlich auf den Brief geschrieben.«

Norma ersparte sich jegliche Nachfrage. Es hörte sich schlimm genug an.

Wolfert wechselte das Thema. »Mal was Positives. Ich war heute Nachmittag im LKA und habe zufällig Timon getroffen. Er war bester Laune. Ist ja kein Wunder!«

Norma reagierte alarmiert. »Nenn das Wunder nur beim Namen. Angelique! Timons neue Praktikantin.«

Milano grinste teuflisch. »Redet ihr von Angelique Quades?«

Qu plus qu, dachte Norma bissig. Da hatten sich die Eltern bei der Namenswahl richtig Mühe gegeben. »Du kennst sie, Luigi?«

Milano zuckte mit den Schultern, was bei seiner mächtigen Statur eher einem Beben gleichkam. »Wie man eine Kollegin eben kennt, mit der man kurzzeitig zusammengearbeitet hat. Angelique ist 'ne Marke, das kann man wohl sagen.«

»Kein Wunder, dass Timon so prima gelaunt ist«, stellte Norma gekränkt fest.

»Seine gute Laune«, versicherte Wolfert, »hat vermutlich wenig mit Angelique zu tun.«

»Sondern?«, fragte Norma skeptisch.

»Na, das Angebot aus München!«

»München?«, fragte sie verdattert. »Angebot?«

Wolfert senkte den Blick wie ein ertappter Ladendieb.

»Glückwunsch, Dirk!«, bemerkte Milano trocken. »Mitten rein ins Fettnäpfchen.«

»Ich dachte, du wüsstest davon, Norma«, entschuldigte sich Wolfert beschämt. »Unter den Kollegen ist es ein offenes Geheimnis. Das bayerische LKA will unseren Doppeldoktor unbedingt haben. In München wartet die Karriereleiter auf ihn. Tut mir leid, Norma.«

»Schon gut, Dirk. Er will mir morgen etwas Wichtiges sagen. Jetzt bin ich wenigstens gewappnet.«

Der Wirt, der großen Wert auf das beste Verhältnis zu den Herren Kommissaren legte und die Privatdetektivin kurzerhand mit eingeschlossen hatte, servierte ihnen persönlich das Essen und zog sich, nicht ohne ein paar Sätze auf Italienisch mit Milano zu wechseln, dezent wieder zurück. Doch Norma war der Appetit vergangen. Lustlos klaubte sie die Tomatenstücke von der Pizza, während ihr die Konsequenzen des Münchner Angebots im Kopf herumschwirrten. Wie kindisch diese Eifersüchteleien waren wegen Qu plus qu! Stattdessen musste sie sich der bohrenden Frage stellen, warum er ihr nicht längst von dem Münchner Job erzählt hatte. Dafür erschien ihr nur eine Erklärung plausibel: Timon hatte sich dafür entschieden, die neue Stelle anzunehmen, und scheute sich, ihr reinen Wein einzuschenken. Seine Umarmungen. Seine Küsse. Waren sie vorhin nur Ausdruck seines schlechten Gewissens gewesen? Was sollte aus ihrer Liebe werden, wenn er fortging? Eine Wochenendbeziehung, in der sie von Woche zu Woche weiter auseinanderdrifteten? Oder lieber gleich das Aus? Norma wusste nur eins: Für sie käme ein Umzug nach München auf keinen Fall infrage. Abgesehen davon, dass sie sich einen Neustart als Private Ermittlerin in einer fremden Stadt nicht vorstellen konnte: Sie schätzte Wiesbaden, ihre Wahlheimat, viel zu sehr, um auch nur daran zu denken, von hier wegzugehen.

Wolfert und Milano überließen sie ihren Grübeleien und sprachen wieder über den Freitod des Mannes in Kostheim. Wolfert hatte sich über all die Berufsjahre seine Empathie bewahren können, und auch Milano, so abgebrüht er sich oft gab, ließ ein Todesfall nicht unberührt. Norma fing das eine oder andere Wort auf, hörte aber kaum hin. Bis ein Name fiel, der sie aufhorchen ließ.

»Habe ich richtig gehört? Der Zeuge, über den ihr redet, heißt Rainald Prüsse?«

»Prüsse hat sich um die Tochter gekümmert«, bestätigte Wolfert. »Josefine Luven. Die Frau war völlig durch den Wind. Kein Wunder, wenn man den eigenen Vater in den Tod stürzen sieht.«

»Was wollte Prüsse in Kostheim?«

»Am Mainufer spazieren gehen, hat er angegeben. Wieso fragst du?«, wunderte sich Milano.

»Weil er in Naurod wohnt. In einem Ort mit jeder

Menge Wald drum rum zum Rumspazieren. Wieso fährt er dafür 20 Kilometer quer durch die Stadt?«

»Weil er Wasser lieber mag als Wald? Oder die Ebene lieber als Berge? Vielleicht hatte er in Kostheim noch etwas anderes zu tun? Ist seine Sache. Aber woher weißt du überhaupt, dass unser Zeuge aus Naurod kommt?«, fragte Wolfert verwundert.

»Weil ich ihn heute Vormittag dort in seinem Haus getroffen habe.«

Milano beugte sich vor, bis ihn die Tischkante in den Bauch schnitt. »Ein Klient von dir?«

Bevor sie antworten konnte, machte sich das Smartphone in ihrer Handtasche mit einem Surren bemerkbar. Ein Anruf!

»Entschuldigt bitte, Jungs. Das wird Timon sein!«

Plagten ihn seine Heimlichkeiten? Wollte er sein Vorhaben beichten? Oder befürchtete er, die Exkollegen könnten sich verplappern? Wenn das seine Sorge war, kam er zu spät. Norma grub in der Handtasche, bis sie den vibrierenden Apparat zu fassen bekam. Der Anrufer war nicht Timon. »Unbekannte Nummer« verkündete das Display.

Sie lauschte angespannt ins Telefon, gab einsilbige Antworten von sich.

»Zum Teufel, Norma!«, schnaufte Milano, als sie das Gespräch beendet hatte. »Du bist blasser als der Mozzarella auf deiner Pizza!«

»Schlechte Nachrichten?«, fragte Wolfert besorgt.

Norma legte das Handy auf den Tisch. Ihre Hände zitterten wider Erwarten.

»Meine Mutter ist tot.«

22

Freitag, der 29. Juli

440 Kilometer in sechs Stunden und zwischendurch diverse Staus: Die Fahrt von Wiesbaden ins Bremer Umland bot Norma reichlich Gelegenheit, sich mit ungeliebten Erinnerungen auseinanderzusetzen. Auf Wolferts mitfühlende Frage, wann sie die Mutter zuletzt gesehen habe, hatte sie die Antwort schuldig bleiben müssen. Wie viele Jahre war es her? Sie wusste es nicht. Folkes Anruf hatte sie eiskalt erwischt. Sie hatte sich umgehend von Milano und Wolfert verabschiedet und war in die Blücherstraße zurückgekehrt. Timon lag lesend, sich die nackten Füße am Katerpelz wärmend, auf der überbreiten Wohnzimmercouch.

Er schlug den Kriminalroman zu und fragte entspannt: »Schon zurück? Krach mit den Jungs?«

Als sie sich wortlos in einen Sessel fallen ließ, schien ihr Gesichtsausdruck alarmierend genug. Begleitet von Leopolds grollendem Protest, setzte sich Timon auf. »Was ist mit dir, Norma?«

»Meine Mutter ist gestorben. Das Herz. Sie war seit Langem todkrank, sagt Folke.«

Sie sprach selten über ihre Familie. Timon wusste, ihr Vater war früh gestorben, tödlich verunglückt, und der ältere und einzige Bruder hatte den landwirtschaftlichen Betrieb gemeinsam mit der Mutter weitergeführt. Norma hatte keine Zweifel daran gelassen, dass das Verhältnis zur

Mutter schwierig und die Kindheit unglücklich gewesen war.

Der Kater stolzierte heran und sprang auf ihre Knie. Sie schob die Hand unter seinen warmen Bauch. »Folke möchte, dass ich komme. Am Sonntag ist die Trauerfeier. Folke hörte sich so … so verlassen an. Er hat immer jemanden an seiner Seite gehabt, und dieser jemand war meine Mutter.«

»Hast du deiner Mutter verziehen?«, fragte er behutsam.

»Ich weiß es nicht«, überlegte sie. »Vielleicht wird mir das klar, wenn ich dort bin?«

»Dann solltest du fahren«, sagte Timon mit sanftem Blick.

Jetzt wäre die Gelegenheit gewesen, ihn nach München zu fragen. Stattdessen sprachen sie über Folke.

»Wie sieht es mit Frau und Familie aus?«, erkundigte sich Timon. »Gibt es Nichten und Neffen?«

»Nicht, dass ich wüsste. Die richtige Frau müsste für einen niedersächsischen Dickschädel wie ihn erst gebacken werden, war die Meinung meiner Mutter. Was mich nicht wundert! So, wie sie ihn verwöhnt hat.«

»Dann wird es schwer für ihn, ganz allein«, sinnierte Timon. »Möchtest du, dass ich mitkomme?«

»Wirklich gern. Wenn du dir so kurzfristig freinehmen kannst?«

»Na ja, perfekt ist der Zeitpunkt nicht. Morgen ist ein Meeting unter meiner Leitung, was ohne mich schlecht geht.« Er lächelte zerknirscht. »Für den Abend ist eine Besprechung mit dem Polizeipräsidenten angesetzt, bei der ich nicht fehlen sollte, und am Samstag muss ich unbedingt ins Labor. Aber am Sonntag kann ich fahren. Wann genau ist die Trauerfeier?«

»Um 14 Uhr. Willst du dafür wirklich zweimal 440 Kilometer durch halb Deutschland reisen?«

»Keine Frage, Norma! Ich lass dich nicht allein!«

In ihrer aufgewühlten Stimmung hatte sie sein Versprechen gerührt. Die München-Frage war offengeblieben. Norma hatte diesen Moment der Verbundenheit nicht gefährden wollen. Nun war sie seit 8 Uhr morgens unterwegs. Der erste Stau gleich vor Limburg auf der A 3 war ihr beinahe willkommen gewesen, zögerte er doch, wie Stunden später das Stop-and-Go rund um Münster, ihre Ankunft hinaus. Mittlerweile war sie zu der Erkenntnis gelangt, das letzte Treffen mit Folke und der Mutter läge zwölf Jahre zurück. Sie malte sich den Bruder als eine Art niedersächsischen Rübezahl mit Rauschebart aus. Um die Mittagszeit, während einer Kaffeepause an einer Raststätte, versuchte sie ihn anzurufen, erreichte aber nur die Mailbox. Als sie zum Parkplatz zurückkehrte, stand ein Geländewagen eng an der Fahrerseite des Peugeots. Rechts vom Auto war Platz ohne Ende, der ihr nichts half, denn die Beifahrertür klemmte noch immer wie festgeschweißt.

»Déjà-vu!«, schimpfte Norma. Ihr blieb nichts anderes übrig, als dieses Mal tatsächlich durch den Kofferraum nach vorn zu klettern und nach dem Ausparken wieder auszusteigen, um die Heckklappe zu schließen. Ob es im Dorf noch die Autowerkstatt in der ehemaligen Schmiede gab?

Eine Stunde später lag die Autobahn hinter ihr. Mit steigender Nervosität bummelte sie über die kurvenarmen Landstraßen dem norddeutschen Dorf ihrer Kindheit entgegen. Die Äcker waren endlos, die Ställe der Schweinemäster länger und zahlreicher geworden, und die Schlepper, die allerorten den Verkehr aufhielten, hatten sich zu mächtigen

PS-Protzen ausgewachsen. Abgesehen davon präsentierten sich Landschaft und Dörfer beschaulich wie eh und je. Kurz vor dem Ziel zickte der Wagen und drohte mit dem Aufblinken so gut wie aller vorhandenen Warnlämpchen Ungemach an. Sie hielt im freien Feld an einer Bushaltestelle, wartete fünf Minuten und startete den Motor erneut. Als die Lämpchen dunkel blieben, tuckerte sie erleichtert weiter, bis keinen halben Kilometer später wieder Alarmstimmung auf dem Armaturenbrett herrschte. Die drei Kilometer bis zum Ziel, die das Navigationsgerät an der Frontscheibe anzeigte, waren gemessen an der Gesamtstrecke ein Witz, erschienen ihr aber angesichts der hektisch agierenden Alarmleuchten wie eine kleine Weltreise. Mit angehaltenem Atem lenkte sie den Peugeot bedächtig über die Landstraße. Endlich tauchten am Horizont die Ziegeldächer ihres Heimatdorfes auf.

Der elterliche Hof lag rechts der Landstraße. Aus der Ferne konnte sie den lang gestreckten Feldweg ausmachen, der auf die weiß getünchten Stallgebäude und das, wie für die Gegend typisch, in rotem Klinker gemauerte Wohnhaus zuführte. Doch so weit kam sie nicht mehr. Der Motor begann zu stottern und zu ruckeln, um unmittelbar vor dem Ortsschild den Dienst zu quittieren und sich danach standhaft zu weigern, auch nur ein Hüsteln von sich zu geben. Norma stieg aus und lauschte entnervt in die Stille hinein. Ihr Wagen schien das einzige Fahrzeug weit und breit zu sein, wenn man von einem Moped absah, das irgendwo durch das Dorf knatterte. Unter dem Ortsschild stand in Gelb auf Signalrot geschrieben: »Wildtollwut! Gefährdeter Bezirk«. Die Warnung wirkte neu. Womöglich der aktuelle Fall, von dem Dr. Nemenz gesprochen hatte?

Unwillkürlich schaute Norma sich um und ließ den Blick über die abgeernteten Felder schweifen. In ihrer Kindheit hatten sie Albträume von tollwütigen Füchsen verfolgt – eine Reaktion auf die Wirklichkeit. Nicht selten waren struppige, durch die Krankheit von jeglicher natürlichen Scheu befreite Füchse durch den Garten gestreunt und hatten versucht, in die Ställe einzudringen. Im Lauf der Jahre hatte der Vater mehrere Rinder verloren, die auf der Weide von Füchsen gebissen worden und an Tollwut erkrankt waren. Ohne jede Chance auf Heilung mussten die Huftiere umgehend getötet werden. So wie auch Fiete hatte sterben müssen, der pechschwarze Begleiter ihrer Kindheit, vierbeiniger Kamerad, Herzensbrecher und Trostspender. Sohn eines entlaufenen liebestollen Schnauzers und der struppigen Mischlingshündin des Pastors. Sie hatte sich sehnlichst einen Hund gewünscht und den Welpen zum siebten Geburtstag bekommen. Ein Geschenk des Vaters, der sich wie so oft unbekümmert über die Einwände seiner Frau hinweggesetzt hatte.

Norma gab sich einen Ruck, verscheuchte die Erinnerungen und rief ihren Bruder an, der dieses Mal nach dem ersten Klingeln am Apparat war. Als sie ihm ihre Lage schilderte, herrschte eine Minute Schweigen, bevor er Hilfe zusagte. Zehn Minuten später donnerte ein chromblitzendes Monster mit Hinterrädern in Mannshöhe auf das Versagerwägelchen zu. Der Mensch, der aus dem Fahrerhaus sprang, hatte so gar nichts von einem Rübezahl. Stattdessen stand Norma einem gut aussehenden Mann im sattgrünen Arbeitsoverall gegenüber. Noch mehr als die sportliche Erscheinung ihres einst dicklichen Bruders erstaunte sie das etwa zehnjährige Mädchen in der Fahrerkabine, das ihr durch das Seitenfenster fröhlich zuwinkte und den dicken braunen Zopf schwenkte. Zumindest was die Begrüßung betraf, enttäuschte Folke ihre Erwartungen hinsichtlich seiner Kauzigkeit nicht.

»Norma«, knurrte er und schien zu überlegen, ob er ihr die Hand reichen sollte, unterließ dies aber und schaute stirnrunzelnd auf den Peugeot. »Will nicht mehr?«

»Nö.«

Er wandte sich dem Schlepperungetüm zu, holte ein Seil aus der Kabine, das er kniend hinter der vorderen Stoßstange des Peugeots befestigte, schnellte hoch und bedeutete Norma mit einer knappen Geste, sich hinters Steuer zu setzen. Anschließend wendete er den Schlepper und verknotete das andere Seilende an dessen Anhängerkupplung. Ohne ein Wort ging es los in Richtung Ort und zur Autowerkstatt, wie Norma hoffte. Sie fühlte sich hin- und hergerissen zwischen Wut und Staunen über diese Ruppigkeit. Äußerlich mochte er sich dem Zeitgeschmack angepasst haben. Sein Benehmen aber entsprach immer noch dem wortkargen Eigenbrötler.

Trag's mit Fassung, beruhigte sie sich selbst. Nach der Trauerfeier bist du weg.

23

Das Mädchen mit dem Zopf hieß Rieke und war die Tochter von Alice, Folkes Lebensgefährtin, einer studierten Historikerin, die als Reiseleiterin arbeitete und zurzeit in Indonesien unterwegs war. Während Norma die Neuigkeit sacken ließ, reichte Rieke ihr mit stolzem Lächeln ein Tablet mit zahllosen Fotos von Mama, von Mama und Rieke sowie von Mama, Rieke und Folke.

»Wenn Mama arbeitet, wohne ich bei Folke und Oma Edda«, erklärte Rieke, die mit Norma beim Tee in der Wohnküche saß, in der sich kaum etwas verändert hatte, seit Norma nach dem Abitur ausgezogen war. Mit großem Ernst stellte das Kind klar: »Jetzt, wo Oma Edda tot ist, wohne ich nur noch bei Folke. Er kann lecker kochen.«

Beinahe hätte Norma sich am Keks verschluckt. Kochen? Ihr Bruder? Sie kam aus dem Staunen nicht mehr raus. Dank Riekes Gesprächigkeit erfuhr sie außerdem, dass Alice und Folke seit sechs Jahren ein Paar waren, zwar nicht im selben Haus, aber nur ein paar Straßen voneinander getrennt wohnten. Was sich aber ändern würde. Jetzt, wo Oma Edda im Himmel war und ihre beiden Zimmer nicht mehr bräuchte, wie Rieke altklug anfügte.

»Und dein Papa?«, fragte Norma.

»Ich habe zwei Papas«, sagte das Mädchen strahlend. »Folke ist mein Papa, und mein richtiger Papa ist mein Papa. Der heißt Achim und wohnt in Hannover.«

»Und welchen Papa hast du lieber?« Fiese Frage, dachte Norma, bereute sie – gespannt auf die Reaktion – aber nicht.

»Folke!«, lautete die prompte Antwort, der als Erklärung folgte: »Er hat mir zwei Ziegen geschenkt. Sie heißen Lilli und Lolli. Willst du sie sehen?«

Bereitwillig ließ Norma sich zu dem Pferch mit zwei blütenweißen Zicklein führen. Anschließend erkundeten sie gemeinsam den Hof. Im Hundezwinger setzte ein um Aufmerksamkeit heischendes Heulen ein.

»Das ist Timmi«, erklärte Rieke. »Er weint, weil er nicht frei rumlaufen darf. Aber Folke sagt, wir haben Tollwut, und das ist gefährlich.«

Zutraulich griff das Mädchen nach Normas Hand und zog sie mit sich zum Kuhstall. Dort stand Folke im Mittelgang und verteilte Futter an die Rinder, die sich auf beiden Seiten an die Gitter herandrängten. Norma war dankbar für Riekes Gegenwart, die wie ein Katalysator wirkte und beiden Geschwistern den ungewohnten Umgang miteinander leichter machte. Folke gab sich erstaunlich gesprächig. Auf dem Hof habe sich eine Menge geändert, erklärte er selbstzufrieden.

Norma schaute sich um. Der Melkstand, in dem die Mutter tagein, tagaus morgens und abends gearbeitet hatte, war dem Laufstall zugeschlagen worden, in dem Muttertiere und Kälber munter durcheinanderliefen. Anders als damals, als die Kühe angebunden und jedes Kalb in einer Extrabucht gehalten worden war. »Du hast kein Milchvieh mehr?«

»Mutterkuhhaltung«, erklärte Folke, nun im Blaumann und mit Kappe über der hohen Stirn, und stützte sich auf die Gabel, mit der er das Futter verteilt hatte. »Extensiv. Hab vor einigen Jahren umgestellt. Obwohl Mutter dagegen war.«

Stolz schwang unverhohlen in seiner Stimme mit. Die Tiere hatten freien Zugang zur Weide, erfuhr Norma. Mitten in der Fleckviehherde stand reglos wie ein Denkmal ein mächtiger braun-weiß geschekter Bulle, der die Fremde mit gesenktem Nacken misstrauisch in Augenschein nahm.

»Ganz schöner Brocken!«, hauchte sie.

»Boss. Würde an deiner Stelle nicht reingehen.«

»Fällt mir im Traum nicht ein. Und du?«

Folke schob grinsend die Kappe aus der Stirn. »Ab und zu muss ich in die Herde. Man sollte Boss nie den Rücken zudrehen.«

Norma ließ ihn und Rieke mit den Tieren allein und ging ins Haus zurück. Ihr grauste vor der Trauerfeier und den Begegnungen mit den Dorfbewohnern, deren Namen und Gesichter sie längst vergessen hatte, die andererseits selbst nach Jahrzehnten genau wussten, wen sie mit Norma vor sich hatten: die Tochter eines Vaters, der wegen ihres kindlichen Trotzes ums Leben gekommen war. Und die Tochter einer Mutter, die das Kind nach dem Tod des geliebten Mannes kaum in ihrer Nähe hatte ertragen können.

Sie übernachtete im »Fremdenzimmer«, wie Folke den kleinen Raum in ersten Stock nannte, der früher ihr Reich gewesen war. Die Möbel waren dieselben, doch sonst erinnerte nichts an damals. Schränke und Schubladen waren ausgeräumt, die Wände von Fotos und Postern befreit. Edda habe den ganzen Kram zusammengepackt und auf dem Dachboden verstaut, wo die Kisten seitdem im Weg herumständen, erklärte Folke beim Frühstück missmutig und ließ durchblicken, wie liebend gern er Normas Sachen loswerden würde.

Am frühen Sonntagvormittag holte Norma Timon mit dem Wagen ihrer Mutter, einem geräumigen Kombi, am Bremer Hauptbahnhof ab.

»Hier also auch«, bemerkte Timon, als sie unterwegs ein Warnschild vor Wildtollwut passierten.

»Wie meinst du das?«, wunderte sie sich.

»Hast du nichts von dem Wiesbadener Welpen mitbekommen?«

»Seit ich hier bin, habe ich kaum Nachrichten gehört. Ich war so beschäftigt.«

Timon drehte die Klimaanlage auf – ein Luxus, der Norma an dem Wagen besonders gut gefiel – und fasste zusammen, was die Medien berichtet hatten. »Eine Frau hat sich von einem Mann einen Welpen andrehen lassen, der klassische Mitleidskauf auf dem Parkplatz. Als der Hund schwächelte und leichte Lähmungen bekam, brachte sie ihn zum Tierarzt. Die Diagnose war verheerend.«

»Tatsächlich Tollwut?«

»Der Welpe wurde sofort eingeschläfert. Er hatte die Frau zum Glück nicht gebissen. Vorsichtshalber wurde sie trotzdem geimpft, ist aber mit einem blauen Auge davonkommen.«

»Das hätte fatal enden können. Und der Verkäufer?«

»Ist unauffindbar. Die Hinweise sind zu dürftig.«

»Wurde der Name des Tierarztes genannt?«

»Ein Dr. Nemenz aus Wiesbaden«, erinnerte sich Timon.

Auf dem Hof angekommen, half er ihr bei den Vorbereitungen für die Trauerfeier. Folke hielt sich die meiste Zeit im Kuhstall auf und ließ sich erst kurz vor dem Gang zur Friedhofskapelle blicken. Zu ihrer Erleichterung begegneten sich die beiden Männer, so unterschiedlich sie auch waren, mit Respekt. Rieke war begeistert von Timon, der wie sie das lange Haar zum Zopf geflochten hatte und als studierter Biologe fachkundig über Ziegen plaudern konnte. Aus ihrer Sicht hätte er vermutlich einen coolen Papa Nummer 3 abgegeben.

Nach der Trauerfeier lud Folke die Trauergäste ins Dorfgasthaus ein, das statt »Zum Krug« nun »Zeus Zum Krug« hieß und sich, abgesehen von griechischen Säulen und Statuen im Speiseraum und Gyros und Moussaka im Menü, nur unwesentlich verändert hatte. Die Trauergesellschaft stärkte sich mit Rinderbrühe mit Einlage, Zuckerkuchen, Kaffee und Doppelkorn, wie es die Tradition verlangte.

»Wann kommst du nach?«, fragte Timon, als sie ihn am Nachmittag wieder zum Bahnhof brachte.

»So bald wie möglich. Mein Auto steht in der Werkstatt.«

»Lohnt sich das?«, fragte er zweifelnd. »Die alte Mühle?«

Am Montagmorgen ging sie zu Fuß zur Werkstatt, wo ihr die Dame im Büro mit bekümmerter Miene den Kostenvoranschlag überreichte. »Ich an Ihrer Stelle würde mich nach einem anderen Auto umsehen.«

Norma bat um Bedenkzeit. Als sie zum Hof zurückkehrte, stand ein Krankenwagen vor dem Kuhstall. Zwei Sanitäter bugsierten gerade mit Umsicht eine Trage durch die Stalltür, während ein dritter Mann einen Tropf in die Luft hielt, dessen Schlauch mit dem Verletzten verbunden war. Der Mann auf der Trage war Folke. Im Blaumann, ohne Kappe und blass wie die frisch getünchte Scheunenwand, das Gesicht schmerzverzerrt.

Besorgt lief sie den Männern entgegen. »Was ist mit meinem Bruder?«

Der Mann mit dem Tropf stellte sich als Notarzt vor. »Ein Arm mehrfach gebrochen, ein paar Rippen geprellt und gebrochen. Und er könnte innere Verletzungen haben. Ihr Bruder muss so schnell wie möglich ins Krankenhaus.«

Norma beugte sich zu Folke herab. »Was war los?«

Stöhnend flüsterte er ihr zu: »Boss. Hat mich an die Wand gedrückt. Nur einen Moment nicht aufgepasst.«

»Wo ist Rieke?«

Er ächzte und suchte ihren Blick. »Der Arzt hat sie ins Haus geschickt. Kannst du bleiben? Maximal zehn Tage. Dann ist Alice zurück.«

»Kann Rieke nicht zu ihrem Vater?«

»Er ist auf Montage in Ungarn.«

Norma überfiel das Gefühl, in Ketten gelegt zu werden. Dann bemerkte sie Rieke hinter dem Küchenfenster, die Gesicht und Hände aufgeregt gegen die Scheibe drückte. Sie nickte. »Also gut, ich kümmere mich um Rieke. Was ist mit dem Vieh?« Die Vorstellung, die Kühe und das Jungvieh allein versorgen zu müssen, beunruhigte sie. Von dem Bullen gar nicht zu reden.

»Ruf Heiner an! Er wird dir helfen.«

Der Nachbarssohn. Heiner Hinnemann. Damals ein stilles, schüchternes Kind. Heute ein handfester, sympathischer Familienvater, dem sie mitsamt seiner liebenswürdigen Frau und zwei höflichen Töchtern nach der Trauerfeier wiederbegegnet war.

Die Sanitäter schoben die Trage in den Krankenwagen.

Folke hatte noch etwas auf dem Herzen. »Timmi! Lass ihn nicht ohne Leine raus, Norma. Du weißt ja … Denk an Fiete!«

Die Bemerkung hätte er sich sparen können. Der Krankenwagen rauschte los und ließ Norma in der sicheren Gewissheit zurück, dass sie ihre Abreise vorerst vergessen konnte. Ob mit dem alten oder einem neuen Wagen.

Nachmittags fuhr sie mit Eddas Kombi zum Krankenhaus nach Hoya. Folke hatte einen Klinikaufenthalt von mindestens zwei Wochen und eine anschließende Reha vor sich. Zum Glück erwies sich Nachbar Heiner als ebenso kompetent wie hilfsbereit. So konnte Norma ihren Einsatz auf einfache Handlangerarbeiten beschränken und hatte Zeit für Rieke. Abends und morgens unternahm sie lange Spaziergänge mit Schäferhund Timmi, der sich anhänglich und zutraulich zeigte. Um alles, was unmittelbar mit Maschinen oder den sonstigen Tieren zusammenhing, kümmerte sich vorerst Heiner.

24

Donnerstag, der 4. August

Am dritten Vormittag nach Folkes Unfall traf endlich der Betriebshelfer ein, der bis zur Rückkehr des Hofbesitzers alle größeren Aufgaben übernehmen würde. Heiner hatte den energiegeladenen jungen Mann auf einem Rundgang mit den nötigsten Infos versorgt und wartete im Kuhstall auf den Kollegen, während dieser draußen auf dem Hof wortreich telefonierte. Norma nickte dem jungen Landwirt zu und ging Heiner entgegen. An ihrer Seite trabte Timmi gehorsam an der Leine und beäugte mit gespitzten Ohren Boss, die Ursache allen Ungemachs, der wie ein braun-weißer Bergrücken wiederkäuend im Stroh ruhte. Heiner sah gerade mit zufriedener Miene den Kühen zu.

Er erschien ihr wie jemand, der mit sich im Reinen war und seinen Beruf von ganzem Herzen liebte.

»Das habe ich gern gemacht, Norma«, lautete seine bescheidene Antwort, als sie ihm dankte. »Für Folke natürlich, wir sind gut befreundet. Aber auch für dich, Norma.«

»Für mich?«, staunte sie.

»Weil … ich musste oft an dich denken, Norma.«

»Oh …«

Er lächelte gutmütig. »Keine Sorge, ich war nicht verliebt in dich oder so. Aber wir haben in der Familie oft über dich gesprochen. Deine Mutter hat dir die Schuld am Tod deines Vaters gegeben. Das konnten meine Eltern nicht nachvollziehen. Du warst doch ein Kind! Hast dich versteckt, wie Kinder das so machen.«

»Im Hühnerstall steckte ich. Wir hatten Streit, und als Vater nach mir suchte …« Sie schluckte gegen den Kloß an.

»… brach er auf dem Heuboden durch die morschen Bretter und fiel auf eine Egge. Ein schlimmes Unglück, aber doch nicht die Schuld eines Kindes.«

Nach Tagen im Koma war der Vater im Krankenhaus gestorben. Die Trauer um ihn, die quälenden Schuldgefühle: Norma hatte sich gefühlt wie das einsamste Kind der Welt.

Zu ihrem eigenen Erstaunen verteidigte sie ihre Mutter jetzt. »Mein Vater war der Mann ihres Lebens, den ich ihr genommen habe. So empfand es Edda. Sie konnte nicht anders.«

»Und jetzt bist du eine echte Privatdetektivin.« Heiner sprach betont munter, um die Stimmung zu heben. »Welcher spektakuläre Fall wartet in Wiesbaden auf dich?«

Die Gefühle wieder unter Kontrolle, antwortete sie: »Kein richtiger Fall. Ich weiß nicht, was daraus wird. Es geht um Hunde.«

Er deutete auf Timmi. »Passt zu dir! Timmi mochte dich gleich. Und früher hattest du einen Hund. Wie habe ich dich darum beneidet! Ein eigener Hund war mein größter Wunsch. Fiete, nicht wahr? Musste er nicht eingeschläfert werden?«

Jetzt saß der zweite Kloß dick und quer in ihrem Hals. Sie räusperte sich: »Wieso ist das hier Tollwutgebiet? Wie kam es dazu?«

»Schlimme Sache! Da hatte man nach Jahrzehnten ohne Tollwutfall gedacht, die Krankheit sei ausgerottet. Und dann dieser tollwütige Fuchs neulich drüben im Ort. Nun müssen wir wieder gut aufpassen und die Hunde und Katzen impfen. Dabei fällt mir ein: Fiete war gebissen worden, nicht wahr?«

Der Betriebshelfer trat durch die Stalltür und kam mit neuen Fragen auf Heiner zu. Norma überließ die Männer ihren Fachgesprächen und brachte den Hund in den Zwinger zurück. Im Haus fand sie Rieke am Küchentisch sitzend vor, die in einer Bücherkiste stöberte, die beide gemeinsam vom Dachboden geholt hatten. Mit kindlichem Spürsinn fürs Dramatische angelte Rieke ausgerechnet Normas Tagebuch hervor.

Die Hundswut ist eine beim Hundegeschlecht vorkommende Krankheit, welche durch auffälliges Benehmen, Tobsucht, Sucht zum Beißen, Veränderung der Stimme und so weiter gekennzeichnet ist. Durch den Biss wütender Hunde kann die Wut auf den Menschen übertragen werden. Ist ein Mensch oder Tier von einem wütenden Hunde gebissen worden, dann heilen die dabei entstandenen kleinen Wunden meist sehr rasch. Die Krankheit bricht aber trotzdem nach zwei bis zehn Wochen aus. Auch wurden schon

Fälle beobachtet, wo der Ausbruch erst nach neun bis zehn Monaten erfolgte. Die Hundswut kommt in zwei Formen vor, als rasende und als stille Wut. Hunde, bei denen die Wut einmal ausgebrochen ist, können nicht geheilt werden. Im Interesse der öffentlichen Sicherheit sollen derartige Hunde sofort getötet werden, am besten so, dass der Schädel zu Untersuchungen beziehungsweise zur Feststellung der Wutkrankheit erhalten bleibt.

Rieke hob den Blick von dem Tagebuch, aus dem sie mit konzentrierter Mädchenstimme vorgelesen hatte, und schaute verunsichert auf Norma. »Klingt gruselig. Hast du das geschrieben?«

Norma, die den Erinnerungen lieber ausgewichen wäre, kannte Rieke inzwischen gut genug. Die Kleine würde mit ihren Fragen nicht locker lassen. »Ich habe es abgeschrieben. Aus einem Buch über Haustierkrankheiten, das mein Vater im Schrank hatte. Ich war so alt wie du jetzt und wollte alles Wissen über Tollwut sammeln, das ich finden konnte.«

»Und warum?«

»Eines Tages verlief sich ein tollwütiger Fuchs in unseren Garten. Ich hatte ihn nicht gesehen, und wenn mein Hund nicht herangejagt wäre … Fiete hat mit dem Fuchs gekämpft und ihn an der Kehle gepackt.«

»Hat der Fuchs zurückgebissen?«, fragte Rieke gespannt.

»Leider ja. Fiete wurde verletzt. Während beide miteinander kämpften, konnte ich ins Haus laufen.«

Riekes Augen wurden größer. »Und wenn der Fuchs dich verfolgt und gebissen hätte?«

»Dann hätte ich eine Impfung gegen Tollwut bekommen und wäre nicht krank geworden.«

»Also hat auch Fiete eine Impfung bekommen und ist gesund geblieben«, vermutete das Mädchen erleichtert.

»Tiere durfte man im Nachhinein nicht impfen«, erklärte Norma behutsam. »Wäre Fiete vor dem Biss geimpft worden, hätte man ihn in Quarantäne genommen und eine Zeit lang abgewartet. Aber er war nicht geimpft.«

»Und was ist mit ihm passiert?«

»Fiete wurde eingeschläfert. Es gab keine Alternative.«

Traurig schüttelte Rieke den Kopf. »Wie unfair! Was konnte dein Hund dafür?«

»Ich habe das damals auch nicht verstanden. Es war eine schlimme Zeit. Kurz zuvor war mein Vater verunglückt.«

So unbegreiflich wie die Tatsache, dass ihr Hund, ihr Freund und Beschützer, hatte sterben müssen, so infam waren ihr die Vorhaltungen der Mutter erschienen. Der marode Zustand des Bretterbodens war wenige Tage zuvor Thema am Mittagstisch gewesen. Der Vater hatte sich ohne triftigen Grund in Lebensgefahr gebracht. Eddas Vorwürfe und ihre Ignoranz gegenüber Normas Gefühlen sowie das Todesurteil für Fiete hatten Normas Empfinden für Ungerechtigkeiten aller Art frühzeitig sensibilisiert und die Grundlage für den Wunsch gelegt, als Polizistin die Welt gerechter zu machen. Ein naives Ansinnen, das sich tief in ihr Wesen eingebrannt hatte. Das Streben nach Gerechtigkeit war bis heute ihr Ansporn, erkannte sie resignierend.

Rieke blätterte fasziniert in dem Heft und zitierte Sätze aus den medizinischen Texten, die Norma in Kinderschrift festgehalten hatte.

»Wie eine Forscherin«, staunte sie.

»Ich wollte verstehen, was das für eine Krankheit ist.« Norma griff in die Kiste und zog einen dicken, abgegriffenen Band heraus. »Sieh mal, das war mein Lieblingsbuch. Magst du es lesen?«

Sie tauschten: Roman gegen Tagebuch. Rieke versenkte sich in die Abenteuergeschichte, und Norma trug die Kiste samt Tagebuch ins Fremdenzimmer; unschlüssig, ob sie es sofort verbrennen oder vorher einen Blick hineinwerfen sollte. Schließlich verstaute sie es ungeöffnet ganz unten im Bücherstapel. Warum sich mit dieser tiefen, kindlichen Trauer quälen? Aber es half nichts. Die Dämonen der Erinnerung waren nicht mehr zu bändigen. Sie warf sich aufs Bett und heulte wie ein Schlosshund.

25

Dienstag, der 9. August

Elf Tage nach ihrer Abreise fuhr Norma nach Wiesbaden zurück und saß mit Blasen an den Händen und von Muskelkater zwickenden Armen am Steuer. Sie mochte das Gefühl körperlicher Verausgabung. Auch in ihrer Psyche hatte der Aufenthalt Spuren hinterlassen. All die Erinnerungen, die sie so lange hatte wegsperren können, waren aus ihrem Verlies ausgebrochen und über sie hergefallen wie ein Schwarm ausgehungerter Pferdebremsen. Aufdringlich, piesackend und juckende Bisse verursachend, aber letztendlich zu bewältigen. In einem Anflug von Großzügigkeit hatte Folke ihr Eddas Kombi überlassen. Ob als Dankeschön für ihre Hilfe oder weil ihm eingefallen war, der verlorenen Tochter könnte ein Teil der Hinterlassenschaft zustehen: Seine Beweggründe waren im Dunkeln geblieben, und Norma hatte nicht nachfragen wollen. All die Tätigkeiten, die Rieke und den Hof betrafen, und die Besuche im Krankenhaus hatten sie so sehr in Anspruch genommen, dass sie abends nach einem Telefonat mit Timon erschöpft ins Bett gesunken war. Einige Anfragen in ihrem E-Mail-Konto – langweilige Versicherungsrecherchen – hatte sie Dank Dr. Sorsts großzügigen Honorars guten Gewissens ablehnen können und war lieber, wenn die Energie reichte, auf den Spuren der kriminellen Hundehändler durchs Netz gesurft. Das Thema hatte sie gepackt. Auch wegen ihrer Erinnerungen an Fiete und weil ihr Timmi, diese ruhige, treue Seele, ans Herz gewachsen war.

Ob die Nauroder Wohnung noch frei war? In Biebrich war immer noch Baustelle. Eva hatte deprimierende Fotos geschickt und Norma ihr Leid über den quälend langsamen Fortschritt geklagt, weswegen Timon davon ausging, Norma würde wieder bei ihm einziehen. Von der Nauroder Alternative wusste er nichts. Solange er nicht über München redete, blieb das Ausweichquartier ihr Geheimnis. Das mochte kindisch sein, aber gerecht.

Endlich tauchte am Horizont die Frankfurter Skyline auf und weckte erste heimatliche Gefühle. Weil sie ein paar Sachen aus ihrer Wohnung holen wollte, steuerte Norma zuerst Biebrich an. Dort fuhr sie am Rheinufer entlang, hielt nach den Frachtschiffen Ausschau und schaute zur

Rettbergsaue hinüber, während sie eine Extrarunde vorbei am Schloss drehte. Schließlich brachte sie den Kombi in der Gasse zum Stehen und öffnete das Tor zum Hof, der leer war bis auf Evas rotes Cabrio. Kein Handwerkerfahrzeug! Hatte Eva ihr womöglich etwas vorgemacht, und die Arbeiten waren abgeschlossen? Ein Blick durch das Bürofenster versetzte ihrer Vorfreude einen Dämpfer. Nichts als nackter Estrich.

Im Treppenhaus kam ihr Eva entgegen.

»Es geht überhaupt nicht voran«, beklagte sie sich, nachdem sich beide herzlich begrüßt hatten. »*Von* der Leiter fallen, kann passieren. Aber *mit* der Leiter die Treppe hinunterstürzen, das muss man erst einmal bringen.«

Norma erinnerte sich an den Handwerker, der ihr in aller Eile die Fliesenauswahl präsentiert hatte. »Doch nicht der Herr der Fliesen?«

Eva grinste über die literarische Anspielung. »Er hat in seiner Hektik alles auf einmal die Treppe raufschleppen wollen und ist ins Straucheln gekommen.«

»Und das heißt?«

»Doppelter Beinbruch und OP in der HSK. Der Meister fällt für Wochen aus«, zeterte Eva.

So aufgebracht kannte Norma ihre sonst so umgängliche Vermieterin nicht.

»Nimm dir einen anderen Handwerker«, schlug Norma vor.

»Erst mal finden!«, lautete die gezischte Antwort. »Der Mann ist perfekt auf seinem Gebiet. Nenn du mir einen, der genauso viel taugt!« Eva hatte eben ihre Ansprüche.

»Kannst du noch eine Weile bei Timon wohnen?«, fragte sie zerknirscht.

»Mach dir meinetwegen keine Gedanken.«

Wenig später verabschiedeten die Frauen sich, und Norma holte einen alten Koffer aus dem Keller. Aus ihrem Kleiderschrank, der in schwarz glänzende Folie gehüllt war, suchte sie sich frische Kleidung heraus. Danach befestigte sie den Staubschutz wieder, so gut es ging, und fuhr über die Biebricher Allee ins Zentrum zur Blücherstraße. Unterwegs rief sie Timon an.

»Wie schön, du bist zurück«, freute er sich aufrichtig. Er sei in der Wohnung.

Wenn möglich, arbeitete er vom heimischen Schreibtisch aus.

Als Norma schließlich die Wohnungstür hinter sich ins Schloss fallen ließ und Timon sie in seine Arme zog, spürte sie, wie sehr sie ihn vermisst hatte, und löste sich nur zögerlich von ihm.

»Was ist?«, fragte er.

»Gutes Gefühl, wieder hier zu sein«, antwortete sie lässig.

Er betrachtete sie mit einem liebevollen Lächeln. »Meinst du damit bei mir oder in Wiesbaden?«

Norma lächelte zurück, ohne darauf einzugehen. »Nach Hause kann ich jedenfalls noch nicht.«

Ernsthaft kündigte er an: »Wir müssen etwas besprechen, Norma.«

München! Seit dem Treffen mit ihren ehemaligen Kollegen spukte diese Frage in ihrem Kopf herum, und bei jedem Telefonat hatte sie sich vorgenommen, Timon auf seine Pläne anzusprechen. Und es nicht getan. Kopf in den Sand. Vogelstraußpolitik. Tough im Beruf, feige im Privaten, die Frau Privatdetektivin. Kam jetzt die Ansage, er würde Wiesbaden den Rücken kehren?

Sie nahm ihren Mut zusammen. »Ja, höchste Zeit zum Reden. Ich wollte dich längst wegen München fragen.«

Seine Mundwinkel zuckten. »Du weißt davon? Seit wann?«

»Wolfert hat es erwähnt. Bei unserem Treffen. Deine Karriereleiter und so.«

»Und seitdem schleppst du das mit dir herum?«, fragte er entgeistert.

»Ist deine Sache …!«

»So geht das nicht, Norma! Wo bleibt dein Vertrauen?«

Wütend schob sie die Retourkutsche an. »Das sagt der Richtige. Du hast doch kein Wort über München verloren.«

»Weil es irrelevant ist!«

»Das heißt, die wollen dich nicht mehr?«

Er lachte leise. »Umgekehrt, Norma! Ich will die nicht. Nein, Unsinn«, verbesserte er sich. »Der Job klingt vielversprechend. Aber ich mag hier nicht weg. Ich bleibe beim Hessischen LKA.«

»Weil Wiesbaden so schön ist?«

»Na, klar!«, antwortete er grinsend.

»Weil die Kollegen so nett sind?«

»Auch das!«

»Vor allem eine, Angelique?«

Das Grinsen wurde breiter. »Die ganz besonders!«

»Wenn das keine triftigen Argumente sind«, grummelte Norma, die ihre Erleichterung am liebsten hinausgeschrien hätte.

Sanft zog er sie an sich heran. »Der entscheidende Grund fehlt noch.«

»Und der wäre?«, fragte sie, glücklich an seine Brust geschmiegt.

»Poldi, wer sonst? Den würde ich dermaßen vermissen.«

»Spinner!«

Sie zupfte an seinem Zopf und schubste Timon dann beiseite, um in die Küche zu gehen. Als sie vor zwei aromatisch duftenden Cappuccinobechern auf der Eckbank saßen, fragte sie, was er ihr eigentlich hatte sagen wollen.

»Es geht um die Wohnung hier«, erklärte Timon in seiner bedächtigen Art. »Die Familie kehrt zurück.«

»Gefällt es ihnen nicht in Amerika?«

»Doch, doch, aber in der Firma gibt es Umstrukturierungen. Kurz gesagt, der Hausherr wurde in den Vorstand berufen.«

»Wann musst du raus?«

Timon seufzte. »So schnell wie möglich. Aber ich habe weder Zeit noch Lust, um eine lange Suchaktion anzugehen.«

Wie das Leben so spielt, dachte Norma zufrieden und fragte: »Was hältst du von Naurod?«

»Warum nicht? Mitten im Grünen! Dort könnte ich abends eine Runde um den Kellerskopf joggen. Aber wie kommst du ausgerechnet auf Naurod?« Verwundert nippte er am Kaffee.

Norma verzichtete auf einen Schluck, um Leopold nicht zu stören, der es sich in ihren Armen gemütlich gemacht hatte und laut vor sich hin schnurrte. »Du erinnerst dich an Ilka Alandt?«

»Na klar, die Frau mit dem Tattoo und der Hundezucht in Naurod. Was hat sie mit unserem Problem zu tun?«

»Ihr Bruder vermietet eine möblierte Dachwohnung, direkt neben dem Haus, in dem Ilka Alandt wohnt.«

»Verstehe! Das nennt man wohl, zwei Fliegen mit einer Klappe schlagen.«

Mit der warmen Schwere seines kompakten Körpers glitt der Kater auf Normas Knie und gab ihre Arme frei.

Norma griff zum Kaffeebecher und sagte: »Die Wohnung wird dir gefallen.«

»Was du nicht alles weißt!«

»Ich weiß sogar, wohin ich flüchten könnte, wenn du schnarchst.«

»Ich schnarche grundsätzlich nicht!«, empörte er sich scherzhaft und murmelte, ernsthafter jetzt: »Du scheinst ja bestens vorbereitet.«

»Lass uns zusammen dort einziehen! Oder liegt dir Naurod zu sehr außerhalb?«

Die Entfernung sei kein Problem, versicherte er. Falls es ihm mit dem Rad zu weit wäre, bliebe immer noch der Bus.

Eilig nahm Norma das Telefon vom Küchentisch. Die Nummer war noch gespeichert, und der Angerufene meldete sich prompt.

»Mieke Lienhop hier!« Timons irritiertes Stirnrunzeln nahm sie mit einem Lächeln zur Kenntnis und sprach ungerührt weiter. »Ich war vor knapp zwei Wochen wegen der Dachwohnung bei Ihnen. Ist sie noch frei?«

»Ich erinnere mich an Sie, Frau Lienhop«, sagte Rainald Prüsse zuvorkommend. »Von mir aus können Sie die Wohnung haben.«

»Gilt das auch für zwei Personen?« Den Kater wollte sie am Telefon lieber nicht erwähnen. Wenn sie Prüsse gegenüberstand, würde er wegen des Tierverbots hoffentlich doch mit sich reden lassen.

»Zu zweit ist kein Problem, aber Sie sollten nicht zu lange warten. Es gibt einen anderen Interessenten.«

Was Norma für eine Finte hielt.

»Ich könnte sofort kommen«, bot sie trotzdem an.

Rainald Prüsse war einverstanden. »Wir machen heute den Vertrag. Dann können Sie morgen einziehen.«

26

Timon kehrte an den Schreibtisch zurück, er wartete auf einen wichtigen Anruf aus der Frankfurter Gerichtsmedizin. Also machte Norma sich allein auf den Weg. Die Fahrt führte sie über den Ersten Ring durch die Innenstadt bis in den sich nördlich anschließenden Stadtteil Sonnenberg. Sie schenkte der stolz über dem Städtchen thronenden Burg einen anerkennenden Blick und schlängelte sich weiter bis Rambach und durch den Wald hindurch bis nach Naurod. Dort orientierte sie sich am schmucken Barockkirchlein und fand kurz darauf eine passende Lücke für den Kombi vor dem vernachlässigten Heim der Hundezüchterin. Das gelbe Haus mit den nachtblauen Fensterläden hingegen wirkte so schmuck und einladend wie bei ihrem ersten Besuch vor zwei Wochen.

Norma stieg aus und hängte sich ihre Handtasche über die Schulter. Das Tor zwischen beiden Häusern stand weit offen. Im Vorbeigehen schaute sie in den Hof hinein. Mitten im Gerümpel parkte ein ältlicher blauer Sprinter mit dem Kürzel »SK« für die Slowakische Republik auf dem Kennzeichen. Mit dem Smartphone machte sie einen heimlichen Schnappschuss, der auch das Nummernschild festhielt.

Rainald Prüsse trat durch die Hintertür des Mietshauses und kam Norma entgegen. Er wirkte deutlich besser gelaunt und erheblich gepflegter als bei ihrem ersten Treffen, was nicht nur an dem breiten Lächeln und der geschäftsmäßigen Kleidung lag – schwarze Hose, hellblaues

Hemd –, sondern zudem an seiner gesünderen Gesichtsfarbe. Die gegelten Haare waren modisch geschnitten und in Form gebracht. Ursache für die Aufhübschung war vermutlich die pummelige Blondine an seiner Seite. So wie sie ihn anhimmelte, schien die Liebe jung. Während Norma noch überlegte, woher sie die Frau mit dem Lockenkopf kennen mochte, wurde sie von Prüsse mit Handschlag begrüßt. Das Blau seiner Augen erschien ihr bemerkenswert intensiv, was auch an der Sonne liegen mochte, die den aufgeheizten Innenhof in grelles Licht tauchte.

Mit glücklichem Lächeln stellte er seine Begleiterin vor. »Josefine Luven, meine Verlobte. Frau Lienhop, Schatz. Sie kommt wegen der Dachwohnung.«

Die Blonde, zwei Köpfe kleiner als Norma, streckte ihr die Hand entgegen und drückte kräftig zu. »Freut mich!«

Dorit Rusack fiel Norma ein. Dorits Gespräch mit der Fahrerin der Stadtbahn. »Sie fahren die THermine!«

Josefine Luven strahlte sie an. »Stimmt, das ist mein Job!«

Prüsse legte den Arm um Josefines Schulter. »Es war Josefines größter Wunsch, müssen Sie wissen. Und sie macht das sehr gut.«

Die beiden sahen aus wie füreinander gemacht, schoss es Norma durch den Kopf. Zwei Eigenbrötler, die zueinander gefunden hatten.

»Was machen Sie beruflich?«, fragte Josefine höflich interessiert.

»Frau Lienhop arbeitet für eine Versicherung«, nahm Prüsse Normas Antwort vorweg und bewies seine gute Erinnerung an ihr erstes Gespräch.

Josefine nickte gönnerhaft. »Muss ja auch jemand machen.«

»Wohnen Sie ebenfalls hier?«, fragte Norma.

»Im kleinen Haus drüben, aber noch nicht sehr lange«, erklärte Josefine, und ihre Augen füllten sich mit Tränen. »Seit mein Vater verstorben ist.« Sie wandte sich ab und fummelte ein Papiertaschentuch aus der Hosentasche. »Rainald, willst du Frau Lienhop nicht hinaufbringen?«

Prüsse drückte sie für einen Moment liebevoll an sich und wies einladend auf die Tür. »Kommen Sie, Frau Lienhop. Sie möchten die Wohnung sicher noch einmal anschauen.«

Er ging voraus und sagte über die Schulter, als seine Verlobte außer Hörweite war: »Dieser Tod ihres Vaters, das hat Josefine schwer mitgenommen.«

Norma flüchtete sich in eine Floskel. »Kann ich mir vorstellen.«

Prüsse blieb stehen und wandte sich um. »Ich bezweifle, dass Sie sich das wirklich vorstellen können. Josefine war dabei, als ihr Vater in den Tod sprang. Es gibt diesen Aussichtsturm in Kostheim. Nah am Mainufer. Dort ist es passiert.«

Milano und Wolfert hatten bei ihrem Treffen darüber gesprochen: der Freitod in Kostheim. Der tödliche Aufprall aus geringer Höhe. »Geschah das vor etwa zwei Wochen?«

Verwundert zog Prüsse die Augenbrauen zusammen. »Ja, das stimmt. Woher wissen Sie das?«

»Freunde haben mir davon erzählt. Ein älterer Mann, der in den Tod gesprungen ist. Jemand sei dazugekommen und habe der Tochter beigestanden, hieß es. Dieser Jemand …?«

Prüsse nickte bedächtig. »Dieser Jemand war ich. Ich war … aber was rede ich. Sie sind wegen der Wohnung hier.«

Er ging weiter und verhielt sich während der Besichtigung schweigsam. Die Räume gefielen Norma immer noch,

Mit vorgegebener Arglosigkeit fragte sie: »Mir ist der Transporter aufgefallen. Ihr Schwager hat sogar Kunden aus der Slowakei? So international?«

»Haushaltsgeräte werden überall gebraucht«, entgegnete Prüsse ausweichend und verschränkte angespannt die Finger ineinander. Beschwichtigend wandte er sich Josefine zu. »Der ständige Ärger ist bald vorbei, versprochen! Ich habe Sandro gestern unmissverständlich gesagt, er muss ausziehen. So bald wie möglich. Und meine Schwester gleich mit, so leid es mir tut. Für vier Leute ist das Haus zu klein. Wir wollen heiraten, und wenn erst Kinder da sind …«

Unter seinem liebevollen Blick verpuffte Josefines Zorn. Zart errötend strahlte sie ihn an, bevor sie im Gänsemarsch das Haus verließen. Im Hof zeigte Prüsse auf einen Bereich, der ab sofort für Normas Wagen reserviert wäre. Im Schatten des Schleppdachs döste der alte Retriever und hob nur kurz den pelzigen Schädel. Josefine entschwand in Richtung Küche, die die Männer zwischenzeitlich verlassen hatten. Alandt hockte neben seinem Besucher draußen auf einer Steinbank vor dem Nebengebäude, das die Stirnseite des Hofs begrenzte. Beide Männer rauchten schweigend.

Prüsse bat Norma, ihm zu folgen, und schritt auf den Eingang des schlichten Gebäudes zu: eine schmale dunkle Holztür. Im Vorübergehen sah Norma in das Fahrerhaus des blauen Sprinters, dessen Tür weit offen stand. Auf dem Fahrersitz lagen eine kurze, stabile Hundeleine und ein Maulkorb, der zu einem großschnäuzigen, ausgewachsenen Hund gehören musste. Wo mochte der Hund sein? Beide Männer schauten auf, als Prüsse und Norma die Tür erreichten. Der Kunde musterte Prüsse und Norma betont gelangweilt, bevor er sich wieder der Zigarette in seiner Hand zuwandte. Alandts Blick streifte Prüsse, der vorweg ging, und blieb an Norma haften. Sie meinte, einen Anflug von Erschrecken, wenn nicht sogar Panik in Alandts Gesicht zu erkennen. Ging es ihm um die Dachwohnung? Hatte er darauf spekuliert, selbst dort einzuziehen? Was auch immer Alandt beunruhigen mochte: Er behielt es für sich und schwieg.

27

Das Tageslicht verlor sich in einem schmalen, überhitzten Gang. Im Zwielicht konnte Norma am Ende des Flurs drei Türen ausmachen: eine auf der rechte Seite und zwei gegenüber.

Vor der letzten linken Tür blieb Prüsse stehen und meinte entschuldigend: »Das Büro ist sehr einfach, hat nicht einmal ein Fenster. Wenn Sandro ausgezogen ist, will ich mich mit dem Geschäftskram im Wohnhaus einrichten.«

Er drückte die Klinke herunter und schob die Tür auf. Aus dem Stockdunkel quoll schwüle Luft hervor. Es war still bis auf das leise Brummen irgendeines elektronischen Geräts, eines PCs oder einer externen Festplatte, und roch nach … ja, wonach eigentlich? Norma fühlte sich an etwas erinnert, konnte jedoch diesen flüchtigen Geruch, diese leichte, scharfe Note, die sich in das abgestandene Kaffeearoma und die Abluft eines Laserdruckers mischte, nicht zuordnen. Eine Armlänge vor ihr tauchte Prüsse in die Finsternis ein. Sie spürte mehr, als tatsächlich zu erkennen, wie er zum Lichtschalter griff. Im Schein der baumelnden Deckenlampe wurde der Schreibtisch sichtbar, der die Mitte der Kammer beherrschte, dahinter die Lehne eines Schreibtischsessels, ein gepolsterter Holzstuhl davor und das offene, raumhohe Regal an der Wand, dem Prüsse sich nun zuwandte.

»Einen Augenblick«, bat er. »Hier habe ich die ausgedruckten Mietverträge.«

Als er sich streckte, um nach einem Ordner zu greifen, erkannte Norma den Geruch. Es roch nach Timmi. Nach Zwinger. Und noch während diese Vorstellung Formen annahm, hörte sie ein leises Kratzen auf dem Linoleumboden wie von Timmis Krallen. Aber dies war nicht Folkes Küche, und es gab hier keinen gutmütigen Schäferhund. Der schwarzbraune Körper, der wie ein Katapult hinter dem Schreibtisch hervorschoss, war der eines mächtigen Dobermanns, der sich, bevor Prüsse auch nur ansatzweise reagieren konnte, auf die Hinterläufe aufrichtete und nach Prüsses suchend erhobenem Arm mit weit aufgerissenem Maul schnappte.

Das besonders Unheimliche an dieser Szene bestand, wie Norma später bewusst werden sollte, in der Lautlosigkeit, mit der der Hund angegriffen hatte. Ohne Drohen und Knurren war das Tier auf Prüsse losgegangen, den die Wucht des Angriffs rücklings gegen das Regal geworfen hatte und der sich nun, das Gesicht schlagartig erblasst, mit der freien linken Hand am Schrank festklammerte, während sich der Hund mit den Vorderpranken auf seiner Brust abstützte und die Zähne im Oberarm vergrub. Für einen Moment schien die Zeit eingefroren, wie es Norma erschien, der zugleich bewusst war, wie blitzschnell sie selbst handelte: raus auf den Flur, hinaus in den Hof, wo Alandt und sein Kunde im Begriff waren, im Haus zu verschwinden, durch dessen Tür Josefine gerade ein Tablett mit Flaschen und Gläsern hindurchbugsierte.

»Der Hund! Schnell! Kommen Sie!«, schrie Norma, machte kehrt und rannte zurück zu Prüsse, der das gleiche erbärmliche Bild bot wie vor wenigen Sekunden. Nur war mittlerweile das hellblaue Hemd mit leuchtend roten Streifen des Bluts dekoriert, das dem Hund aus dem Fang quoll.

Die Männer stürmten herein.

»Bodo, du Idiot!«, brüllte Alandt. »Was macht dein Köter in Rainalds Büro? *Erste* Tür links, habe ich gesagt! *Erste* Tür links!«

»*Zweite* haste gesagt!«, zischte Bodo zurück. »Bin doch nicht bescheuert, hey!«

Prüsse gab einen dumpfen Laut von sich, ein gequältes Stöhnen. Norma fragte sich, wie lange er sich noch auf den Beinen werde halten können. Wie erstarrt stand Alandt in der Tür, sein Kompagnon nicht minder reglos. Eine Untätigkeit, die Norma wütend machte.

»Rufen Sie den Hund ab!«, verlangte sie lautstark.

Der Slowake setzte sich in Bewegung.

»Bruce, hier!« rief er und feuerte eine Salve von Befehlen in einer Sprache hinterher, die Norma nicht kannte und die offensichtlich auch dem Hund unverständlich war. Jedenfalls ließ er nicht von seinem Opfer ab.

Prüsse war wachsweiß im Gesicht. Lange würde er nicht mehr durchhalten. Stürzte er, würde der Hund ihn an der Kehle packen, befürchtete Norma. Nicht auszudenken.

Ein ohrenbetäubendes Scheppern und Klirren toste durch die Kammer: das Tablett samt Ladung, das Josefine beim Anblick ihres Verlobten aus den Händen geglitten war.

»Tut doch was!«, flüsterte sie tonlos. »Helft ihm doch!«

Bodo hatte die Sinnlosigkeit seiner Kommandos erkannt und entschloss sich zum Handeln. Er griff den Dobermann am Halsband und wollte ihn zurückziehen, was Bruce animierte, noch kräftiger zuzupacken. Prüsse schrie auf.

»Stopp!«, rief Norma. »Lassen Sie das! Es macht alles noch schlimmer. Halten Sie den Hund einfach nur fest.«

Sie riss sich ihre Handtasche von der Schulter. Der Trageriemen war dick und kurz, aber besser als nichts. Mit fahrigen Fingern wollte sie die Schnalle öffnen, als sich Josefine an ihrem Hosenbund zu schaffen machte und einen schmalen Ledergürtel herauszog. »Hier! Nehmen Sie den!«

Ohne zu zögern, schnappte Norma sich den Gürtel. »Rufen Sie einen Krankenwagen!«

Josefine stürzte zum Schreibtisch und griff nach dem Telefon. Währenddessen stand Alandt noch immer wie angewurzelt in der Tür. Norma schleuderte die Handtasche von sich und wies den Slowaken an, seinen Hund sicher am Halsband zu halten. Vorsichtig schob sie ein Ende des Gürtels unter der Hundekehle hindurch – wohl wissend, dass sie keine Chance hätte, wenn er von seinem Opfer abließe und auf sie losginge. Ihre Finger strichen durch warmes Blut, das das Hundefell benetzte. Mit der anderen Hand angelte sie nach dem Lederriemen und fädelte das Ende in die Schnalle ein.

Sie schaute Bodo an. »Ich würge, Sie drücken, klar? Drücken, nicht ziehen, okay? Und festhalten, wenn er loslässt! Kapiert?«

Sie war sich nicht sicher, wie gut sein Deutsch war und ob er verstanden hatte, was sie vorhatte, aber er schien erleichtert und nickte zustimmend. Also schob sie den Gürtel bis zu den Hundeohren hoch und zog die Schlinge zu, während Bodo mit einer Faust das Halsband umklammerte und mit der anderen Hand den Hundekopf fest gegen Prüsses Arm presste. Prüsse stöhnte und jammerte, Tränen füllten die blauen Augen. Er keuchte angespannt.

»Halten Sie durch, wir haben es gleich«, sagte Norma zuversichtlicher, als ihr zumute war, und mit schmerzenden Händen, um die sich der straff aufgewickelte Gürtel schnürte. Auch Bruce grunzte und stöhnte, ohne auch nur einen Hauch nachzugeben. Mit wie wenig Luft konnte so ein Hund auskommen?

Endlich begann Bruce zu röcheln, kaum hörbar zuerst, allmählich lauter, bis sie eine winzige Bewegung seines Kopfs spürte, ein erstes Lockern der Kieferknochen. »Achtung, gleich! Gut festhalten!«

Ihr war bewusst, nun stand der für sie gefährlichste Moment bevor, weil der Hund im Loslassen herumfahren und sich in ihrem Hals verbeißen könnte.

»Jetzt!«

Doch Bodo agiert geschickt und riss den Dobermann rechtzeitig beiseite. Der Hund würgte und keuchte, als sein Herr ihn am Halsband aus dem Zimmer zog. Womöglich hatte Norma seinen Kehlkopf verletzt, was ihr im Augenblick ziemlich egal war. Schon kniete sie neben Prüsse, der ohnmächtig zusammengesackt war.

Sogleich war Josefine bei ihm. »Stabile Seitenlage!«

Mit der Frau war was anzufangen, dachte Norma anerkennend.

»Fass mit an, Sandro!«, forderte Josefine Alandt auf, der

sich endlich in Bewegung setzte und den beiden Frauen half, den Bewusstlosen in eine sichere Position zu bringen.

In diesem Moment hörte Norma Schritte auf dem Flur, Frauenschuhe mit harten Sohlen, dann eine weibliche Stimme: »Vor dem Haus steht die Ambulanz. Kann mir einer sagen, was los ist?« Im Hereinkommen bemerkte Ilka Alandt ihren Halbbruder, der gekrümmt auf dem Boden lag. »Rainald, um Himmels willen!«

Erschrocken beugte sie sich zu ihm herab. Norma ließ Prüsse in der Obhut Alandts und der beiden Frauen und ging hinaus, um die Sanitäter einzuweisen. Danach wartete sie im Hof.

Bodo hatte den Hund in den blauen Sprinter gesperrt und kam zu ihr. Es täte ihm leid, was geschehen sei, erklärte er in passablem Deutsch. Sandro habe vorgeschlagen, den Hund wegen der Hitze nicht im Wagen zu lassen, sondern in die Kammer zu sperren. Und er habe sich ganz bestimmt nicht verhört, was die Tür betreffe.

Schutzbehauptung, dachte Norma angewidert. Feige bist du auch noch.

Die Sanitäter trugen Prüsse hinaus. Ein Bild, das Norma an Folke denken ließ. Auch ein unberechenbares Tier, erst vor Kurzem. Prüsse war wieder bei Bewusstsein und sprach flüsternd mit Josefine, die zärtlich seine Hand hielt. Auf der anderen Seite lief Ilka mit. Als die Trage in den Wagen geschoben wurde, gab es einen kurzen Hickhack zwischen den Frauen, wer Rainald begleiten durfte, was Josefine für sich entschied. Danach nahm Sandro Alandt seine Frau bei den Schultern und lotste sie unwirsch zum Haus hinüber. Norma schob das Smartphone, mit dem sie schnell und unauffällig ein paar Fotos geschossen hatte, in die Hosentasche zurück.

Währenddessen hatte Josefine die Sanitäter gebeten, einen Moment zu warten, und trat nun an Normas Seite. »Danke für Ihre Hilfe! Sie haben das Richtige getan, sagt der Arzt. Die Verletzungen wären noch ärger, wenn man den Hund fortgerissen hätte.«

»Wie schlimm ist es?«

Josefine brach in Tränen aus. »Wir haben uns gerade erst gefunden! Ich will ihn nicht verlieren!«

»Er wird nicht daran sterben«, versuchte Norma zu trösten.

»Daran nicht!«, schluchzte Josefine und wischte sich mit dem Handrücken über die Augen, sodass die aufgelöste Wimperntusche schwarze Flecken auf die Wangen malte. »Aber wenn Sandro wieder …« Der Rest des Satzes ging im Schluchzen unter.

»Wir müssen los!«, meldete sich ein Sanitäter ungeduldig zu Wort.

Was würde Sandro wieder tun? Bevor Norma nachfragen konnte, eilte Josefine davon und ließ sich vom Sanitäter in den Krankenwagen helfen.

28

Mittwoch, der 10. August

Rücksichtsvoll verlangsamte Josefine das Tempo und schaltete einen Gang zurück, um den Gästen genügend Zeit für die Bewunderung der Kurhaus-Kolonnaden mit ihrer beeindruckend langen Aneinanderreihung von Säulen zu bieten. Zum ersten Mal seit Beginn ihrer Karriere als THermine-Fahrerin war sie schlecht gelaunt. Die miese Stimmung hatte nichts mit der Arbeit zu tun. Es war auch keine schlechte Laune, wie sie einen überfallen konnte, weil man, wie Bienchen immer gesagt hatte, mit dem falschen Bein zuerst aus dem Bett gestiegen war. Im Grunde konnte man das, was sie umtrieb, überhaupt nicht schlechte Laune nennen. Nein, bei genauer Betrachtung ihres Gemütszustandes stellte Josefine fest, dass sie in Wahrheit wütend war. Stinkwütend und bis tief ins Herz erfüllt von einem brodelnden Zorn. Ihr ganzes Leben lang hatte sie sich angepasst, hatte zurückgesteckt, anstatt aufzumucken, sich gefügt, sich nicht gewehrt. Nun reichte es ihr, und dieser plötzliche Furor führte sie auf ein völlig fremdes Gefühlsterrain.

Es war so himmelschreiend ungerecht! Da hatte sich aus dem tristen Alltagsgrau ihres bisherigen Lebens für einen Schnappschuss die Tür in eine farbenfrohe Welt aufgetan. Doch kaum geöffnet, schlug die Tür wieder zu. Das Schicksal, die Mächte (Gott höchstpersönlich wollte sie wegen ihrer Kinkerlitzchen nicht zur Verantwortung ziehen) waren offensichtlich nicht damit einverstanden, dass eine Person wie Josefine Luven ihr Glück fand. Warum bloß? Diese Frage quälte sie. Warum durfte sie nicht glücklich werden? Einen liebevollen Mann haben, wie andere Frauen auch, und, ja auch das noch, mit 33: ein Kind, vielleicht sogar zwei. Dagegen hatten allerdings nicht allein irgendwelche unbekannten Mächte Einwände. Sandros Gesicht, als Rainald gleich beim ersten Zusammentreffen mit der neuen Verwandtschaft mit der entrückten Glückseligkeit des Frischverliebten von Kindern sprach, es hatte ihr Angst gemacht und ihre vorübergehenden Zweifel, sie habe sich seinen Angriff auf Rainald und den Stoß vor die THermine vielleicht doch eingebildet, umgehend beseitigt.

Und jetzt diese grässlichen Hundebisse! Dieser Bodo mochte ein windiger Geschäftsmann sein, ein Gauner womöglich. Trotzdem glaubte sie seinen Beteuerungen, er habe sich keinesfalls geirrt, was die Tür betraf. Sandro wies jede Verantwortung von sich. Ilka behauptete, sie habe das Gespräch nicht mit angehört, und selbst wenn, würde sie sich sowieso niemals gegen ihren Mann stellen, das wusste Josefine. Auch wenn Josefine wenig von Rechtssachen verstand: Dass hier Aussage gegen Aussage stand und man Sandro nichts nachweisen konnte, schien sonnenklar.

Als die THermine das Kurhaus passierte, musste Josefine beinahe an sich halten, um die Fahrt nach Plan fortzusetzen und nicht entlang des Bowling Greens zurück zur Rue und von dort links ab, am Museum vorbei und über die Frankfurter Straße zum »St. Josefs-Hospital« hinaufzubrausen – was den auswärtigen Gästen zunächst kaum auffallen würde, gäbe es doch auch auf dieser Strecke etliche prachtvolle Villen zu bestaunen. Nur käme man nicht bei der Russischen Kirche an, und spätestens auf dem Parkplatz des JoHo wäre mit Aufruhr unter den Gästen zu rechnen. Davon abgesehen erlaubte Rainalds Zustand einen Ausflug mit der THermine noch lange nicht. Es tat ihr im Herzen weh und fachte zugleich die Wut auf Sandro an, als sie daran dachte, wie armselig ihr Liebster dort ausharren musste. Die Wangen leichenblass, die Zauberaugen verschleiert von Schmerzmitteln, der Arm von oben bis unten geschient, eingepackt und von Schläuchen gespickt, die wie rosa Würmer aus den weißen Bandagen herausschauten. Er habe Glück gehabt, sagten die Ärzte.

Wenn so das Glück aussah!

Auf der Sonnenberger Straße gab sie Gas und konzentrierte sich auf den Verkehr, bis ihre Gedanken auf der ruhigeren Strecke über die »Schöne Aussicht« wiederum um Rainald kreisten. Unvorstellbar, dass sie ihm während seiner Schwarzfahrten so misstraut, ihn sogar gefürchtet hatte. Er habe ihr danken wollen, den Mund aber nicht aufbekommen vor lauter Herzklopfen. Es sei ihm so peinlich gewesen, weil er sich wie ein verdruckster Teenager benommen habe. Und fürs Trinken, fürs Trinken habe er sich geschämt. So sehr geschämt. Von dem THermine-Unfall wusste er nichts mehr bis auf eins: Er habe am Boden gelegen, unmittelbar vor dem rot glänzenden Bug der Lok, und dann, als er sich habe umdrehen und aufrappeln wollen, direkt in ein Gesicht gesehen. Ein Gesicht, so sanft und zugleich erstrahlend von innerer Stärke wie das eines Engels, umwoben von hellblonden Locken. Wenige Tage später habe er von heute auf morgen mit dem Trinken aufgehört.

Die Beschreibung ihrer »inneren Stärke« hatte Josefine regelrecht aus dem Häuschen gebracht. Nie zuvor im Leben hatte ihr jemand eine »innere Stärke« zugetraut. Die außerdem »erstrahle«! An das Nicht-mehr-Trinken hatte sie zunächst nicht glauben wollen. So leicht kommt keiner vom Alkohol los, wie jeder wusste. Und doch schien Rainald die Wahrheit zu sagen und hatte tatsächlich keinen Schluck getrunken, nicht einmal vom selbstgekelterten Äppler, seit sie zusammen waren. »Seit er dich hat, ist er durchgehend nüchtern«, hatte auch Ilka verblüfft von sich gegeben, als Rainald sie miteinander bekannt gemacht hatte.

So gut sie sich ansonsten verstanden, in drei Dingen waren sie uneins. Während er Josefine für einen Engel hielt, der ihn gerettet habe, quälte sie sich nach wie vor mit dem Vorwurf, ihn mit der THermine beinahe überfahren zu haben, was schließlich das Gegenteil von Retten war. Die zweite Uneinigkeit betraf das Datum des Kennenlernens. War es für Rainald der Tag, an dem ihm der Engel erschienen war, kam für Josefine nur der Tag infrage, als geschehen war, was sie bei sich nur »das Schlimme« nannte. Ausgerechnet »das Schlimme« hatte das Glück mit sich gebracht. Die Geschichte ihres Zusammentreffens, das Erwachen der Liebe im Augenblick des Todes – es hätte geradewegs aus Bienchens Frauenzeitschriften stammen können. Dass die Arme, die sie auffingen, zu dem Mann gehörten, den sie beinahe getötet hätte, war ihr mit geschlossenen Augen bewusst gewesen. Seltsamerweise hatte sie, sobald seine Arme sie fest umfangen hielten, alle Angst vor ihm verloren.

Bei der dritten Frage, die die Unbeschwertheit ihrer jungen Liebe ein Stück weit verdrängte, ging es um Sandro. Dessen Feindseligkeit Josefine gegenüber, obwohl beinahe mit Händen zu greifen, wollte Rainald zunächst nicht wahrhaben und erst recht nicht an Josefines Darstellung des THermine-Unfalls glauben. Für ihn blieb Sandro der fürsorgliche Retter eines Betrunkenen. Josefine hingegen fühlte sich allein von Sandros aggressiver Präsenz eingeschüchtert und konnte sich nur schwer gegenüber Ilka behaupten, die ihr Revier vom ersten Tag an wie ein Rottweiler verteidigte.

Die Wohnsituation spitzte sich von Tag zu Tag zu. Denn je deutlicher sein Verstand aufklarte, desto mehr bekam Rainald mit von Ilkas Gift sprühenden Blicken und Sandros geringschätzigen Kommentaren, bis sogar Rainald einleuchtete: Es lebte ein Paar zu viel im Haus. Mit scheinbarer Gelassenheit nahmen Sandro und Ilka seine Bitte um einen raschen Auszug zur Kenntnis. »Verstehen wir, na klar! Ihr wollt heiraten, unseren Glückwunsch. Wir suchen uns was Eigenes.« Doch Josefine, die vier jüngere Geschwister großgezogen hatte, merkte sofort, wenn jemand log. Unter den falschen Beteuerungen brodelte es, das war unübersehbar.

Eine Wut, die sie sogar nachempfinden konnte. War sie doch selbst hinausgeworfen worden. Ihre drei Schwestern hatten nicht einmal abgewartet, bis Vater in der Urne steckte. Als Josefine drei Tage nach »dem Schlimmen« von der Arbeit nach Hause gekommen war, hatte Alina gerade einen Makler mit Verkäufermiene durch sämtliche Zimmer geführt, verfolgt von den aufgeregt tuschelnden Schwestern. Der Bruder hatte sich derweil in der Küche herumgedrückt.

»Nimm es ihnen nicht übel«, verteidigte Martin die jüngeren Schwestern. »Alina will eine Wohnung kaufen, Steffi braucht ständig Geld für die Kinder, und Jana möchte den Master dranhängen.«

Wie er selbst zum Verkauf stand, sagte er nicht.

»Ich will aber hier wohnen bleiben!«, rief Josefine erschrocken.

»Dafür müsstest du uns alle vier auszahlen«, warf Alina

ein, die im aufgetakelten Chefsekretärinnen-Outfit in die Küche stolziert kam. »Das Haus ist unser gemeinsames Erbe. Du glaubst doch nicht, dass du einfach hier wohnen bleiben kannst. Wie naiv bist du?«

Naiv genug, um jahrelang klaglos dein pubertäres Mädchengehabe ertragen zu haben, dachte Josefine bissig und fragte verunsichert: »Was soll es denn kosten?«

Der Makler, ein übergewichtiger junger Mann, der Josefines Frage mitbekommen hatte, schenkte ihr einen mitleidigen Blick, bevor er eine schwindelerregend hohe Summe nannte. »Freistehend, mit Garten, ruhige Lage und doch zentral. Da kann ich Ihnen auf Anhieb ein Dutzend finanzkräftige Interessenten vorbeischicken.«

So kam es, dass Rainald, als sie ihm am selben Abend ihr Leid geklagt hatte, spontan vorgeschlagen hatte: »Zieh doch zu mir nach Naurod.«

Die THermine hatte inzwischen das Waldstück vor der Russischen Kirche erreicht. An der Haltestelle ließ Josefine die Fahrgäste aussteigen und nutzte die Pause für einen Anruf bei ihrem Bruder. »Ich will zurück nach Hause!«

»Krach mit deinem Freund?«, fragte er mit oberlehrerhaftem Unterton. Er war gegen das schnelle Zusammenziehen gewesen und hatte ihr ans Herz gelegt, sich lieber ein Zimmer in einer WG zu suchen. Eine eigene Wohnung würde sie sich vorerst kaum leisten können.

»Rainald ist im Krankenhaus, und ich will nicht allein mit seiner Verwandtschaft sein.«

»Wie stellst du dir das vor? Die Zimmer sind ausgeräumt, die Küche ist abgebaut. So kann man da nicht mehr wohnen.«

»Dann komme ich zu dir«, verkündete sie entschlossen. »Ist nur für ein paar Tage.«

Er hatte eine Zweizimmerwohnung in Sonnenberg gemietet, im Kellergeschoss einer alten Villa, vor deren Fenstern Rosen und Katzenminze in Augenhöhe um die Wette blühten.

»Unmöglich, Finchen! Das Wohnzimmer brauche ich als Büro, dort liegt alles voller Gartenpläne, kaum Platz zum Leben und erst recht nicht für ein zweites Bett.«

»Janas Studentenbude ist auch zu klein«, warf sie ein.

»Geh doch zu Alina oder zu Steffi!«

Bevor sie Krach mit Alina bekam, weil sie deren Hochglanzküche mit Fingerabdrücken verunzierte, oder sich von Steffis Mann Lars schikanieren ließe, der sie für dumm hielt, übernachtete sie lieber in der THermine.

»Lass gut sein, Martin.«

»Tut mir leid, Finchen. Ich bin sonst immer für dich da.«

»Klar, weiß ich doch, Martin. Ich muss jetzt Schluss machen.«

Die Fahrgäste kehrten zurück und tupften sich den Schweiß von der Stirn. Die Vormittagssonne heizte schon ordentlich ein, und selbst hier oben am Wald rührte sich kein Lufthauch.

»Fantastischer Ausblick auf die Stadt!«, schwärmte ein Mann mit Kölner Zungenschlag. »Geht's jetzt weiter?«

»Irgendwie geht's immer weiter«, gab Josefine zur Antwort und startete den Motor.

29

Mit einem bedauernden Seitenblick taxierte Norma die schlanke Gestalt auf dem Beifahrersitz. Für den Umzug hatte Timon sich einen halben Tag freigenommen. Seine gebeugte Haltung war der überquellenden Last des bis zum Dachhimmel vollgepackten Kombis geschuldet. Timon hatte das Genick eingezogen, um nicht mit der kantigen Ecke des Koffers zu kollidieren, der sich Platz heischend über die Rückenlehne drängte. Sie wollten den Umzug auf wenige Fahrten beschränken, was dank des geräumigen Kombis möglich war. Normas altes Wägelchen hätte nicht annähernd so viel Kartons auf einmal geschluckt. Prüsse hatte sich am Telefon dankbar gezeigt und wollte den Mietvertrag nachreichen. Nun waren sie zur Mittagszeit mit der letzten Fracht auf Tour. Die Klimaanlage blies gegen die drückende Schwüle an, was nicht nur den beiden Menschen guttat, sondern auch dem Kater in seiner Transportkiste. Missmutig hatte er im Bad ausharren müssen, bis die letzte Kiste gepackt gewesen war.

Unterwegs erzählte Norma ausführlich von dem Hundeangriff. Am Abend war sie dafür zu angespannt gewesen. Die ganze Situation war ihr so irreal erschienen – sie hatte eine Nacht darüber schlafen müssen, ehe sie den Vorfall genau schildern konnte. Ihr Bericht gelang nicht annähernd so nüchtern und nebensächlich, wie sie es sich vorgenommen hatte. Die Aufregung verfing sich in ihrer Stimme und steckte Timon an.

Als sie zum Ende gekommen war, zupfte er sich nervös an den Fingerspitzen. »Entschuldige bitte, wenn ich mich einmische, aber ... wie konntest du, Norma? Bist du lebensmüde? Was, wenn der Hund dich angefallen hätte?«

Die Ampel am Kureck sprang auf Rot. Norma wartete ab, bis das Auto zum Stehen gekommen war, bevor sie ihr Handeln verteidigte. »Es gab keine Alternative. Der Hund war wie besessen, und Prüsse vollkommen hilflos. Ein trainierter Schutzhund, der auf seine ruckartige Bewegung reagiert hat, denke ich.«

»Ein gut ausgebildeter Hund lässt sich abrufen«, gab Timon zu Bedenken.

»Vermutlich hat man diesen Part der Ausbildung ausgespart«, seufzte Norma. »Der Besitzer hatte das Tier nicht die Spur im Griff.«

»Der Hund gehört von den Behörden eingezogen!«

»Keine Chance, fürchte ich. Dieser Bodo ist bestimmt längst über alle Berge. Der Sprinter hatte ein slowakisches Kennzeichen.«

»Slowakei, sagst du? Ein Kastenwagen?« Er hob die Hand. »Grün, Norma!«

Sie gab Gas und lenkte den Wagen in die Sonnenberger Straße, vorbei am dichten Randbewuchs des Kurparks, in dessen Schatten die Fußgänger vor der Mittagssonne Schutz suchten. Auf dem Bergfried der Burg Sonnenberg lastete ein dunkles Wolkenband. Braute sich auch in Timon ein Sturm zusammen? Seine Stimme klang gepresst, als er fragte, ob sie wüsste, woher Tilda Auerbach alias Ilka Alandt die Welpen bekomme, die sie verticke.

»Das will ich rausfinden«, lautete ihre schlichte Antwort.

»Was ist, wenn sie einem Ring krimineller Hundehändler angehört?«, ereiferte er sich. »Ich habe mich schlaugemacht. Die Banden schleusen die Welpen aus Osteuropa ein und verdienen Unsummen damit. Ohne ein besonderes Risiko. Die wenigsten werden angezeigt, geschweige denn vor Gericht gestellt.«

Norma schwieg, bis die schmale Straße, die durch den historischen Sonnenberger Ortskern führte, hinter ihnen lag. »Höchste Zeit also, den Schmugglern eins auf die Nase zu geben.«

Timon ließ ihr Statement unkommentiert. Erst als der Wagen in den Waldschatten hinter Rambach eintauchte, meldete er sich wieder zu Wort. »Und diesen Hieb willst ausgerechnet du ihnen verpassen? Norma, die Leute sind gefährlich! Kein Krimineller lässt sich ohne Gegenwehr ein leichtes Geschäft vermiesen.«

Ein erneuter Seitenblick auf die zusammengekauerte Gestalt, der der Koffer im Nacken saß. Nur schaute sie nun eher misstrauisch als bedauernd. »Was willst du mir sagen, Timon?«

»Du warst eine gute Polizistin, Norma, eine hervorragende Polizistin sogar. Und du bist eine ausgezeichnete Ermittlerin, aber ...«

Wollte er sich in ihre Arbeit einmischen? »Ich bin keine Anfängerin! Was soll das?«

»Ich habe Angst um dich«, gestand er freimütig. »Warum bleibst du nicht bei deinen Versicherungsrecherchen? Die bringen Geld und tun keinem was.«

Norma reagierte nicht, behielt stur die sich voranschlängelnde Straße im Auge, bis der Wald hinter ihnen lag. Hatte Timon das wirklich gesagt? Während sie seinen Affront verdaute, bemerkte sie, dass nicht der Wald die Straße verdunkelt hatte, sondern das Meer tintenfarbener Wolken, das die Sonnenstrahlen absorbierte. Zwischen den Wiesen steuerte sie den erstbesten Feldweg an und brachte den Wagen abrupt zum Stehen, was dem Koffer ermöglichte, nach vorn zu rutschen. Dicke Regentropfen platschten gegen die Frontscheibe. Sie wandte sich Timon zu, der sich den Nacken rieb.

Gerade wollte sie ansetzen, ihm die Meinung zu sagen, da hob er entschuldigend die Hände. »Das war so ziemlich das Blödeste, was mir einfallen konnte. Am liebsten würde ich jedes Wort zurücknehmen.«

»Zurücknehmen reicht nicht, Timon! Reden ist das eine, Denken das andere.«

»Ich zweifle keinesfalls an deiner Kompetenz, Norma!«, entgegnete er vehement.

»Sondern?«, fragte sie eisig.

»Ich halte einfach die Vorstellung nicht aus, dir könnte etwas zustoßen.«

Ein Donnerschlag ertönte, durch das Wolkenmeer flackerten Blitze, und dann klatschte der Regen wie eine Woge gegen die Scheiben. Unter dem Rauschen und Trommeln war ans Weiterfahren nicht zu denken. Die Stimmung im Wagen blieb mindestens so geladen wie draußen.

Als sich das Wetter beruhigte, setzten sie die Fahrt nach Naurod fort – ohne ein Wort. Der alte Retriever tappte ungelenk heran, nachdem Norma im Hof geparkt hatte und sie ausgestiegen waren, und beschnüffelte ihre Beine und Hände, bevor er sich wieder davonmachte. Ansonsten war niemand zu sehen, weder das Ehepaar Alandt noch Prüsses Verlobte. Der Sprinter war wie zu erwarten verschwunden und mit ihm hoffentlich die vermaledeite Töle. Norma ertappte sich dabei, wie sie sich trotzdem immer wieder wachsam umschaute, während sie den Kombi auslud. Auch Timon wirkte angespannt, was eher an Normas aggressiver Stimmung liegen mochte. Ihr Ärger war längst nicht verraucht.

Die Sonne ließ sich wieder blicken und überspannte Naurods Ziegeldächer mit einem Regenbogen. Doch Norma war nicht nach Romantik. Grollend folgte sie Timon die Treppen hinauf – sie mit einer Reisetasche beladen, während er die Transportkiste trug und beruhigend auf den miauenden Kater einredete. Der liebevolle Klang seiner Stimme traf ihren Nerv. Der Streit tat ihr weh, ihr eigener Zorn, diese ungewohnt kühle Distanz quälte sie selbst. Nur ein Wort von ihr, und alles wäre in Ordnung. Oberflächlich in Ordnung. Denn der tiefere Sinn seiner Bemerkung, die ihm vielleicht tatsächlich unbedacht herausgerutscht war, ließ sich nicht einfach vom Tisch wischen.

Schweigend trugen sie alles nach oben. Wie von der gereizten Stimmung angesteckt, ignorierte Leopold das weit geöffnete Gitter und blieb schmollend in seiner Kiste hocken.

Timon unternahm einen kurzen Streifzug durch die Räume.

»Gefällt mir«, lautete sein knapper Kommentar. Dann kam er zu Norma, die im Küchenbereich mit dem Einräumen der eigenen Küchenutensilien beschäftigt war, und hantierte mit dem Kaffeeautomaten, den langen Zopf mit einer Hand zurückwerfend. »Kleine Pause? Cappuccino?«

Norma sah von dem Karton auf. »Warum nicht?«

Waffenstillstand. Sie tranken den Kaffee im Stehen. Der Kater hatte sich endlich herausgewagt und ließ sich vor ihren Füßen nieder.

»Norma …«, begann Timon zögernd.

Der Kaffee war kochend heiß. Sie blies mit gespitzten Lippen in den Milchschaum. »Was, Timon?«

Mit der Tasse in der Hand sah er sie ernsthaft an. »Eins habe ich aus meiner gescheiterten Ehe gelernt: Man muss sich den Auseinandersetzungen stellen. Was ist so schlimm daran, wenn ich mir Sorgen um dich mache?«

»Das fragst du?«

»Weiche mir bitte nicht aus, Norma! Also: was?«

»Du setzt mich damit unter Druck. Wie soll ich meine Fälle aufklären, wenn ich im Hinterkopf ständig deine Angst um mich habe? Das nennt man emotionale Erpressung!«

»So negativ siehst du meine Sorge um dich?« Kopfschüttelnd verstummte er für einen Moment, bevor er sich umwandte und eilig auf die Wohnungstür zuging. »Das Rad steht beim LKA. Ich nehme den Bus und fahre ins Büro. Wir sehen uns heute Abend!«

Norma hielt ihn nicht auf. Sie wünschte sich zurück in ihre eigene Wohnung, ihren geschützten Rückzugsort, das Bollwerk gegen zu viele Gefühle. Auch der Kater fühlte sich verloren in der fremden Umgebung und wich nicht von ihrer Seite, bis sie die letzten Kartons ausgepackt hatte. Die Koffer mit Timons Kleidung stellte sie ungeöffnet im großen Schlafzimmer ab und räumte die eigenen Sachen in den Schrank im Nebenzimmer. Danach trank sie, mit dem sekündlich an Gewicht zunehmenden Poldi auf dem Arm, einen weiteren Cappuccino und wartete eine halbe Stunde ab, bis Timon ihrer Schätzung nach das Büro erreicht haben müsste. Er ging nicht ans Telefon. Norma lenkte sich mit einer Bestandsaufnahme der Lebensmittelvorräte ab und erwog kurz, sich an der Flasche Calvados zu bedienen, die ein Vorgänger in einem Küchenschrank zurückgelassen haben musste. Dummerweise mochte sie keinen Branntwein. Also lieber raus zu einem Erkundungsgang! Bevor sie die Wohnung verließ, füllte sie Poldis Futternapf großzügig.

30

Im Treppenhaus traf sie auf Prüsses Verlobte, die im Begriff war, die Tür der Wohnung aufzuschließen, in der Prüsses Mutter bis zu ihrem Tod gelebt hatte. Sie hatte zwei klobige Koffer neben sich abgestellt und fuhr beim Klang der Schritte mit ängstlicher Miene herum.

Norma lächelte ihr aufmunternd zu. »Wie geht es Ihrem Freund heute?«

Josefine schilderte seine Verletzungen sowie deren Versorgung und die voraussichtlichen Folgen in aller Ausführlichkeit und mit tiefer Beunruhigung. So schwerwiegend hatte Prüsse seinen Zustand im Telefongespräch mit Norma nicht beschrieben und nur gesagt, er müsse den rechten Arm in einer Schiene tragen und sei im Übrigen ohne größere Blessuren davongekommen.

»Rainald hat Glück gehabt, es hätte ärger ausgehen können«, formulierte Norma ihre um Trost bemühte Bemerkung, mit der sie mitten ins Fettnäpfchen traf.

»Was soll daran Glück sein?«, widersprach Josefine entrüstet. »Rainald hat Schmerzen und muss bis morgen im JoHo bleiben. Ich vermisse ihn so sehr und bin hier allein mit …«

Sie verstummte mitten im Satz, als von draußen das Zuschlagen einer Autotür und die Stimmen der Alandts heraufdrangen. Verächtlich verzog sie den Mund. »… mit der neuen Verwandtschaft.«

»Deswegen ziehen Sie bei Rainalds Mutter ein?«

Josefine lauschte einen Moment angespannt in den Hof, aus dem jetzt das Winseln des alten Retrievers zu hören war, der seine Menschen freudig in Empfang nahm, bevor sie ihre Aufmerksamkeit wieder Norma zuwandte. »Ich weiß nicht, wohin sonst. Meine Geschwister haben das Haus von meinem Vater ausgeräumt, in dem ich bisher gewohnt habe. Würden Sie mir einen Gefallen tun?«

»Wenn ich kann«, antwortete Norma freundlich.

»Kommen Sie mit rein? Es ist seltsam, allein in anderer Leute Wohnungen zu gehen. Vor allem in die Wohnung einer Toten.«

Norma half Josefine, die beiden Koffer ins Wohnzimmer zu tragen. Die Einrichtung spiegelte die Handschrift Michaela Prüsses wider: ebenso geschmackvoll wie die Dachwohnung und ergänzt von allerlei persönlichen Habseligkeiten. Großformatige Urlaubsfotos von Gipfeln und Stränden sprachen für zwei bevorzugte Reiseziele und zeigten eine hübsche, füllige Frau mit den gleichen durchdringenden Augen und der gleichen blassen Haut wie Prüsse.

Josefine blieb vor einem Bild stehen, in dessen Hintergrund ein Leuchtturm aufragte. Davor Michaela im hellen Sand, rücklings hinstürzend und breit lachend, als habe der Selbstauslöser zu früh agiert. »Ich habe Michaela nicht gekannt. Auf dem Foto wirkt sie voller Leben. So agil und stark. Nicht wie eine todkranke Frau.«

»Sie war Diabetikerin. Ein Zuckerschock, hat mir Rainald erzählt.«

Verunsichert hob Josefine die Schultern. »Von Krankheiten verstehe ich nichts. Mein Vater war auch einmal stark und voller Leben. Als er jung war. Später war von der Kraft nichts mehr übrig. Er hatte jeden Mut verloren. Wenn ich nur wüsste, ob es Michaela recht wäre, wenn ich heute Nacht hier schlafe.«

»Was sagt Ihr Verlobter dazu?«

»Rainald ist einverstanden, sofern ich in Michaelas Gästezimmer schlafe. Ich soll nicht ins Schlafzimmer gehen, sagt er, was ich sowieso nicht vorhabe. Michaelas Schlafzimmer ist mir zu …« Sie suchte nach dem passenden Wort.

»Zu privat?«, schlug Norma vor.

»Genau, zu privat. Im Grunde wäre es ihm lieber, ich würde drüben in unseren beiden Dachzimmern bleiben.«

»Weil er befürchtet, seine Mutter wäre dagegen gewesen, dass Sie hier wohnen?«

»Nein«, widersprach Josefine Normas Vermutung. »Einfach, weil das Haus drüben sein Haus ist.«

»Also so eine Art Platzhirschverhalten?«

Zum ersten Mal sah Norma Josefine herzlich lachen, wobei das Engelsgesicht aufleuchtete.

»Ich bin doch keine Hirschkuh«, platzte Josefine prustend heraus. »Wollen wir uns nicht duzen? Nach allem, was gestern los war.«

Norma verstand Josefines Beweggründe. Dramatische Ereignisse schweißen zusammen. »Aber gern, ich heiße Mieke. Diese Hitze macht durstig. Könnte ich ein Glas Wasser haben?«

Josefine verließ das Wohnzimmer. Von nebenan hörte Norma das Klappern von Schranktüren und das Rauschen der Wasserleitung.

»Nimm Platz«, bat Josefine, als sie zurückkehrte, und stellte zwei Wassergläser auf den Couchtisch.

»Musst du heute nicht arbeiten?«, fragte Norma.

»Ich habe mir freigenommen, damit ich Rainald besuchen kann. Demnächst mache ich ohnehin Überstunden. Am Freitag fängt die Weinwoche an.«

Zur Rheingauer Weinwoche bauten die Winzer ihre Weinstände rund um die Marktkirche auf. Ein Großereignis, das für viele Einheimische als Höhepunkt des Jahres galt und unzählige Besucher aus nah und fern in die Stadt lockte. Norma ging gern hin, auch wenn sie mit dem Weinfest dunkle Erinnerungen an ihren ersten Fall als Privatdetektivin verband.

»Ich fahre Sonderrunden mit der THermine«, erklärte Josefine mit glänzenden Augen.

Behutsam kam Norma auf Josefines tränenreiche Bemerkung am Krankenwagen zurück. »Was sind das für Unstimmigkeiten zwischen Rainald und Sandro?«

Josefine überlegte, als wüsste sie nicht, wie sie anfangen sollte.

»Ich habe einmal einen Film über einen Vulkan gesehen«, erzählte sie schließlich. »Außen war alles grün, fruchtbare Erde und friedliche Landschaften. Dort lebten Menschen, die nicht sehen wollten, wie sich Spalte für Spalte die Erde auftat – bis zur Eruption, die Asche und Lava rausschleuderte und alles vernichtete.«

»Und so ein Vulkan … ist Sandro Alandt?«

»Wenn es nach Rainald geht, müssen Sandro und Ilka sofort ausziehen. Sandro ist wütend deswegen, will es sich aber nicht anmerken lassen.« Josefines sanftes Gesicht stand in einem seltsamen Gegensatz zum Weltuntergangston ihrer Stimme. »Dieser schreckliche Dobermann! Das war eine Falle, Mieke!«

»Wie meinst du das?«

»Sandro will Rainald ans Leben!«

»So etwas behauptet man nicht leichtfertig.«

»Ich weiß, wie furchtbar das klingt«, verteidigte sich Josefine. »Aber ich würde meinen Traumjob verwetten, dass Sandro Bodo mit Absicht in Rainalds Büro geschickt hat. So wie er Rainald vor die THermine gestoßen hat.

Sandro gibt sich gutmütig, doch in seinem Inneren ist er skrupellos.«

Aufgebracht schilderte sie, wie sie die Bahn haarscharf vor Rainald zum Stehen gebracht hatte.

Norma wäre die Letzte, die bei einer solchen Anschuldigung nicht hellhörig werden würde, wollte sich ihren Jagdeifer jedoch nicht anmerken lassen. War die Frau mit dem Engelsgesicht eine Spinnerin?

Josefine spürte die Skepsis. »Du hältst mich für plemplem, nicht wahr?«

Norma beruhigte sie. »Lass uns darüber reden. Wer so etwas tut, braucht triftige Gründe. Warum sollte Sandro Rainald dermaßen schaden, ja ihn sogar töten wollen?«

»Aus lauter Gier! Haus und Hof will er haben. Den Garten. Er sieht in ihm wertvolles Bauland, aber Michaela wollte, dass die Obstbäume bleiben. Und daran hält sich Rainald. Wenn er *jetzt* stirbt, wird Ilka zur Alleinerbin und damit Sandro zum Mitbesitzer. Doch sobald wir verheiratet sind, gehen die beiden leer aus. Rainald wird das Testament ändern.«

Eins musste man der weltfremd erscheinenden Josefine lassen: Sie hatte ein handfestes Motiv auf den Punkt gebracht.

»Das heißt, nach eurer Heirat wird Rainald dich als Alleinerbin einsetzen?«

Josefine zuckte die Achseln und antwortete, ohne aufzusehen. »Mir ist das nicht wichtig. Es ist Rainalds Wunsch.«

Norma angelte nach dem Wasserglas und trank in kleinen Schlucken, um Zeit zu gewinnen. Mit dem Garten als Bauland und beiden Häusern käme ein beträchtliches Vermögen zusammen, das Alandt nicht in 100 Jahren mit abgenutzten Kühlschränken erwirtschaften könnte. Aber gleich an Mord denken? Josefine schien ziemlich durch den Wind. Was kein Wunder war: erst der Freitod des Vaters, dann Rainalds blutige Wunden. »Josefine, ich verstehe deine Sorgen. Aber als Rainald vor die THermine fiel …«

»Gestoßen wurde!«

»… als er stürzte, da kanntet ihr euch noch nicht. Deine Erklärung, Sandro will eure Hochzeit vereiteln, trifft hier nicht zu.«

»Gierig war Sandro schon immer!«

»Wann ist dieser Unfall oder Anschlag passiert?«

»Am 23. Juli war das, am Samstag. Am Mittag war Michaela gestorben. Aus Kummer hatte Rainald sich noch heftiger betrunken als sonst.«

»Hat er sich gut mit Michaela verstanden?«

»Sie hat immer zu ihm gehalten, so schlecht es ihm auch ging, sagt er.«

»Weißt du, warum er in den Alkohol abgerutscht war?«

Josefine schaute zum Fenster hinüber. Nachdenklich sagte sie: »Er ist an seinem Studium gescheitert – Chemie, wen wundert's? – und danach nicht wieder auf die Füße gekommen.«

»Hast du mit ihm über deinen Verdacht gegen Sandro gesprochen?«

»Ach, er nimmt Sandro in Schutz«, räumte Josefine ein, ohne ihre Enttäuschung zu verbergen. »An den Sturz erinnert er sich kaum. Und dass Sandro Bodo für seine Zwecke eingespannt hat, will er sich nicht vorstellen.«

»Vielleicht wurde Bodo gar nicht benutzt?«, überlegte Norma laut.

Josefine spann den Gedanken weiter. »Aber warum sollte Bodo Rainald was Böses antun? Die beiden kennen sich kaum.«

Was kein Argument war. Killer konnte man anheuern, dachte Norma und hielt sich selbst für überspannt. »Du könntest deinen Verdacht gegen Sandro der Polizei melden.«

»Warum? Dort glaubt man mir eh nicht.« Empört schilderte sie das Gespräch mit Dorit Rusack.

Wenn Dorit der Sache nicht weiter nachgegangen war, konnten die Fakten für einen Verdacht nicht ausgereicht haben, schloss Norma. Zumal Rainald für seinen Schwager ausgesagt hatte.

Sie stand auf, trat an das Fenster heran und betrachtete den Garten; ein aus dieser Perspektive von Buchenhecken umsäumtes Areal mit Obstbäumen darauf. Im vorderen Bereich waren mehrere Reihen mannshoher Gitter zu sehen.

»Welchen Sinn haben diese Zäune?«

Auch Josefine hatte ihren Platz verlassen und warf einen Blick ins Freie. »Ach, die! Ilkas Hundezwinger. Darin hält sie ihre drei Zuchthündinnen, ins Haus darf nur Abraxas.«

»Und die Welpen?«

Josefine schüttelte den Kopf. »Hier gibt es zurzeit keine.«

»Hat Ilka vor zwei Wochen welche verkauft?«

»Nicht von den eigenen Hündinnen. Aber am Telefon spricht sie öfter über Welpen. Ab und zu vermittelt sie Hunde von anderen Züchtern. Soll ich Ilka fragen?«

»Lass mal, nicht so wichtig«, wiegelte Norma ab. »Was weißt du über Bodo? Kennst du seinen Nachnamen?«

Bedauernd schüttelte Josefine den Lockenkopf. »Nee, leider keine Ahnung. Soweit ich weiß, beliefert er Sandro mit Ware aus der Slowakei und nimmt gebrauchte Haushaltsgeräte mit zurück.«

»Was bringt er hierher?«

Wieder ein Lockenschütteln. Wieder ein »Keine Ahnung.«

»Hast du in Bodos Wagen Welpen gesehen?«

»Andere Hunde außer Bruce?«, entgegnete Josefine verwundert. »Nein, aber mir sind die vielen Kartons und Käfige aufgefallen.«

Musste man ihr jedes Wort aus der Nase ziehen? »Welche Käfige?«

»Drahtkäfige und Transportkisten, wie man sie für Katzen benutzt«, erklärte Josefine bedächtig. »Im Laderaum waren sie aufgestapelt, zwischen den Hausgeräten. Tiere waren nicht drin. Dafür war es zu still.«

»Wann war das?«

»Am Montag. Bevor ich zu dir und Rainald in die Dachwohnung hochgegangen bin. Bodo und Sandro haben eine Waschmaschine aufgeladen. Warum fragst du so nach den Hunden? Du hast doch einen Kater!«

Josefine hob einen Koffer hoch, um ihn ins Gästezimmer zu bringen. Sie wolle nicht, dass Ilka in ihren Sachen herumschnüffele, und habe deswegen ihren gesamten Besitz mitgebracht, erklärte sie. Norma kümmerte sich um die Wassergläser und spülte sie in der Küche ab. Als sie die Gläser in den Küchenschrank zurückstellte, fiel ihr eine Papiertüte auf, die im oberen Fach auf einem Stapel Suppenteller lag, als hätte sie jemand aus den Augen haben wollen. Eine weiße Tüte mit rotem Aufdruck, der sich als Emblem einer Wiesbadener Apotheke entpuppte, nachdem sie die Tüte herausgenommen hatte. Impulsiv schob sie die Tüte unter die Bluse und in den Hosenbund, als Josefine in die Küche kam.

»Ich wollte dich nicht mit meinen Sorgen vollquatschen«, sagte Josefine kleinlaut. »Aber mit wem soll ich sonst reden? Meine Geschwister haben nur den Hausverkauf im Kopf und zählen in Gedanken die Euro, und die Kollegen … ich mag sie sehr, aber mit Horrorgeschichten will ich denen nicht kommen. Sie würden mir kein Wort davon abnehmen.«

»Es war gut, darüber zu reden. Danke für dein Vertrauen!«

»Wem sollte ich vertrauen, wenn nicht dir?«, rief Josefine. »Du hast keine Sekunde gezögert, Rainald beizustehen. Du bist unglaublich mutig, Mieke!«

Die Anrede »Mieke« versetzte Norma ebenso einen Stich wie das Gefühl des glatten Papiers am Bauch. So viel zum Thema Vertrauen. Von Ehrlichkeit ganz zu schweigen. Allerdings war jetzt kaum der Moment, Josefine über ihre wahre Identität aufzuklären.

Zumal sie auch noch heimlich eine Schachtel mit Magnesium-Kapseln vom Kühlschrank genommen und hinter Josefines Rücken in der Hosentasche hatte verschwinden lassen.

31

Das Gespräch hatte Normas Plänen eine bemerkenswerte Wende beschert. Nachdenklich stieg sie die Treppe hinauf. Ging es um weit mehr als um geschmuggelte Welpen? Sollte

Michaelas Tod nicht natürlich gewesen sein? Wenn ja, wem nutzte er? Rainald, keine Frage, als Alleinerbe. Aber wäre das für ihn ein Mordmotiv? Nach allem, was sie von Josefine gehört hatte, war er bestens mit seiner Mutter ausgekommen, die ihn nach Kräften unterstützt hatte – finanziell und emotional. Sie verwarf den Gedanken, denn ihr Tod brachte ihm keine Vorteile. Aber wie hatte Josefine gesagt? »Wenn Rainald *jetzt* stirbt, wird Ilka zur Alleinerbin und damit Sandro zum Mitbesitzer.« Doch wenn Josefine erst einmal Rainalds Ehefrau war, würde sie zur Erbin.

Sandro und Ilka hingegen profitierten eindeutig von Michaelas Ableben, das sie dem Erbe einen großen Schritt näher gebracht hatte. Hatte Sandro – weit vorausschauend – erst Michaela aus dem Weg geräumt und wollte nun Rainald ans Leben? Sofern an Josefines Anschuldigungen etwas dran war, könnte Sandro nach dem Doppelfehlschlag mit Rainald versuchen, stattdessen erst einmal Josefine aus dem Weg zu räumen. Keine Verlobte hieße schließlich: keine Ehe, keine Kinder, keine Erben. Und kein Grund mehr für Rainald, das Testament zu korrigieren und die Halbschwester zu enterben.

Wenn ich Prüsse wäre, würde ich mich vor meinem Schwager in Acht nehmen und gut auf meine Liebste aufpassen, schlussfolgerte Norma.

Andere mordeten für weit weniger.

Ein Manko hatte die Hypothese: Es gab keine Hinweise, dass Michaela nicht an ihrer Krankheit gestorben war.

In der Dachwohnung setzte Norma sich an den Esstisch. Die Schachtel mit den Magnesium-Kapseln enthielt nur noch einen Folienstreifen, aus dem die Hälfte der Pillen herausgedrückt worden waren. Und die Papiertüte? Das aufgedruckte Emblem gehörte zur Canis-Apotheke am Loreleiring in der Innenstadt. Sollten Fingerabdrücke auf dem Papier gewesen sein, war mit ihnen nichts mehr anzufangen, nachdem die Tüte im Hosenbund gesteckt hatte. Mit dem Inhalt wollte Norma vorsichtiger umgehen. Sie holte die Fingerhandschuhe aus der Handtasche, öffnete damit die Tüte und nahm das Medikament heraus. Ein länglicher, orangefarbener Plastikbehälter, der sich an der Längsseite aufklappen ließ. Darin kamen ein Medikamentengläschen und eine gefüllte Spritze mit aufgesetzter Kanüle zum Vorschein. Im Deckel des handlichen Behälters veranschaulichte eine Reihe unkommentierter Skizzen, wie die Spritze zum Einsatz vorzubereiten und im Oberschenkel des Patienten zu platzieren wäre.

Was hatte Rainald Prüsse bei ihrer ersten Besichtigung vor knapp zwei Wochen erzählt?

Michaela sei nicht rechtzeitig an ihre Medizin herangekommen. »Das Notfallset lag auf dem Küchentisch, noch in der Tüte der Apotheke. Sie hatte es aus der Stadt mitgebracht.«

Norma klappte das Behältnis zu, steckte es zurück und schaute sich den Kassenzettel an, der dabei gelegen hatte. Er trug das Datum vom 23. Juli, dem Samstag vor zweieinhalb Wochen. Der Tag, an dem Michaela starb, wie Josefine erzählt hatte.

Sie spürte ein Kribbeln im Körper. Jagdfieber! Timon drängte sich in ihre Überlegungen. Seine anmaßende Besorgnis um ihre Sicherheit. Und dieser vertrackte Krach. Auf ihren vergeblichen Versuch, ihn anzurufen, hatte er nicht reagiert.

Bei Luigi Milano klappte es. Sie erreichte den Kommissar auf der Privatnummer.

»Worum geht's?«, murmelte er ins Telefon.

Bei einer herzlichen Begrüßung wäre Norma vor Schreck der Kaffeebecher aus der Hand gefallen. Auch mit dem nächsten Satz blieb der Kriminalhauptkommissar seinen ruppigen Gepflogenheiten treu. »Wenn du was willst, ruf Dirk an.«

Sie wusste sehr genau, warum sie gerade das nicht tun wollte. Dirk Wolfert war ein gleichermaßen treuer Freund wie gewissenhafter Beamter. Norma eine Bitte abzuschlagen hätte ihm ebensolche Gewissensbisse bereitet, wie eine Auskunft am Rande der Legalität zu geben. Das war auch Luigi bewusst, der seine Schlüsse zog.

»Rechne nicht damit, dass ich deine illegalen Machenschaften unterstütze«, knurrte er, bevor sie auch nur gefragt hatte.

»Nur ein Nachname, lieber Luigi, und ein paar klitzekleine Infos über den Mann.«

»Mit klitzekleinen Infos meinst du Adresse und Telefonnummer, nehme ich an.«

»Und einen Auszug aus dem Vorstrafenregister, falls vorhanden. Was ich mir bei dem Typen gut vorstellen kann.«

»Mit welchen bösen Buben legst du dich nun wieder an, Norma?«

»Jemand schleust Hundewelpen aus Massenzuchten ins Land. Eine Riesensauerei, Luigi. Für die Tiere und für die Leute, die diese Hunde bei sich aufnehmen. Möglicherweise steckt er mit drin.«

»Und Schnüffelnase Tann will der Welpenbande das Handwerk legen?«

Norma juckte es in den Fingern, sofort aufzulegen. Doch wenn sie Luigis Hilfe wollte, musste sie seine Häme ertragen. Der Spott war Ritual. Und richtig: Nachdem er sich über Private Ermittler im Allgemeinen und eine Ermittlerin im Besonderen ausgelassen hatte, lenkte er grummelnd ein. »Also gut, Norma! Was hast du über den verdächtigen Schleuser?«

»Er heißt Bodo, Nachname unbekannt. Besitzt einen beißwütigen Dobermann. Ich schicke dir ein Foto von Bodo und dem Wagen. Darauf ist das Kennzeichen zu erkennen. Der Sprinter wurde in der Slowakei zugelassen.«

»Mit der Slowakei wird es schwierig bis aussichtslos. Warum hast du dir keinen Belgier oder Holländer ausgesucht? Da könnte ich einfach im Computer nachsehen. Mit der Slowakei gibt es diesen Datenaustausch nicht.«

»Ist mir bekannt, Luigi. Aber hattet ihr nicht vor ein paar Jahren diese gemeinsame Ermittlung mit der Mordkommission von Bratislava? Und warst es nicht du, Luigi, der von der unkomplizierten Zusammenarbeit geschwärmt hat? Sowie von den slowakischen Kollegen, die dir einen dicken Gefallen schuldig wären?« Sie hatte seine dezente Prahlerei noch im Ohr. Luigi Milano, der die Slowaken auf die alles entscheidende Spur gebracht hatte.

»Du hast ein Gedächtnis wie ein Elefant! Also gut, ich hake nach. Wäre nett, mal wieder mit Nadia zu plaudern.«

»Meine Rede.«

Auf sein Versprechen, sich darum zu kümmern, war ebenso Verlass wie auf seine unwirschen Umgangsformen.

Die Mittagszeit war vorüber. Norma besah sich die mitgebrachten Lebensmittel und aß einen Joghurt sowie einen Apfel, bevor sie hinunter in den Hof ging. Das Gewitter hatte die Luft nur noch schwerer gemacht. Von Abkühlung keine Spur. Sandros Lieferwagen stand nicht im Hof. Nur Abraxas war dort zu sehen, der hechelnd heranschlich und sich streicheln ließ. Als er genug davon hatte und zielstrebig in den schattigen Gang zwischen den Nebengebäuden eintauchte, folgte sie ihm in den Garten. Ein von Gras überwucherter Plattenweg führte auf die Hundezwinger zu. Hinter den Gitterstäben erhob sich ein mehrstimmiges Gebell, als Norma näher kam. Das Machtwort einer Frauenstimme brachte die Hunde umgehend zum Schweigen.

Ilka schlüpfte durch eine Zwingertür hinaus und blickte Norma missmutig entgegen. Trotz der hochsommerlichen Temperaturen trug sie einen dunklen Overall, der ihre Figur kompakt und gedrungen wirken ließ. »Was wollen Sie?«

»Entschuldigen Sie die Störung«, antwortete Norma auf die hingeblaffte Frage in aller Höflichkeit. »Ich bin gerade ins Haus Ihres Bruders eingezogen. Mein Name ist Mieke Lienhop.«

Ohne Norma zu beachten, öffnete Ilka die Zwinger. Die drei Hündinnen vollführten einige rasante Sprints rund um die Obstbäume, kamen zurück und buhlten um die Aufmerksamkeit beider Frauen. Der alte Rüde warf sich in der Nähe ins Gras.

Norma vergrub die Hände in blondes Hundefell und hatte richtig zu tun, um allen drei Tieren, die sich um ihre Beine drängten, gerecht zu werden. »Wunderschöne Hunde! Und so zutraulich.«

Die sichtbare Zuneigung der Hündinnen und Normas aufrichtiges Interesse ließen Ilka Alandts eisige Zurückhaltung schmelzen. Sie kamen ins Gespräch und Norma stellte Fragen nach der Zucht.

»Im Herbst gibt es wieder einen Wurf«, gab Ilka bereitwillig Auskunft und stellte ihr die zukünftige Mutter genauer vor.

Deutlich zugänglicher als zuvor fragte sie: »Möchten Sie einen Welpen haben?«

»Ich könnte darüber nachdenken.«

Norma wies in den Obstgarten, der als breite grüne Streuobstwiese die eng bebauten Nachbargrundstücke durchbrach und in die angrenzenden Felder hineinführte.

»Ist das Bauland?«, fragte sie in unbefangener Mieke-Stimmlage. »Hier ist sicherlich Platz für fünf bis sechs Einfamilienhäuser. Mein Schwiegervater möchte aufs Land ziehen. Ein Grundstück hier würde ihm gefallen.«

»Da muss er sich leider woanders umsehen«, antwortete Ilka mit bedauerndem Unterton. »Ich hätte nichts dagegen. Für die Hunde würde mir ein kleiner Teil des Geländes reichen. Aber mein Bruder wird niemals verkaufen.«

»Ist das nicht letztendlich eine Frage des Preises?«

»Nicht für Rainald. Er hat sein Auskommen, mehr braucht er nicht. Seine Mutter wollte die Bäume erhalten. Überlegen Sie sich das mit dem Welpen, Frau Lienhop. Sie haben ein Händchen für Hunde, das sehe ich. Jetzt müsste ich hier weitermachen.«

»Hat mich gefreut, Sie kennenzulernen«, gab Norma zurück. »Ihrem Mann würde ich mich auch gern vorstellen.«

»Da müssen Sie bis heute Abend warten. Sandro liefert Ware ins Ruhrgebiet.«

Ilka wandte sich mit Besen und Kehrblech bewaffnet den Zwingern zu.

Norma spazierte in den Hof zurück und sah sich, mit einer Eselsgeduld auf Schritt und Tritt vom alten Retriever verfolgt, in den Nebengebäuden um. Wie ein Krake hatte Sandro sich rundum mit seinem Warenangebot ausgebreitet. Und auch Ilka hatte sich großzügig eingenistet. Zwei Kammern waren mit Wurfboxen und Rotlicht ausgestattet und wirkten derzeit unbenutzt. Für Ilkas eigene Hündinnen, vermutete Norma. Sie fand nichts, was auf eine größere Anzahl durchgeschleuster Welpen hinwies. Eine Nebentür führte zum Garten hinaus. Vorsichtig öffnete Norma die Tür und spähte durch den Spalt. Ilka war offensichtlich mit ihrer Arbeit fertig und kam über den Plattenweg auf das Gebäude zu.

Bevor sie den Hof erreichte, stand Norma schon wieder vor der Tür ihres neuen Domizils.

»Du leider nicht«, wies sie ihren anhänglichen Freund ab und zog sich ins gelbe Haus zurück.

32

Oben in der Wohnung schenkte sie sich eine Apfelschorle ein, als es läutete.

Josefine stand vor der Tür und hantierte aufgeregt mit einer Stofftüte. »Darf ich dich um etwas bitten? Du warst vorhin so nett zu mir, Mieke.«

Der Deckname weckte in Norma noch einmal das ungute Gefühl, die arglose Josefine aufs Gemeinste zu hintergehen. »Komm rein. Magst du etwas trinken?«

Sie nahmen am Esstisch Platz. Zu Josefines Entzücken ließ Leopold sich zu einer Begrüßung herab und hielt ihr gnädig den Nacken zum Kraulen hin.

»Darf ich ihn hochnehmen?«, fragte Josefine, die mit dem Oberkörper halb unter den Tisch gerutscht war.

»Kommt auf seine Laune an. Versuche es.«

Josefine tauchte mit dem Kater im Arm wieder auf. Leopold verhielt sich friedlich. »Wie schwer er ist! Ist das eine Narbe auf seiner Nase?«

»Eine von vielen aus seinen Raufereien. Also, was möchtest du wissen?«

Leopold hatte genug und sprang zu Boden. Josefine fingerte einen Briefumschlag aus der Stofftasche. »Kannst du mir das bitte vorlesen? Ich habe meine Brille verlegt.«

Norma zog eine Briefkarte aus dem unverschlossenen Umschlag und überflog den Text. Die Karte war in einer flüssigen, leserlichen Schreibschrift beschrieben. »Du kannst nicht lesen?«

»Es ist wegen der Brille«, widersprach Josefine heftig.

»Wie konnte dir ohne Brille die zarte Narbe auf Poldis Nase auffallen?«

Josefine bückte sich abermals zum Kater hinunter. »Du hast recht, Buchstaben sind nicht mein Ding. Sonst gehe ich mit Schriftsachen zu meinem Bruder, aber er ist irgendwo unterwegs.«

»Weiß Rainald von deinem Handicap?«

Mit erhitzten Wangen kam Josefine wieder zum Vorschein. »Ihn stört das nicht. Aber Sandro und Ilka dürfen nichts davon wissen. Sie nutzen schon jetzt jede Gelegenheit, mich zur Schnecke zu machen.«

»Als Analphabetin hast du den Führerschein für die Stadtbahn geschafft. Das beeindruckt mich sehr.«

»Wirklich?«, fragte Josefine dankbar.

»Und wie!«, versicherte Norma.

Josefine strahlte sie an. »Rainald findet das auch super.«

»Wo hast du die Karte gefunden?«

»In Michaelas Küchenschublade. Das hier war dabei.«

Sie nahm ein handliches Päckchen aus der Stofftasche, das in Geschenkpapier eingeschlagen war.

Norma betastete den weichen, sich textil anfühlenden Inhalt. Die Klebestreifen, die das mit Spielzeugmotiven bedruckte Papier zusammengehalten hatten, waren sorgfältig abgelöst worden.

»Hast du das Päckchen geöffnet?«

Angespannt nickte Josefine.

Als Norma die Verpackung aufschlug, kam ein Strampelanzug zum Vorschein. Der Größe nach für ein Neugeborenes, schätzte Norma, und von teurer Qualität. Der flauschige rosafarbene Stoff des Bodys fühlte sich zwischen ihren Fingerspitzen bei aller Leichtigkeit robust und stabil an.

»Was steht in der Karte?«, fragte Josefine aufgeregt.

»Das ist ein Geschenk für Ilka. Wusstest du von ihrer Schwangerschaft?«

»Man sieht ja noch nichts, aber Sandro redet ständig darüber, dass er Vater wird, und Ilka ist morgens speiübel. Aber ich kann nicht glauben, dass Michaela ihr etwas schenken wollte. Warum? Sie hat Ilka gehasst! Könnte das Geschenk für ein anderes Kind sein? Aus der Nachbarschaft vielleicht?«

Erneut nahm Norma sich die Karte vor, deren Text kurz, aber eindeutig war, und las laut vor: »›Für Ilkas Tochter und Rolands Enkelin von Michaela‹. Wer ist Roland?«

»Rainalds Vater hieß so.«

»Vielleicht ein Versöhnungsangebot?«

Josefine holte tief Atem, um eindringlich zu erklären: »Wenn es nach Michaela gegangen wäre, hätte Ilka den Hof nicht betreten und nicht hier wohnen dürfen. Und Sandro schon gar nicht. Sie hat die beiden zähneknirschend ertragen, weil Rainald darauf bestand. Er wollte seine Halbschwester bei sich haben.«

»Ein Kind ändert viel.« Mehr fiel Norma dazu im Augenblick nicht ein. Sie spürte, wie durstig sie war, und trank ihr Glas zügig leer.

Josefine strich das Geschenkpapier sorgfältig glatt, bevor sie den Babybody wieder einwickelte und mit dem Umschlag zurück in die Stofftasche steckte. »Rainald wird sich sehr darüber freuen. Vielleicht wollte Michaela sich mit allen vertragen, damit das Kind es schön hat.«

Nachdem Josefine gegangen war, blieb Norma am Tisch sitzen und dachte über ihren eigenen dahingesagten Satz nach.

»Ein Kind ändert viel.«

33

Per Telefon meldete sie sich für einen Besuch bei Dr. Marius Nemenz an.

Der Tierarzt schien sich sofort an sie zu erinnern. »Kommen Sie in einer halben Stunde in die Praxis.«

Sie nahm den Wagen, passierte im dichten Nachmittagsverkehr etwas verspätet die Ringkirche und parkte im Hof vor der Praxis. Alles erinnerte an ihren ersten Besuch zwei Wochen zuvor: der tierärztliche Bauchansatz unter dem Karohemd, der karge Büroraum, Terrier Karlchen zu ihren Füßen, die frische Luft im Zimmer, die die schwüle Hitze im Hof vergessen ließ, die kühle Oberfläche der Ledercouch.

Dazu kam der erwartungsvolle Blick, mit dem der Doktor seine Besucherin in Augenschein nahm. »Was führt Sie zu mir, Frau Tann?«

»Ich würde gern mehr über den Welpen erfahren, der mit Tollwut zu Ihnen gebracht wurde«, bat Norma. »Sie waren doch der behandelnde Tierarzt?«

Er nickte zustimmend. »Es war dramatisch. Die Frau ahnte ja nicht, in welch tödliche Gefahr sie sich gebracht hatte. Zum Glück war der Welpe nur zwei Tage bei ihr gewesen und hatte keinen Kontakt zu anderen Menschen und Tieren gehabt.«

»Was weiß man über den Verkäufer?«

»Leider so gut wie nichts. Deswegen hat die Polizei den Mann auch nicht ausfindig machen können. Bleibt nur die Hoffnung, dass der Welpe tatsächlich niemanden gebissen hat. Wenn man sich vorstellt, welche Infektionskette sich daraus hätte entwickeln können! Bisher sind Gott sei Dank keine weiteren Fälle bekannt geworden.«

Norma betrachtete den schlafenden Terrier, der winselnd und pfotenzuckend von wilden Verfolgungsjagden träumte. »Welche Symptome hatte der Welpe?«

»Die klassischen Anzeichen, was jedoch nicht immer so sein muss. Der Hund war aggressiv, speichelte stark und hatte einen sehr unsicheren Gang. Die Viren greifen das Nervensystem an.«

»Die Viren befinden sich im Speichel, soweit ich weiß. Wie lange dauert es vom Biss bis zum Ausbruch der Krankheit?«

Nemenz strich sich über das Gesicht. Er wirkte abgespannt, als hätte er zu lange gearbeitet, blieb aber unvermindert aufmerksam. Norma ging durch den Kopf, dass er ebenso gut zum Hausarzt oder Psychologen getaugt hätte und dies in gewisser Weise sogar geworden war. Als Tierarzt brauchte er viel Empathie für die Besitzer seiner Patienten.

»Das hängt von der Stelle der infizierten Wunde ab«, beantwortete Nemenz ihre Frage. »Als Faustregel gilt: Je näher am Gehirn, desto schneller geht es. Bei einem gebissenen Tier, einem Hund zum Beispiel, kann es bis zu acht Wochen dauern. Bei einem Menschen etwa zwei Wochen bis zu mehreren Monaten. Wenn der gebissene Mensch nicht innerhalb weniger Stunden geimpft wird, hat er keine Chance mehr. Einmal ausgebrochen, dauert die Krankheit wenige Tage bis zu einer Woche. Wissen Sie, was besonders fatal ist?«

Er legte eine Kunstpause ein, bevor er erklärte: »Ein erkranktes Tier muss noch keine Symptome zeigen. Trotzdem ist sein Speichel hochgradig ansteckend.«

»Was für eine grauenhafte Falle! Wie ergeht es den infizierten Menschen?«

Mit ruhiger Stimme erklärte er das Krankheitsbild. »Es beginnt oft mit Kopfweh und Fieber, dazu Übelkeit und Schmerzen an der Bissstelle. Nach drei bis vier Tagen fühlt sich der Betroffene verwirrt, bekommt Angstzustände, wird aggressiv. Darauf folgen Lähmungen und Krämpfe. Es ist ein Martyrium ohne jede Hoffnung.«

»Und tatsächlich ohne Überlebenschance?«, fragte Norma beklommen.

»Es gibt Einzelfälle. Aber da bleiben meistens schwere Gehirnschädigungen zurück. In Europa und Nordamerika muss niemand mehr an Tollwut sterben oder unter Folgeschäden leiden. Mit der rechtzeitigen Postexpositionsprophylaxe bleibt alles ein böser Traum.«

»Und in anderen Ländern? Afrika? Asien?«

»Dort sieht es leider anders aus. Auch in Südamerika. Weltweit gibt es mehrere zehntausend Tote pro Jahr. Meistens wird die Krankheit übertragen durch Hunde, seltener Fledermäuse.«

»Tollwütige Fledermäuse?«, wunderte sich Norma.

»Auch bei uns würde ich keine Fledermaus anfassen.« Nemenz erhob sich. »Entschuldigen Sie mich, Frau Tann. Ich muss für morgen eine OP vorbereiten.«

Auch Norma stand auf. »Eine Bitte noch, Herr Dr. Nemenz. Ich würde gern mit der Besitzerin des erkrankten Welpen sprechen. In den Medien wurden nur die Initialen genannt. J. C.«

»Die Frau hat viel durchgemacht«, entgegnete er skeptisch.

»Nichts liegt mir ferner, als ihr Vorwürfe zu machen. Mir geht es allein um den Verkäufer.«

»Die Dame wurde mehrmals von der Polizei befragt und hat gesagt, was sie weiß. Klar ist, sie hat den Hund hier in Wiesbaden übernommen. Was sollte ein weiteres Gespräch bringen?«

»Nicht selten erinnert man sich nach geraumer Zeit an neue Details.«

»Sie können sich denken, wie viel mir daran liegt, den Hundeverkäufer zu finden. Und Sie wissen genau, ich darf Ihnen den Namen nicht geben.« Im Stehen beugte sich Nemenz über den Schreibtisch und kritzelte etwas auf ein Blatt Papier. »Kennen Sie sich in Klarenthal aus, Frau Tann?«

Er ließ den Zettel liegen und verließ den Raum. Norma stieg mit einem großen Schritt über das träumende Karlchen hinweg und warf einen Blick auf das, was der Tierarzt notiert hatte. Ein Name: Jorinde Cherny.

Zum Abschied streichelte Norma Karlchen und verließ die Praxis.

34

Klarenthals weithin sichtbare, auf Höhe der Taunushänge aufragende Hochhausriegel standen für die hochfliegenden Träume der Stadtplaner der 1960er-Jahre, das historische Wiesbaden mit Satellitenstädten zeitgemäß aufzuwerten. Normas Weg führte sie Richtung der Wohntürme am Waldrand, jedoch nicht ganz hinauf. Jorinde Cherny wohnte auf halber Höhe in der mittleren Etage eines dreistöckigen Mehrfamilienhauses. Wohlweislich kam Norma unangemeldet. Kurz nach 18 Uhr hoffte sie darauf, die Welpenkäuferin nach Feierabend anzutreffen. Als sich auf mehrfaches Klingeln nichts tat, versuchte sie es nebenan.

Ein älterer Herr öffnete und schaute kritisch, als sie nach der Nachbarin fragte. »Sind Sie von der Zeitung?«

Norma bemühte die übliche Halb-Notlüge. »Ich bin für eine Versicherung tätig. Es ist wichtig! Wissen Sie, wann Frau Cherny nach Hause kommt?«

Die Skepsis legte sich. »Gewöhnlich wenn im Reisebüro Schluss ist. Aber zurzeit ist sie gar nicht da. Jorinde besucht ihre Mutter in Aachen.«

»Sind Sie sicher?«

»So sicher, wie ich jeden Tag ihre Post aus dem Briefkasten hole. Versuchen Sie es nächste Woche wieder.«

»Sie haben vermutlich die Mobilnummer von Frau Cherny?«

»Klar, ist in meinem Handy gespeichert. Das hat allerdings meine Frau ins Kino mitgenommen.«

»Könnten Sie Ihre Frau vielleicht anrufen?«, bat Norma in aller Höflichkeit.

»Nee, das Handy ist aus. Sie macht es erst an, wenn ich sie abholen soll. Dann ruft sie mich auf dem Festnetz an.«

Norma atmete tief durch und übte sich in Geduld. Cherny war ein seltener Name. Wie viele Chernys mochte es in Aachen geben? »Heißt die Mutter von Frau Cherny auch Cherny?«

»Nee, sicher nicht. Jorinde ist verwitwet. Sie heißt, wie ihr Mann hieß. Cherny.«

»Aber Sie wissen bestimmt, in welchem Reisebüro Frau Cherny arbeitet.«

Er beschrieb ihr die Lage nahe der Biebricher Allee. Norma fuhr hin, stand jedoch vor verschlossener Tür. Enttäuscht machte sie sich auf den Weg nach Naurod.

Timon traf kurz nach ihr in der Wohnung ein. Er war mit dem Rad gekommen und brachte eine Kiste voll Lebensmittel mit, die er auf dem Fahrradanhänger transportiert hatte. »Ich habe einen Bärenhunger. Wie steht's mit dir?«

Auch Norma knurrte der Magen. Sie redete wenig, während er sich mit der Tomatensoße für die Spaghetti beschäftigte und sie den Salat anrichtete. Der Streit im Auto hing wie ein finsterer Schatten zwischen ihnen. Norma fühlte sich wohl in Timons Nähe und seine bedachtsamen Bemühungen, sie aufzumuntern und ihre Laune zu verbessern, berührten sie. Mit ihren überspannten Eifersüchteleien, diesen unnötigen Befindlichkeitsstörungen, war sie auf dem besten Weg, ihre Beziehung aufs Spiel zu setzen. Als habe sie eine Gabelung erreicht, deren eine Abzweigung in Freiheit, Unabhängigkeit und Einsamkeit führte, die andere zu einem Mann, den sie anzunehmen hatte, wie er war: mit alle seiner Wärme und Zuversicht, seiner Eigenständigkeit und seinen Unzulänglichkeiten. Es lag an ihr, die Entscheidung zu treffen. Und während ihr dies durch den Kopf ging, zeichnete sich eine Variante so breit und einladend wie eine Allee vor ihr ab.

»Ich habe etwas gefunden, bei dem du mir helfen könntest«, sagte sie, als sie beim Espresso angelangt waren. »Darf ich?«

Timon stimmte zurückhaltend zu. Der Schatten hatte sich aufgehellt, aber längst nicht aufgelöst. Norma holte die Apothekertüte und bekannte den Diebstahl. Danach reichte sie ihm die Handschuhe.

»Daher weht der Wind«, sagte er mit erkennendem Lächeln. »Dir geht es um die Fingerabdrücke.«

Sein Interesse stieg, als er das orangefarbene Kästchen aufklappte. »Ein Glukagon-Set für Diabetiker.«

»Michaela Prüsse starb an einem Zuckerschock. Wie kann es dazu kommen?«

Zunächst müsse man wissen, dass bei einem Zuckerschock, wie man meinen könne, nicht zu viel Zucker im Blut sei, sondern im Gegenteil viel zu wenig, begann Timon und fuhr fort: »Dadurch fehlt dem Gehirn die Energie für alle lebenswichtigen Steuerungen. Wird dieser Mangel nicht schnellstens behoben, fällt der Diabetiker ins Koma und stirbt.«

»Michaela wollte Zuckerwasser trinken, hat es aber verschüttet. Das Glas lag auf dem Küchenboden, hat mir Rainald bei unserer ersten Begegnung erzählt. Er war sehr aufgewühlt vom Tod seiner Mutter.«

»Manchmal kann ein Leben mit wenigen Gramm Traubenzucker gerettet werden. Bei gesunden Menschen regulieren zwei Hormone, Insulin und Glukagon, den Zuckergehalt im Blut. Das Insulin sorgt für weniger Zucker. Das Glukagon erhöht den Blutzuckerspiegel.«

Norma deutete auf das Notfallset. »Dieses Set enthält also lebensrettendes Glukagon«, fasste sie zusammen.

»Man zieht das Medikament auf die Spritze. Gewöhnlich merkt der Patient früh genug, was los ist, und setzt sich die Spritze selbst. Ist er geschwächt oder womöglich schon ohnmächtig, muss es jemand anders tun. Hat Prüsse gesagt, welchem Typ seine Mutter angehörte?«

»Typ 2, wenn ich mich richtig erinnere. Michaela hat wenig Rücksicht auf ihre Gesundheit genommen. Kurz vor ihrem Tod war sie in Wiesbaden unterwegs, um Besorgungen zu erledigen.«

Timon zupfte nachdenklich an seinem Zopf. »Für eine Unterzuckerung kommen verschiedene Ursachen infrage. Vielleicht hat sie ihre Tabletten nicht regelmäßig genommen und zu wenig gegessen. Alkohol verstärkt das Problem.«

»Rainald vermutet, sie habe in der Stadt einen Schoppen getrunken.«

»Es wird nicht die erste Unterzuckerung gewesen sein. Sonst hätte der Arzt ihr nicht das Notfallset verschrieben. Tragisch, dass es ihr nicht mehr helfen konnte. Aber was macht dich daran misstrauisch? Die Unterzuckerung hat Michaela wohl selbst zu verantworten.«

»Davon gehe ich aus. Aber war sie wirklich allein, als der Zuckerschock eintrat? Vielleicht hat man ihr die Hilfe verweigert?«

»Wen hast du in Verdacht? Den Sohn?«

»Rainald hat kein Motiv. Er liebte seine Mutter, die ihn immer unterstützt hat. Aber es gibt jemanden, der es auf Haus, Hof und Garten abgesehen hat.« Sie erzählte von Josefines Verdacht, Sandro wollte Rainald aus dem Weg räumen, um an das Erbe zu kommen.

»Und Prüsses Mutter war das erste Glied in der Kette?«, überlegte Timon laut, als sie zum Ende gekommen war.

»Michaelas Tod muss nicht geplant gewesen sein. Sandro könnte die Gunst der Stunde genutzt haben und ist möglicherweise erst danach auf die Idee gekommen, sich auch Rainald vom Hals zu schaffen.«

Timon stützte das Kinn in die Hände. »Und du hältst Josefine für glaubwürdig?«

»Ich habe nicht den Eindruck, dass sie sich wichtigmachen will. Im Gegenteil, sie wirkt sehr bescheiden, ist jedoch eine gute Beobachterin. Was mit ihrem Handicap zu tun habe könnte. Josefine ist Analphabetin.«

»Mit diesem Problem ist sie nicht allein. In Deutschland leben mehrere Millionen Erwachsene, die kaum lesen und schreiben können, obwohl sie zur Schule gegangen sind.« Er habe sich erst kürzlich mit dem Thema wegen eines Verdächtigen befasst, der nicht schreiben konnte, erklärte Timon seine Kenntnisse darüber.

»Was das für eine Kraft kosten muss, durch den Alltag zu kommen, Timon. Wenn ich ans Einkaufen denke, an Behördengänge und was sonst so anfällt. Dafür braucht man ein gutes Gedächtnis und eine Menge Tricks.«

Er kam auf ihre Bitte zurück. »Ich hoffe, dass nicht allzu viele Leute das Set in der Apotheke angefasst haben. Auf jeden Fall brauchen wir die Vergleichsabdrücke der Personen, die bei der Verstorbenen ein und aus gingen.«

Darauf war Norma vorbereitet. »Das sind Ilka, Sandro und Rainald. Ich besorge dir die Abdrücke.«

Sie sprang auf und holte die Flasche Calvados aus dem Küchenschrank. Ein kleines Tablett und fünf Kognakgläser fanden sich im Fach nebenan.

Timon beobachtete ihren Eifer amüsiert. »Was wird das?«

»Was glaubst du? Für höfliche Nachbarn gehört es sich, einen Einstand zu geben. Kommst du mit?«

Sie holte einige Plastikbeutel aus einer Schublade und steckte sie in ihre geräumige Handtasche, die sie sich umhängte. Timon übernahm das Tablett und folgte ihr nach unten.

Ilka reagierte verblüfft, aber nicht unfreundlich auf den überraschenden Besuch und bat die neuen Nachbarn sogar ins Haus. Im Gänsemarsch betraten sie die Küche. Josefine gesellte sich dazu und schenkte Norma ein verschwörerisches Lächeln. Sandro schien alles andere als erfreut über den Überfall und blieb zusammengesunken am Tisch hocken. Er schaute griesgrämig, nippte am Glas, das Norma großzügig mit Calvados gefüllt hatte, und schob es dann von sich.

»Sandro hat eine anstrengende Autofahrt hinter sich«, versuchte Ilka das Benehmen ihres Mannes zu entschuldigen. »Ich fürchte, er bekommt eine Grippe.«

Norma schnappte sich das von Sandro verschmähte Glas und stellte es auf das Tablett zurück.

Ilka winkte auffordernd mit dem Apfelschnaps. »Prost! Auf eine gute Nachbarschaft!«

Notgedrungen kippte Norma den Calvados hinunter und fragte Ilka höflich, ob sie die Toilette benutzen dürfe. Timon, der ahnte, was sie vorhatte, schenkte Ilka und Josefine nach und verwickelte die Frauen in ein Gespräch. Währenddessen ging Norma in den Flur und pirschte sich die Treppe zum ersten Stock hinauf. Gleich die erste Tür führte in ein Schlafzimmer. Auf dem Doppelbett lag die Bluse, die Josefine am Nachmittag getragen hatte. Hastig schaute Norma sich um. Das Rasierwasser auf dem Nachttisch? Sein Fehlen würde Josefine vielleicht eher auffallen, als wenn der Rasierapparat in der Schublade abhandenkam. Er verschwand, in eine Plastiktüte gehüllt, in der Handtasche.

Eine Viertelstunde später waren sie zurück in der Dachwohnung und begutachteten ihre Ausbeute mit Fingerspuren von Ilka, Sandro, Josefine und Rainald darauf.

»Fehlt nur noch der Abdruck von Michaela«, sagte Timon.

»Keine Sorge!« Norma übergab ihm die Magnesiumpackung. »Aus Michaelas Küche!«

Er schaute hinein. »Viele Diabetiker wollen damit einem Mangel vorbeugen. Da Michaela die Kapseln bestimmt selbst ausgedrückt hat, sollten die Fingerspuren an der Alufolie eindeutig sein. Perfekt!«

»Weniger gut ist, dass Sandro mich auf der Treppe gesehen hat!«, räumte sie ein.

»Tut mir leid, er ist wortlos aus der Küche gegangen und ließ sich nicht aufhalten. Seltsamer Typ!«

»Irgendwie hat er mich gar nicht richtig wahrgenommen. Als würde er durch mich hindurchsehen. Möchte gar nicht wissen, welche Art Grippe er ausbrütet!«

Obwohl sie ihn kaum kannte, hatte sie den Eindruck, er würde sich verändern. Zunehmend reizbarer und aggressiver erschien er ihr und zugleich verängstigt und unsicher, als würde er den Boden unter den Füßen verlieren. Sein Blick auf den Calvados im Glas war ihr wie der Blick eines traumatisierten Kindes erschienen. Eine seltsame, ja beunruhigende Assoziation bei einem bulligen Kerl wie ihm.

35

Donnerstag, der 11. August

Wie viele Pfunde mochte er in den zwei Krankenhaustagen verloren haben? Dick war er schon vorher nicht gewesen, und nun schlotterten Hose und Hemd wie eine fremdartige Hülle um den mageren Körper. Nur der Blick war wieder wie zuvor: intensiv und eisblau wie das Gletschereis auf den Kalenderblättern in Michaelas Treppenhaus. Um 11 Uhr war Josefine mit dem Bus von Naurod zum »St. Josefs-Hospital« gefahren und hatte an Rainalds Seite auf seine

Entlassung gewartet. Für die Rückfahrt hatte sie ihm ein Taxi spendiert, die erste Taxifahrt ihres Lebens. Während er sich in seinem Schlafzimmer (das nun ihr gemeinsames war) ausruhte, ging sie hinüber in Michaelas Wohnung, um ihre Sachen zu holen. Miekes Auto stand nicht an seinem Platz im Hof. Schade, dachte Josefine, die ihre neue Freundin gern kurz besucht hätte. Sie mochte Mieke, die sich trotz des spürbaren Selbstvertrauens alles anderes als arrogant gab. Und ihr Freund Timon sah mit dem Zopf und auch sonst einfach klasse aus. Selbst Ilka hatte sich wohlwollend über die neuen Hausbewohner geäußert.

Bei der Flucht vor der Verwandtschaft hatte Josefine ihre komplette persönliche Habe auf zwei Gänge verteilt hinübergetragen, und so musste alles wieder zurück. Kaum hatte sie den zweiten Koffer im Schlafzimmer abgestellt, fing Rainald einen Riesenkrach an. Zum ersten Mal, seit sie sich kannten, erlebte sie ihn fuchsteufelswild. Nicht ihretwegen, die kleine Auswanderung nahm er ihr nicht übel. Sein Zorn galt Sandro und Ilka, die es gewagt hatten, seine Verlobte aus seinem eigenen Haus rauszuekeln.

»Du kommst mit!«, befahl er, fasste sie mit dem gesunden Arm fest an der Hand und zog sie mit sich.

»Ist das der Dank dafür, dass ich euch bei mir wohnen lasse und euer Gerümpel ertrage?«, brüllte er quer durch die Küche, in der Sandro und Ilka am Tisch saßen und sich ein spätes oder zweites Frühstück genehmigten. »Ihr schikaniert meine zukünftige Frau. So geht das nicht!«

Sandro gab den gewohnten Grantler. Missmutig spießte er ein Stück Wurst auf die Gabel und deutete mit der schwabbelnden Scheibe auf Rainald. »Seit dein Bruder nicht mehr säuft, trumpft er hier richtig auf.«

»Der beruhigt sich wieder«, sagte Ilka, ohne aufzusehen.

»Da wäre ich mir nicht sicher. Er hat schon so rote Flecken im Gesicht!«

Guck dich selber an, dachte Josefine. Richtig aufgedunsen erschien ihr Sandro und unberechenbar wie ein gereizter Stier.

»Warum redet ihr über Rainalds Kopf hinweg?«, mischte sie sich ein. »Das gehört sich nicht.«

»Verstärkung hat er sich mitgebracht!«, höhnte Sandro und stopfte sich die Wurstscheibe in den Mund. »Oh, ich kriege richtig Angst«, nuschelte er schmatzend.

»Packt eure Sachen und dann raus mit euch!«, schrie Rainald außer sich und fuchtelte ungeschickt mit dem geschienten Arm durch die Luft.

Rainalds Flecken im Gesicht waren jetzt purpurfarben, und Josefine begann, sich Sorgen um sein Herz zu machen. Der Alkohol habe seine Spuren hinterlassen, hatte der Arzt im JoHo gesagt. Rainald müsse in Zukunft besser auf sich aufpassen. Sanft zog sie an der Hand, die die ihre umklammert hielt, doch Rainald rührte sich nicht von der Stelle und starrte wütend in Richtung Küchentisch.

»Du willst doch deine Schwester nicht vor die Tür setzen?«, flötete Ilka. »Wo soll ich mit der Hundezucht hin, wenn ich keinen Garten mehr habe?«

»Du kannst meinetwegen bleiben«, fauchte Rainald. »Aber Sandro geht.«

»Aber, Bruderherz, Sandro gehört zu mir.« Sie reckte die Hand mit dem Tattoo in die Höhe. »Auf ewig verbunden!«

Ein Ruck ging durch Josefines Arm, als Rainald sich sammelte und mit überraschender Ruhe in der Stimme verkündete: »Sandro zieht aus, mit dir oder ohne dich. Das ist mein letztes Wort.«

Die Hand an Josefines Unterarm begann zu zittern.

»Komm jetzt, Liebster!«, bat sie flüsternd, und endlich folgte er ihr hinaus in den Hof.

»Ich werde wahnsinnig«, stöhnte er. »Die sitzen wie Felsbrocken in meinem Haus und nehmen mir die Luft zum Atmen.«

»War das früher anders?«

»Nein, nur war mir das im Suff egal.«

Hand in Hand gingen sie zum Nebengebäude und in Rainalds Büro, in dem es seltsam roch und das Linoleum von schwärzlichen Flecken gezeichnet war.

»Was ist hinter der ersten Tür? Dort, wo Bodo den Hund eigentlich einsperren sollte?«, fragte Josefine.

»Nichts als Plunder und altes Zeug.«

Widerstrebend zeigte er ihr den vorderen Raum, der überquoll von einem Sammelsurium von Hausrat, Gartengeräten und Schrott, das sich in offenen Regalen stapelte. Drei ausgemusterte Matratzen versperrten den Zugang. Nach einem raschen Blick auf das Chaos wollte Rainald die Tür zuwerfen.

Josefine hielt ihn zurück. »Ich will was tun, muss mich ablenken von diesen Streitereien. Lass uns hier aufräumen!«

»Wie?«, fragte er überrumpelt.

»Na, wie schon? Müllsäcke auf und rein das Zeug!«

»Kann ich nicht«, widersprach er und hob den lädierten Arm.

»Wo ist das Problem?«, gab sie zurück. »Ich sortiere, und du sagst, was weg kann.«

Als er noch zögerte, zerrte sie schon die Matratzen hinaus in den Hof und warf die herumliegenden Zeitungen in einen leeren Karton. Als Nächstes war das Altglas dran. Unmengen von Korn-, Wodka- und Weinflaschen kamen in den Regalen zum Vorschein und landeten in alten Obstkisten, die reichlich vorhanden waren.

»Wie war das früher mit dir und Ilka?«, fragte Josefine, während sie die Flaschen platzsparend aufeinanderschichtete. »Habt ihr euch als Kinder oft gesehen?«

Von einem umgedrehten Blecheimer aus, den er als Hocker benutzte, beobachtete Rainald ihr zielstrebiges Handeln. »Mein Vater ist offen damit umgegangen, dass er eine uneheliche Tochter hatte. Mama musste das akzeptieren oder ihn verlassen. Aus Rücksicht auf Mama durfte Ilka allerdings nicht zu uns nach Hause kommen. In den Sommerferien hat er Ilka und mich auf einen Zeltplatz mitgenommen. Wir waren wie richtige Geschwister.«

Mit dem gesunden Arm half er Josefine, die vollen Kisten hinaus in den Hof zu tragen. »Was soll das Zeug hier draußen?«

»Mein Bruder wird uns helfen und mit seinem Pick-up alles zur Mülldeponie schaffen«, versprach Josefine und ging zurück, um sich weiter durch die Regale zu arbeiten und schließlich den altertümlichen Küchenschrank in Angriff zu nehmen, der Stück für Stück an der Stirnwand zum Vorschein gekommen war. Mit beiden Händen ruckelte sie an einer klemmenden Schublade, bis diese ihren Widerstand aufgab. Ein ranziger Geruch stieg von den braunen Klumpen auf, die in der Schublade aneinanderklebten.

»Was in aller Welt ist das?«, fragte sie angewidert.

Rainald trat neben sie und spähte hinein. »Oh, das sind Köder mit Tollwutimpfstoff. Vater muss sie hier gehortet haben.«

»Was hatte dein Vater mit Impfködern zu tun?«, wollte sie staunend wissen.

»Bis 2008 hat man Impfköder mit dem Flugzeug über den Wäldern ausgeworfen«, begann Rainald ausschweifend zu erklären. »Die Füchse haben die Köder gefressen und waren danach immun gegen Tollwut. So hat man die Krankheit bei uns ausgerottet.«

»Aber dein Vater war kein Pilot. Er war Gärtner, hast du mir erzählt.«

»Über den bewohnten Gebieten in Wiesbaden warf man nichts ab, damit Kinder und Hunde nicht an die Köder herankommen konnten. Deswegen hatte mein Vater den Auftrag, die Köder gezielt und sicher in Grünanlagen und auf Friedhöfen auszulegen, wo viele Füchse sind. Das war eine mühsame Tätigkeit, und mein Vater ... Es drängte ihn nicht zur Arbeit. Ich fürchte, er hat es sich etwas leichter gemacht, ein paar Köder weniger verteilt und den Rest hier versteckt. Ich habe nach seinem Tod nicht in die Schränke geguckt.«

Josefine schaute sich die Köder genauer an. »Steckt der Impfstoff direkt in dem braunen Zeug?«

»Das braune Zeug ist Fischmehl mit Talg, was Füchse gern mögen. Der Impfstoff selbst ist in einer Kapsel. Ich zeige es dir!«

In den Regalen suchte er nach alten Arbeitshandschuhen und einem rostigen Schälmesser, um den Köder umständlich mit der Hand des geschienten Arms festzuhalten und mit der Messerspitze vorsichtig ein eckiges, mehrere Zentimeter großes Plastikschälchen aus dem Lockfutter herauszusezieren. In dem durchsichtigen Schälchen, das mit einer Aluminiumfolie verschlossen war, befand sich eine klare Flüssigkeit. An dem Deckel klebten Reste vom Fischmehl.

»Wie giftig ist das, was da drin ist?«, fragte Josefine mit leichtem Grusel.

»Ich würde es nicht probieren oder auf die Haut lassen. Darin sind abgeschwächte Lebendviren, die noch aktiv sein könnten.«

»Wieso kennst du dich so gut damit aus?«

»Mein Vater hatte mich davor gewarnt«, meinte er lapidar.

»Was machen wir damit?«, sagte sie und deutete auf die geöffnete Schublade.

»Erst mal gar nichts«, entschied Rainald. »Ich überlege mir was.«

Er schubste die bloßgelegte Kapsel nebst aufgebrochenem Köder mit dem Messer zurück. Josefine wollte die Schublade zuschieben, als es hinter ihr ohrenbetäubend klirrte. Sie fuhr herum und sah gerade noch, wie Sandro über eine Flaschenkiste stolperte, mit der Schuhspitze an einem Korb hängen blieb und mit dem Kopf voran gegen das freigeräumte Regal knallte. Als er sich aufrappelte, rann ihm Blut über die Stirn.

»Warum vermüllt ihr den Hof?«, donnerte er. »Ich erwarte Kunden.«

Rainald trat ihm entgegen. »Ich will hier keine Fremden mehr sehen. Schon gar nicht diesen Bodo mit seinem gemeingefährlichen Köter! Deine Kunden sollen sich zum Teufel scheren.«

»Du machst mir mein Geschäft nicht kaputt!«

Josefine kroch rückwärts zur Wand zurück, als Sandro sich vor Rainald aufrichtete und drohend die Faust schüttelte. Ob er angeschlagen vom Sturz war oder ihm das Blut in den Augen die Sicht nahm? Jedenfalls wich er nicht aus, als Rainald den geschienten Arm hob, weit ausholte und mit aller Wucht zuschlug. Der laute Schmerzensschrei kam von Rainald selbst. Sandro sackte mit einem Stöhnen zusammen und stürzte erneut zu Boden. Zum zweiten Mal klirrte Glas, als er im Fallen mit der Schläfe gegen die Kiste schlug und reglos auf der Seite liegen blieb. Nun rann aus zwei Wunden Blut und tropfte auf den Estrich.

»Du … hast … ihn … erschlagen!«, japste Josefine atemlos. Sie hatte während der Rangelei die Luft angehalten.

»Blöd gefallen«, knurrte Rainald und beugte sich zu Sandro herab. Mit versteinerter Miene tastete er nach dem Puls.

Josefine zappelte aufgeregt mit den Händen. Was mit Sandro geschehen war, kümmerte sie wenig. Ihre Angst galt Rainald. Wenn er ins Gefängnis musste! Lebenslänglich! Wie sollte sie die Trennung aushalten? »Ist er echt tot?«

»Steh nicht rum! Hol Ilka!«

Sofort rannte sie los, doch Ilka war nicht im Haus. Vielleicht bei den Hunden? Josefine hetzte in den Garten und hatte Glück: Ilka stand bei den Zwingern und war damit beschäftigt, die Hündinnen und Abraxas zu füttern.

»Sandro ist in der Rumpelkammer gestürzt.« Mehr sagte Josefine nicht.

Nach kurzem ungläubigem Erschrecken setzte Ilka die Futterschüsseln ab und rannte los. Josefine hingegen ließ sich Zeit. Als sie zum Tatort zurückkehrte, kniete Ilka neben Sandro am Boden und tupfte ihm mit einen Taschentuch das Blut von der Stirn. Sandro grunzte und ächzte mit geschlossenen Augen. Der unvermeidliche Schal war verrutscht und hatte den Blick auf den von Narben zerfurchten Hals freigegeben.

»Halb so wild«, tröstete Rainald seine Schwester. »Bestimmt nur eine Gehirnerschütterung. Was poltert er hier auch rein wie ein Ochse und fällt über die eigenen Füße.«

Rainald hat Ilka nicht alles erzählt, mutmaßte Josefine. Ob Sandro sich an den Schlag erinnern wird?

Ilka stutzte und ließ das Taschentuch ruhen. »Was hat er am Mund?«

Neugierig beugte Josefine sich vor. An Sandros Lippen hingen bräunliche Krümel.

»Vielleicht Weinkorken aus der Kiste?«, sagte Rainald leichthin.

Langsam kam Sandro zu sich und leckte sich über die Lippen. Mit Ilkas Hilfe rappelte er sich zum Sitzen auf. »Was war los? Verflucht, ist mir schlecht.«

Nach einer Weile war er in der Lage, von Ilka und Rainald gestützt, den Raum zu verlassen. Josefine blieb zurück und räumte weiter auf. In einem Karton, der als Abfallkiste diente, blinkte etwas auf. Sie bückte sich und holte mit spitzen Fingern einen winzigen Gegenstand heraus: die Plastikkapsel mit der Impfung, die Rainald hineingeworfen haben musste.

Der Deckel war aufgerissen, das Schälchen leer.

36

Bei zügiger Fahrt benötigte Norma 20 Minuten vom grünen Vorort Naurod zum zentral gelegenen Rheingauviertel. Die Blicke der drei zementgrauen Bauarbeiter, die sich trotz ihrer 100 Jahre mit jugendlichem Schwung ihrer Schaffenskraft bewusst auf hoher Mauer präsentierten, die Graffiti zu ihren Füßen ignorierend, schienen ihr zu folgen, als sie wenig später auf dem Fußweg am Loreleiring voranschritt.

Unterwegs war sie an mehr als einer Apotheke vorbeigekommen, die damit schneller und dank eines Kundenparkplatzes bequemer zu erreichen gewesen wäre als die Canis-Apotheke. Michaela musste einen Grund gehabt haben, ausgerechnet hier einzukaufen.

Dort angekommen, war der Ladenraum leer bis auf eine junge Frau hinter dem Tresen, die Norma zuvorkommend nach ihrem Wunsch fragte.

Norma legte ihr den Kassenzettel vom 23. Juli vor. »Ich wüsste gern, wer dieses Medikament bei Ihnen gekauft hat. Können Sie mir helfen?«

»Das hat der Chef persönlich eingebongt«, bemerkte die junge Frau nach kurzem Hinsehen und wandte sich dem Hinterzimmer zu. »Herr Wolf, könnten Sie bitte kommen?«

Gleich darauf erschien mit wiegenden Schritten ein grauhaariger, weiß bekittelter Herr, dessen Namensschild ihn als »Dr. Raffael P. Wolf« auswies. Norma wiederholte ihr Anliegen.

Dr. Wolf musterte sie durch die blanken Gläser seiner schwarz geränderten Hornbrille. »Darf ich Sie nach dem Anlass fragen?«

Die Intuition riet ihr, bei der Wahrheit zu bleiben. Sie reichte ihm ihre Visitenkarte. »Ich bin Privatdetektivin.«

Nach einem schnellen Blick schob er die Karte in seine Brusttasche, aus der eine bunte Reihe Kugelschreiber herauslugte.

Norma tippte auf den Kassenbon. »Die Dame, die dieses Glukagon-Set bei Ihnen gekauft hat, ist an einem Zuckerschock gestorben.«

Der Apotheker ging in die Defensive. »Soweit ich weiß, kam das Set gar nicht zum Einsatz. Mit dem Medikament hat der bedauerliche Tod der Kundin nichts zu tun. Im Gegenteil, das Glukagon hätte ihr helfen können.«

Normas Angriffslust hatte ihren Zweck erfüllt. »Dann wissen Sie also, um welche Person es geht?«

Die Türglocke schrillte, ein älteres Paar betrat den Laden. Dr. Wolf rief nach seiner Mitarbeiterin. »Lisa, übernehmen Sie bitte!«

Er bat Norma in das Nebenzimmer, bot ihr aber keinen Platz an, sondern blieb mitten im Raum stehen.

Leise sagte er: »Ich kannte sie gut, sie war eine liebe Freundin. Wir waren gemeinsam im Vorstand eines Vereins, der sich für den Erhalt der Streuobstwiesen einsetzt. Das war ihr eine Herzensangelegenheit. Sie besaß selbst sehr viele Apfelbäume.«

»Nur damit alles klar ist«, warf Norma ein. »Wir sprechen von Michaela Pr…«

»Pst, keine Namen!«, unterbrach er sie. »Schweigepflicht, Sie wissen ja. Hat der Sohn Sie beauftragt?«

Norma verneinte mit dem Entschluss, beim Prinzip »offene Karten« zu bleiben. »Ich ermittle auf eigene Faust. Mein Misstrauen ist eine Berufskrankheit.«

Zum ersten Mal lächelte er. »Das kenne ich. So wie Sie Kriminalfälle wittern, wittere ich Krankheiten, wenn ein Kunde hereinkommt.«

»Oh! Und was haben Sie mir angesehen? Nur zu!«, forderte sie ihn beherzter auf, als ihr zumute war.

»Alles gut bis auf den Magen. Sie sollten regelmäßiger essen.«

»Da haben Sie recht. Wie war das an jenem Samstag? War Ihre Vereinskameradin persönlich hier?«

»Sie hat das Rezept selbst eingelöst. Ich weiß es deswegen genau, weil für den kommenden Montag eine Vorstandssitzung anberaumt war. Wir haben hier eine halbe Stunde zusammengesessen und sind die Tagesordnung durchgegangen.«

»Und danach?«

»Danach haben wir über die Apfelernte und das Mosten geredet. Sie war eine ausgesprochene Expertin für Apfelwein, obwohl sie ein Stadtkind war. Selbst eingefleischte Nauroder Obstbauern scheuten sich nicht, sie um Rat zu fragen. Sie wissen es sicher: Naurod und Äbbelwoi, das gehört zusammen wie Rheingau und Riesling.«

»Demnach stammt das Anwesen von Mi…«, Norma verbesserte sich, »stammt das Anwesen der Kundin nicht aus Familienbesitz?«

»Doch, aber vonseiten ihres Mannes. Er hatte Haus und Land in jungen Jahren von seinen Eltern geerbt. Die Eltern sind bei einem Segeltörn in der Nordsee ums Leben gekommen. Als Gärtner war ihr Mann auch in seiner Freizeit ein begeisterter Obstbauer und sie seine beste Schülerin. Nachdem er auf der Schiersteiner Brücke tödlich verunglückt war, baute sie sich mit möblierten Mietwohnungen eine Existenz auf. Der Obstgarten war ihre Leidenschaft. Wenn sie unter etwas litt, dann darunter, keinen Erben für ihr Anwesen zu haben.«

»Sie hat einen Sohn«, warf Norma ein.

»Sie wünschte sich so sehr einen Enkel, damit es weitergeht. Aber eine Familiengründung traute sie ihrem Sohn nicht mehr zu. Er neigt zum Trinken, und sie glaubte nicht mehr daran, dass er eine Frau finden würde.«

Die Tücken des Schicksals. Michaela und Josefine hatten sich knapp verpasst. Norma fragte, welchen Eindruck »die Kundin« an jenem Samstagvormittag gemacht habe.

Der Apotheker rückte sinnierend die Brille zurecht.

»Abgehetzt kam sie mir immer vor, das war nicht ungewöhnlich. Die Dame wirkte stets auf dem Sprung, was ihrer Gesundheit nicht guttat. Aber an dem Samstagvormittag war sie außergewöhnlich aufgebracht.«

»Hat sie Ihnen den Grund genannt?«

Bedächtig nickte er. »Sie hatte einen heftigen Streit mit dem Sohn. Es ging um ein Schreiben, das sie aufgesetzt hatte und mit dem der Sohn nicht einverstanden war.«

»Kennen Sie den Inhalt des Schreibens?«

»Es sei eine Art Vertrag, mehr hat sie mir nicht erzählt.«

Lisa steckte den Kopf hinein. »Herr Wolf, könnten Sie kommen? Die Kunden haben sehr spezielle Fragen.«

»Sofort«, gab der Chef laut zur Antwort und flüsterte Norma zu: »Befürchten Sie, jemand hat beim Tod meiner Vereinskameradin nachgeholfen?«

»Nicht direkt. Aber möglicherweise hat man ihr die Hilfe verweigert.«

»Sie meinen die Glukagonspritze?«

Norma nickte. »Das Set lag unbenutzt auf dem Tisch.«

In der Handtasche rumorte das Handy. Timon? Gab es Neuigkeiten zu den Fingerabdrücken? Sie bedankte sich bei dem Apotheker und fischte im Hinausgehen das Telefon aus der Handtasche.

Eva! Sie klang verzweifelt. »Norma, ich weiß nicht ein noch aus.«

»Langsam, Eva! Was ist passiert?«

»Passiert?«, stöhnte Eva. »Nix ist passiert. Das ist ja das Problem. Die Handwerker kommen nicht voran. Das Haus sieht aus, als hätte eine Bombe eingeschlagen. Ich wollte aufräumen, aber man sieht nicht, wo vorn und hinten ist. Staub und Schutt auf jeder Etage …« Der Rest ging in Tränen unter. Eva schien völlig am Ende.

»Also gut, Eva! Ich komme und helfe dir!«

»Wirklich?«, schniefte Eva erleichtert. »Hast du Zeit?«

»Für zwei Stunden kriege ich das hin. Warte zehn Minuten!«

Sie hätte ihre Zusage weniger leichtfertig gegeben, wenn sie geahnt hätte, dass sich die versprochenen zwei Stunden bis in den Abend ausdehnen sollten.

37

Am frühen Abend schlug sie den Bogen nach Klarenthal; der zweite vergebliche Versuch, Jorinde Cherny anzutreffen. Weder die Cherny noch der Nachbar öffnete. Während Norma nach Naurod zurück unterwegs war, rief Timon an. Es würde sehr spät heute, ein aktueller Fall.

»Die Kollegen brauchen die Ergebnisse so schnell und so eindeutig wie möglich. Sonst darf der Verdächtige morgen früh gehen.«

Wie gewöhnlich, wenn er nicht aus freien Stücken mehr erzählte, drängte sie ihn nicht. Wenn ihm nach Reden war, würde er es tun. Die Frage nach den Fingerabdrücken wollte sie allerdings nicht aufschieben. Er tue sein Möglichstes, versprach er, aber es würde dauern.

»Danke, Timon! Wann kommst du nach Hause?«

»Wahrscheinlich schlafe ich ein paar Stunden im Labor«, sagte er und klang alles andere als verärgert über die kurze Nachtruhe. Sie wusste, mit welcher Leidenschaft er sich in eine brisante Ermittlung vergraben konnte. Ob ihm Angelique, die patente Praktikantin, assistieren würde? Norma konnte nicht anders, als ihrer Fantasie freien Lauf zu lassen. Eifersucht war in der Tat eine Sucht.

Im Hof war niemand zu sehen, als sie den Wagen parkte. Auch Josefine nicht, worüber Norma erleichtert war. Was sie jetzt wollte, waren Ruhe und eine Dusche. Sie fühlte sich wie von Gipsschwaden gepudert, und der Rücken schmerzte von der Schufterei im Biebricher Haus. Angesteckt von Normas Tatkraft, hatte Eva sich schnell gefasst und mit ebensolchem Elan zugegriffen, bis der ärgste Staub und Schmutz beseitigt gewesen waren.

Von der Dusche erfrischt nahm Norma sich einen Joghurt aus dem Kühlschrank, stellte ihn aber zurück, als ihr die Empfehlung des Apothekers einfiel, mehr aufs Essen zu achten. Also gab sie sich ein wenig Mühe und machte eine Gemüsemahlzeit aus Timons Einkäufen. Anschließend setzte sie sich mit einem Glas Wein und dem Kater an der Seite auf den Teppich und stöberte in den beiden Kisten, die Folke ihr in den Kombi geladen hatte. Widerstrebend sortierte sie die Erinnerungsstücke der Kindheit. Was von den Spielzeugautos, Plastikfiguren und Stofftieren halbwegs erhalten war, legte sie in eine der Kisten zurück. Mit einem Album voll Familienbilder zögerte sie und packte es unschlüssig dazu. Eine Tierpostkartensammlung landete ebenso im Müll wie stockige Kinderbücher. Als sie das letzte Buch aus der Kiste hob, fiel ihr das Tagebuch in die Hände, das die kleine Rieke so fasziniert hatte. Norma aktivierte den Kaffeeautomaten, und als der Cappuccino aufgebrüht war, setzte sie sich mit dem Tagebuch an den Tisch. Mit welch detektivischem Eifer sie als Kind Zeitungsartikel und Informationen aller Art zusammengetragen hatte! Der letzte Eintrag stammte aus einem Geschichtsbuch der Schulbibliothek, wie sie sich gut erinnerte.

Man nennt die Hundswut auch Lyssa oder Hydrophobie, weil die erkrankten Menschen und Tiere große Scheu vor Wasser zeigen. Der Anblick eines Baches oder Flusses genügt, um den menschlichen Patienten in Panik zu versetzen. Aus Furcht vor dem Wasser schluckt er den eigenen Speichel nicht hinunter. Der Speichel schäumt vor dem Mund.

Perplex ließ Norma das Heft sinken. Die Raffinesse der tödlichen Tollwutviren war ebenso verstörend wie faszinierend. Manipulierten sie das Gehirn ihres Opfers, damit es kein Wasser trank und den Speichel nicht verdünnen und herunterschlucken konnte? Dies bot den Viren jedenfalls die allerbesten Bedingungen, um sich durch einen Biss in andere Organismen einzuschleusen und zu vermehren.

Sie schenkte Wein nach und nahm das Heft wieder zur Hand.

In alten Zeiten glaubte man, dass, wenn im Hochsommer das Hundegestirn Sirius aufgeht, die Hunde von der Hundswut befallen werden. Deswegen nennt man diese Tage die Hundstage. Im alten Griechenland wurden herrenlose Hunde aus Furcht vor der Tollwut während der Hundstage erschlagen. In Rom wurden Hunde den Göttern geopfert. Besonders groß war die Angst vor tollwütigen Wölfen.

Beim Lesen wurde Norma bewusst: Sie steckte mitten drin in den Hundstagen.

38

Freitag, der 12. August

Timon rief gegen 8 Uhr morgens direkt aus dem Labor an. Er klang unausgeschlafen. Norma verbot sich jede Frage nach Angelique. Sie wollte keinen Streit vom Zaun brechen. Dank der Ergebnisse seiner nächtlichen Untersuchungen, erklärte er zufrieden, hatten die Kollegen zwei Serieneinbrecher festnehmen können. Vorläufig jedenfalls. Um den Haftrichter zu überzeugen, wären weitere Spuren zu identifizieren.

»An deine Fingerabdrücke mache ich mich, sobald ich Zeit habe«, vertröstete er sie.

Auch Milanos Auskünfte ließen auf sich warten.

»Ich weiß nichts Neues über deinen Slowaken«, brummte er ins Telefon. »Aber Nadia ist dran.«

Als sie nach dem Frühstück den Abfall in den Hof hinuntertrug, sah sie gerade noch, wie Alandts weißer Lieferwagen aus der Einfahrt rollte. Sie ließ den Mülleimer stehen und sprintete zum eigenen Auto. Bis sie den Kombi gestartet und die Straße erreicht hatte, war der Transporter außer Sicht. Auf gut Glück fuhr sie weiter und hielt auf die Bundesstraße zu, die Naurod halbkreisförmig umrundete. Kaum hatte sie sich hinter der Auffahrt in den Verkehr eingereiht, entdeckte sie den Lieferwagen nur wenige Wagen vor ihr. Zügig strebte Alandt in Richtung Bierstadt.

Norma blieb mit einem Sicherheitsabstand an ihm dran. Für kurze Zeit verlor sie den Anschluss, als der Lieferwagen in einem schattigen Waldstück zum Überholen ansetzte und sich im Kamikazeflug an die Spitze der Kolonne setzte, was die entgegenkommenden Fahrer mit einem Hupkonzert kommentierten. Bald darauf führte die Straße bergab und an den Bierstädter Wohngebieten entlang. Vor einer roten Ampel kam das weiße Heck des Lieferwagens wieder in Sicht. Norma konnte aufschließen und sah, dass Alandt die Bundesstraße verließ. Weiter ging es auf Nebenstraßen durch Bierstadt hindurch und an Gartengrundstücken vorbei, bis die Ortsgrenze erreicht war und Wiesen und Äcker vor ihnen lagen. Norma achtete auf genügend Abstand, denn nun fuhr kein weiteres Auto zwischen ihrem Kombi und dem Lieferwagen. Sie bewegten sich auf Erbenheim zu. In der Nähe müsste der Biohof der Seeborns liegen. Im Nirgendwo der Felder bog der Lieferwagen unvermittelt ab und fädelte sich so ungestüm in einen Feldweg ein, dass eine Staubwolke aufwirbelte.

Zum Kuckuck, ärgerte sich Norma und stieg auf die Bremse. Im freien Feld konnte sie ihm nicht heimlich folgen. Stehend beobachtete sie Alandts weitere Fahrt, die zum Glück bald endete. Keine hundert Meter weiter kam der Lieferwagen vor einer Scheune zum Stehen, die umsäumt von hohen Pappeln und weit abseits anderer

Gebäude stand. Norma holte das Fernglas aus der Ablage und konnte nun im Großformat zusehen, wie Alandt ausstieg und auf die Scheune zuging. Ein Schwenken des Fernglases brachte eine dunkle Limousine ins Blickfeld, die dicht an der Scheune im Schatten einer Buschgruppe parkte. Alandt war zwischenzeitlich in der Scheune verschwunden, ansonsten war niemand zu sehen.

Norma startete den Wagen und umrundete auf Feldwegen weiträumig die Scheune, bis sie eine geeignete Stelle gefunden hatte, um den Kombi hinter einer Hecke zu verbergen. Zu Fuß machte sie sich auf Richtung Scheune. Abgemähte Getreidestoppel stachen in ihre Waden. Die Vormittagssonne heizte die Luft auf. Das Sommerblau des Himmels war durchzogen vom schiefen Gitterwerk verblassender Kondensstreifen, das der rege Flugverkehr des Frankfurter Flughafens in die Luft zeichnete. Norma nahm das auf- und abschwellende Dröhnen der im Sonnenlicht aufblinkenden Maschinen kaum zur Kenntnis. Mehrmals hielt sie inne und kontrollierte durchs Fernglas, ob sie sich weiterhin unbeobachtet fühlen durfte. Die letzten 100 Meter boten keinerlei Sichtschutz, doch die ihr zugewandte Scheunenwand war fensterlos. Norma sprintete über eine gemähte Wiese, sprang über einen Graben und trabte einen Streifen Brachland entlang, bis sie in den Schatten der Pappeln eintauchte. Nun lag die Scheune nur noch knapp zehn Schritte entfernt. Für wenige Atemzüge war nichts anderes zu hören als das Rauschen des Windes im Blätterwerk und ein vielstimmiges Vogelkonzert.

Ein Eichelhäher warnte mit einem empörten, wiederholten »Gräächt«. Norma hatte den Schutz der Pappeln verlassen und schlich an der Mauer entlang, vor der hohe Gräser und Kräuter wucherten, die das Vorankommen erschwerten, im Notfall aber Deckung bieten könnten. Vorsichtig spähte sie um die Ecke. Nun sah sie die dunkle Limousine aus der Nähe. Wiesbadener Kennzeichen. Sie kannte den Wagen, er gehörte Ilka. Ein geöffneter Holzladen klapperte im sanften Sommerwind vor der hinteren Giebelwand. Sonst gab es auch hier keine weiteren Fenster. Auf Zehenspitzen schlich Norma näher heran, kämpfte sich dicht an der Wand durch hüfthohe Brennnesseln hindurch, deren Gift auf ihren nackten Armen prickelte.

Die Luke neben dem Fensterladen war unverglast. Gedämpfte Stimmen drangen heraus: die eines Mannes und die einer Frau. Und das Winseln junger Hunde. Auf Zehenspitzen müsste ich hineinsehen können, schätzte Norma die Höhe ab. Doch dazu kam sie nicht. Jemand packte sie rücklings, nahm sie grob in den Schwitzkasten und verschloss ihr mit fester, kleiner Hand den Mund. Was sie, abgesehen von der gelungenen Überrumpelung, daran besonders beeindruckte, war neben der Präzision und Schnelligkeit die völlige Lautlosigkeit, mit der ihre Gefangennahme abgelaufen war.

Sie nahm einen Hauch von Parfüm wahr. Das Parfüm einer Frau.

39

Nach dem ersten Schrecken konzentrierte Norma sich auf ihre Gegnerin, um sie einzuschätzen. Sie schien im Kampf hervorragend geschult, aber nicht unüberwindbar zu sein, wobei sie natürlich durch die Umklammerung von hinten im Vorteil war. Die Atemstöße der Angreiferin in ihrem Nacken zogen vor Anstrengung an, und der Griff, in dem Norma sich wie ein Stück Holz im Schraubstock fühlte, begann schwächer zu werden. Ob ein Befreiungsversuch allerdings so still vonstattengehen würde wie der Angriff, schien unwahrscheinlich. Besser stillhalten und abwarten.

»Psst!«, raunte ihr eine junge Stimme ins Ohr. »Ruhig bleiben, klar?«

In ihrer Zwangshaltung gelang Norma nur ein angedeutetes Nicken und eine gebrummte Zustimmung in die Hand hinein. Zögerlich wurde der Griff lockerer.

»Leise sein!«, warnte die andere. »Wir wollen doch beide nicht erwischt werden, oder?«

Norma nickte wieder. Der Griff ließ nach, bis Norma freikam und sich umdrehen konnte. Die junge Frau trug zur knielangen dunklen Pluderhose schwarze wadenhoch geschnürte Springerstiefel. Ein knapp geschnittenes schwarzes Top gab sonnengebräunte Schultern und Arme frei, deren kräftig ausgebildete Muskulatur die feminine Wirkung der kinnlangen braunen Locken verstärkte.

»Das gibt's nicht!«, raunte Norma.

»Spar dir den Small Talk für später auf.«

Die junge Frau legte die Fingerspitzen auf die korallenroten Lippen und deutete auf die Öffnung, aus der Gewinsel und die Stimme einer ungeduldigen Ilka Alandt drangen. Geduckt wechselte Norma auf die andere Seite. Ein stechender Geruch stieg ihr in die Nase. Drinnen stapelten sich bis hinauf zur niedrigen Betondecke viele vergitterte Kisten, in denen junge Hunde verschiedener Größen und Fellfarben ausharrten, allein oder zu mehreren. Still und müde die einen, klagend und jaulend die anderen. Ein größerer Welpe, nach Figur und Farbe ein Deutscher Schäferhund, der in seinem engen Behältnis den Kopf nicht heben konnte, kratzte wild aufheulend mit den Vorderpfoten über den Metallboden. Im Lichtkegel der klinischhellen Deckenlampe standen Sandro und Ilka an einem Tisch, auf dem diverse Schachteln mit Medikamenten verstreut lagen. Darunter befanden sich Ampullen und Spritzen mit aufgesetzten Kanülen. Sandro hielt einen winzigen, gescheckten Welpen in seinen Pranken, während Ilka sich mit einem Skalpell am Nacken des Hündchens zu schaffen machte. Auf ihren Silikonhandschuhen zeichneten sich dunkelrote Spritzer ab. Sie tupfte Blut aus dem Hundefell und warf etwas in einen Mülleimer.

»Der slowakische Chip ist raus«, sagte sie und klang zufrieden. Sie übernahm das Hündchen, das sofort an ihrem Silikondaumen nuckelte, und hielt es prüfend ins Licht. »Hübscher Parson Russell Terrier. War das der Letzte?«

Mit einer gemurmelten Zustimmung nahm Sandro ihr den Welpen aus der Hand und setzte ihn in einen Käfig.

»Was ist los mit dir?«, fragte sie besorgt. »Du bist so fahrig heute.«

»Mir ist nicht gut. Kopfschmerzen.«

»Das ist die Grippe. Gib mir die Impfpässe!«

Sandro griff in eine Aktentasche und legte einen Stapel gelber Heftchen auf den Tisch.

Sofort machte sich Ilka daran, die Seiten auszufüllen. »Ich brauche die Stempel, Sandro! Haben wir genug Aufkleber für die Impfungen?«

Wieder öffnete Sandro die Aktentasche und nahm mehrere Stempel sowie ein Stempelkissen heraus und einen großen braunen Umschlag, aus dem er schmale Papierstücke auf den Tisch schüttete. »Müsste reichen. Bodos slowakischer Tierarzt hat eine Menge zusammengesammelt.«

»Oder gefälscht! Sieht immerhin echt aus. War ja auch teuer genug! Du musst härter verhandeln! Wie oft soll ich das noch sagen.«

Sie schob die Zettelchen umher und fingerte heraus, was sie gebrauchen konnte. »Was haben wir da? Staupe, Parvovirose, Leptospirose.« Mit den Fingerspitzen löste sie die Aufdrucke ab und klebte die Streifen in die Pässe. Stempel und Unterschriften mit verschiedenen Stiften folgten mit geübter Hand.

»Ich brauche einen Aufkleber für Hepatitis«, verlangte sie dann.

Sandro half ihr suchen. »Hier! Und vertue dich nicht wieder mit dem Geburtsdatum.«

»Immer die alte Leier, weil mir das einmal passiert ist!«, beschwerte sich Ilka. »Keine Sorge, ich mache alle Hunde mindestens acht Wochen alt.«

Der junge Schäferhund, der zuvor eine Pause eingelegt hatte, nahm das Scharren wieder auf. Wütend trat Sandro an den Käfig heran und donnerte mit der Faust gegen das Gitter. Der Hund jaulte auf und kauerte sich ängstlich zusammen.

»Herrje, Sandro!«, keifte Ilka. »Hast du sie noch alle? Mach die Hunde nicht scheu.«

»Der Lärm macht mich wahnsinnig«, schimpfte er.

»Was ist bloß in dich gefahren? Reiß dich zusammen.«

Er murmelte eine Entschuldigung, und das Gespräch kehrte zu den Hunden zurück.

»Lass den Schäferhund zwölf Wochen alt sein«, schlug Sandro vor. »Und setz ihm eine Tollwutimpfung in die Papiere, das kommt gut an. Oder haben wir dafür keine Aufkleber mehr?«

»In meiner Tasche. Warte, ich sehe selber nach.«

Als Ilka aufstand, sank Norma in die Knie. Ihre neue Gefährtin hatte ebenso fix reagiert.

»Mir reicht's«, flüsterte die Frau in den Pluderhosen. Ihr neugieriger Blick streifte Norma. »Kommst du mit?«

In der Hocke sitzend lauschte Norma nach innen und hob die Hand. »Moment noch!«

Auch die andere wartete ab, blieb im hohen Gras gekniet. Sandro hatte gefragt, ob sie einen Welpen ins Internet stellen sollten. Norma hielt den Atem an. Laut und sehr nah erklang Ilkas Stimme direkt über ihr.

»Für den Russell hätte ich eine Interessentin. Die Frau will keine 1.000 bis 1.500 beim Züchter ausgeben. Ich biete ihr diesen hier für 900 und gehe bis 700 runter, wenn sie nicht gleich anbeißt. Was hast du für den Kleinen hingelegt?«

»Habe Bodo von 40 auf 35 runtergehandelt.«

»30 hätten gereicht!«, schimpfte Ilka. »Warum lässt du dich von Bodo, diesem Vollidiot, übers Ohr hauen? Der kann nicht mal bis zwei zählen. Und der Dobermann gehört erschossen. Wenn diese Frau nicht gewesen wäre! Einen irren Dobermann zu bändigen, dazu gehört schon was!«

»Ich sag dir, was dazu gehört: ein Haufen Dämlichkeit.« Er verlor sich in einer Flut heftigster Schimpfwörter.

Der ist unzurechnungsfähig, dachte Norma beunruhigt. Völlig unberechenbar.

Auch Ilka schien es zu reichen. Energisch schnitt sie ihrem Mann das Wort ab. »Ohne diese Frau wäre Rainald tot! Bruce geht den Leuten gleich an die Kehle. Wer wüsste das besser als du?«

Norma horchte auf. Alandts Narben, ein Andenken an den entzückenden Bruce?

Sandro hatte sich beruhigt und erkundigte sich nach Rainalds Befinden.

»Die Ärzte wissen nicht, ob der Arm wieder richtig wird«, erklärte Ilka besorgt und ließ ihrem Zorn freien Lauf: »Ich kann kaum allein mit ihm reden. Andauernd hockt dieses kuhäugige Weibsbild an seiner Seite. Rainald hätte weiß Gott was Besseres verdient als die!« Auf ihre Einschätzung folgte eine Reihe unflätiger Beschimpfungen. In dieser Hinsicht konnte Ilka ihrem Mann durchaus das Wasser reichen.

Abrupt wechselte sie das Thema. »Wann bringst du die Hunde ins Ruhrgebiet?«

»Heute Abend«, lautete Sandros Antwort. »Nach dem Berufsverkehr.«

»Lass dich nicht wieder im Preis drücken. Immerhin liefern wir beste Ware mit Papieren und allem.«

»Du hast das wie immer perfekt hinbekommen«, säuselte Sandro beschwichtigend.

Ilka redete sich wieder in Rage. »Stunden habe ich für Ahnentafeln gebraucht.«

»An dir ist eine Künstlerin verloren gegangen, Ilka!«

»Stimmt, die Papiere kriege ich super hin«, meinte sie geschmeichelt. »Ich spritze den Hunden noch die Aufbaukur. Dann bleiben sie bis zur Übergabe fit.« Die Stimme war leiser, schien sich entfernt zu haben.

Vorsichtshalber watschelte Norma trotzdem im Entengang unter dem Fenster hindurch. Der unverhofften Gefährtin auf den Fersen, hielt sie sich dicht an der Scheunenwand und suchte mit einem kurzen Spurt Schutz im Zwielicht des Pappelwäldchens.

Dort angekommen, rieb sie sich den schmerzenden Nacken. »Welchen Kampfsport machst du? Karate? Judo?«

»Am liebsten Kempo.«

»Das mit den Stöcken?«

»Das ist Kendo.«

Was auch immer, mehr wollte Norma im Augenblick gar nicht wissen und vor allem keine weiteren praktischen Demonstrationen erleben.

Die Kempo-Sportlerin musterte Norma interessiert. »Was bist du? Tierschützerin? Journalistin?«

Norma begegnete der Neugier mit strenger Miene. »Die Fragen stelle ich.«

»Mit welchem Recht?«, fauchte die andere eingeschnappt.

»Weil ich die Ältere bin. Weil ich einen Wissensvorsprung habe. Such dir was aus!«

»Älter? Zweifellos! Aber wieso Wissensvorsprung? Was soll das heißen?« Die junge Frau schaute wütend und machte Anstalten anzugreifen.

Innerlich schmunzelnd hob Norma beschwichtigend die Hände. »Immer mit Ruhe, Angelique Quades!«

40

Angelique Quades zuckte irritiert zurück. »Kennen wir uns?«

»Siehst du, das verstehe ich unter Wissensvorsprung«, antwortete Norma mit verstohlenem Vergnügen über Angeliques Verunsicherung. »Du kennst mich nicht. Ich weiß jede Menge über dich.«

»Da bin ich aber gespannt«, zischte Angelique schnippisch. »Nur raus mit den Erkenntnissen!«

»Du bist ausgebildete Kriminalkommissarin. Du studierst Biosciences. Du machst zurzeit ein Praktikum beim LKA und arbeitest für einen versierten Wissenschaftler, der von den Kollegen ›Doppeldoktor‹ genannt wird ...« Damit war sie am Ende, tat aber so, als ließe sie Angeliques ungläubiges Staunen verstummen.

»Du musst Norma sein!«, stellte Angelique im Flüsterton fest. »Norma Tann, die Privatdetektivin. Timon redet ständig von dir. Er hat sogar ein Foto von dir als Bildschirmschoner, klickt dich aber immer schnell weg. Das ist ein offenes Geheimnis unter den Kollegen. Ermittelst du hier?«

»Und du? Was treibt dich hierher?«, stellte Norma selbst Fragen, ohne zu antworten. Die Vorstellung, schnell weggeklickt zu werden, beschäftigte sie.

Angelique berichtete, ihre Mutter Marie habe, erkennbar auch am Vornamen der Tochter, einen extremen Hang zu allem Französischen. Deswegen hatte es unbedingt eine Französische Bulldogge sein müssen. »Schon die Wahl der

Rasse war ein Fehler. Kannst du dir etwas unter Qualzucht vorstellen?«

»Du meinst, Glupschaugen und Stupsnase anstelle eines Hundegesichts mit Schnauze? Groteske Verformungen für das Kindchenschema?«

Betrübt nickte Angelique. »Zoé, die Hündin meiner Mutter, ist ein Musterexemplar für den Irrsinn der Menschen, anatomische Gegebenheiten nach ihrem Willen zu verändern. Sicherlich gibt es gesunde und lebenstüchtige Französische Bulldoggen von Züchtern, die ihre Hunde Hunde sein lassen. Zoé hatte nicht dieses Glück. Das arme Tier litt die erste Zeit unter andauernder Atemnot. Ständig dieses Röcheln! Was für eine scheußliche Quälerei.«

»Wie ist deine Mutter damit umgegangen?«

»Zoé wurde operiert. Was die Natur nicht geschafft hatte, gelang mit der OP, die für halbwegs brauchbare Atemwege sorgte. Allerdings war der Eingriff erst möglich, als Zoé stabil genug war. Dass sie dafür überhaupt alt genug geworden ist, grenzt an ein Wunder. Sie musste durch fast alle Krankheiten hindurch, die sich ein junger Hund einfangen kann. Meine Mutter ist mit ihr Dauergast beim Tierarzt. Der Hund hat sie ein kleines Vermögen gekostet.«

»Und diesen Hund hat deine Mutter bei Ilka Alandt gekauft?«

»Sie nannte sich anders, aber wir sind ihr auf die Spur gekommen.«

Die Frage nach diesem Detail hob Norma sich für später auf. »Warum ist deine Mutter nicht zu einem seriösen Züchter gegangen?«

»Nicht, weil sie am Kaufpreis sparen wollte. Marie ist nicht geizig, und sie musste immerhin 800 Euro für Zoé zahlen. Es war Zufall. Marie hat im Internet nach Welpen der Rasse gesucht, und die Anzeige der Alandt stand ganz oben. Die Annonce war professionell aufgemacht.«

»Das kann ich bestätigen.« Norma fiel auf, dass Angelique ihre Mutter beim Vornamen nannte, konzentrierte sich jedoch gleich wieder auf Ilka Alandt und die Welpen. Sie berichtete von ihrem vorgetäuschten Interesse für einen Pudel und dem Einzug in Prüsses Haus.

»Die Fotos für die Anzeigen sind allesamt geklaut«, ergänzte Angelique. »Die Alandt lädt sich die Bilder von Webseiten seriöser Hundezüchter herunter. Mit den angebotenen Hunden haben die Fotos nichts zu tun.«

»Wie bei dem Welpen meiner Klientin. Ein Windspiel namens Luca.«

Angelique fuhr fort: »Was die Verkäuferin am Telefon sagte, überzeugte meine Mutter. Der Hund stamme direkt aus Frankreich. Der Züchter, ein alter Freund, habe einen Herzinfarkt erlitten. Alle Welpen seien deswegen günstig und schnell in gute Hände abzugeben. Um die Vermittlung dieses Welpen würde sie sich persönlich kümmern. Unentgeltlich und aus reiner Freundschaft. Blablabla.«

»Eine ähnliche Argumentation musste ich mir auch anhören. Ilka gibt sich am Telefon äußerst nett und kompetent.«

»Kaum zu glauben, so wie wir sie eben erlebt haben. Mit welcher Unverfrorenheit sie die Pässe reihenweise mit Impfungen füllt, die kein Hund je bekommen hat. Zoés Ahnentafel ist übrigens ein blumiges Fantasieprodukt. Am heimischen Computer zusammengeschustert.« Angelique schüttelte sich angewidert. »Habe ich das richtig gesehen? Sie schnippelt den Hunden den Mikrochip heraus?«

»Offensichtlich kann sie mit Skalpell und Spritze umgehen. Mit dem Chip ließe sich der Hund als ein Tier aus dem Ausland identifizieren.«

»Woher weißt du das?«

In wenigen Sätzen gab Norma wieder, was sie von Dr. Marius Nemenz erfahren hatte. »Deine Mutter hat einen schwerkranken Hund bekommen. Was ist mit rechtlichen Schritten?«

Angelique schnaubte verärgert, was ebenso auf Normas Frage wie auf die Reaktion der Mutter gemünzt sein könnte. »Eine Rückabwicklung kam nicht infrage. Marie will Zoé nicht diesen Leuten ausliefern.«

»Sie könnte den Hund behalten, aber zumindest einen Teil des Kaufpreises zurückverlangen.«

»Ohne Rechnung und ohne Zeugen für die Übergabe?« Angelique lachte bitter.

»Das kommt mir bekannt vor! Wo wurde ihr Zoé übergeben?«

»Auf dem Parkplatz oben am Neroberg. Es war viel los dort oben, bei gutem Wetter herrscht großer Andrang im Kletterwald dort. Marie war so aufgeregt. Sie hat nicht einmal mitbekommen, ob die Alandt mit dem Auto gekommen war.«

Norma kehrte zum Anfang des Gesprächs zurück. »Wie hast du Ilka Alandt ausfindig gemacht?«

Angelique grinste. »Marie hat sie auf dem Wilhelmstraßenfest wiedererkannt, wo sich die Alandt mit Champagner vergnügte. Ich bin ihr bis nach Naurod gefolgt. Seitdem habe ich das Pärchen auf dem Kieker. Dieses Hundeelend muss ein Ende haben.«

»Ganz meine Meinung«, stimmte Norma zu, die sich selbst nicht im Klaren darüber war, was sie von der neuen Bekanntschaft halten sollte. Angeliques Energie war fraglos mitreißend und ansteckend, und ein Austausch der gesammelten Erkenntnisse half beiden weiter. Andererseits saß der Stachel der Eifersucht noch immer tief und weckte in Norma den dringenden Wunsch, die Praktikantin geradewegs zum Teufel zu jagen.

Angelique unterbrach Normas ambivalente Gedankengänge. »Höchste Zeit, die Kollegen zu rufen.«

»Bitte jetzt noch nicht, Angelique!«, bat Norma.

»Wieso nicht?«

»Lass uns warten, bis sie fort sind. Die Alandts laufen den Kollegen nicht weg. Die Hunde haben genug gelitten. Ich möchte nicht, dass Sandro droht, ihnen etwas anzutun, wenn er in der Falle sitzt.«

»Guter Gedanke«, stimmte Angelique zu.

Es dauerte nicht lange, und die Scheunentür flog auf. Aus ihrem Versteck beobachteten sie, wie Ilka heraustrat und sich nach allen Seiten umsah, bevor sie zu ihrem Wagen ging. Vorsorglich zogen sich die heimlichen Beobachterinnen hinter dickere Pappelstämme zurück. Kurz darauf bog die Limousine auf den Feldweg ein. Wenig später verließ auch Sandro die Scheune und fuhr mit dem Lieferwagen davon.

»Wer ruft an?«, fragte Angelique zuvorkommend.

»Ich übernehme das. Ich alarmiere Milano und Wolfert.«

Angelique riss staunend die Augen auf. »Die legendären Hauptkommissare persönlich?«

»Legendär? Das wird Luigi gefallen und Dirk peinlich sein«, erwiderte Norma belustigt.

»Aber warum eigentlich die Mordkommission? Es ist doch niemand ermordet worden«, wunderte sich Angelique.

»Auch wenn es hier um Hunde geht: Wolfert und Milano sind meine Freunde und würden es mir übel nehmen, wenn ich sie einfach übergehe.«

Eine Behauptung, mit der Norma sich weit aus dem

Fenster lehnte. Womöglich reagierte Milano mit Spott und Empörung auf ihren Anruf und fände einen Einsatz für Tierkinder weit unter seiner Kommissarswürde. Also rief sie Wolfert an, und zwar vorsorglich auf seinem privaten Handy. Ob er danach dienstlich aktiv werden wollte, blieb ihm überlassen.

»Norma!«, rief er erfreut. »Ist es an der Zeit für unser Treffen?«

»Immer gern, Dirk! Aber im Augenblick geht es um Schleuser und Schmuggelware.«

»Das klingt nach einem Job für die Kollegen vom Zoll«, stutzte er.

»Die gehören dazu. Und auch der Amtstierarzt auf jeden Fall!«

»Ein Tierarzt? Doch keine Leiche im Kuhstall?«

»Kein Mord! Nicht offiziell jedenfalls und nicht in dieser Scheune hier, aber möglicherweise woanders. Dazu kommen wir später.«

»Norma, du und dein Riecher! Ein paar Details, bitte!«

Mit einem knappen, präzisen Bericht unterrichtete sie ihn über den Hundehandel der Alandts.

»Lebendige Hunde statt toter Leute wären eine nette Abwechslung«, meinte Wolfert gutmütig. »Sofern ich Luigi vom Schreibtisch loseisen kann, sind wir in einer halben Stunde da.«

»Bringt die Zollfahndung und den Amtstierarzt mit! Und …«

»Und was noch?«

»Nichts weiter. Nur danke, Dirk!«

»Warte ab, was Luigi dir nachher an den Kopf wirft«, brummte er in Milano-Manier. Konnte es sein, dass sich die Hauptkommissare mit der Zeit ähnlicher wurden?

»Die kommen tatsächlich!«, staunte Angelique. »Was ist mit Timon? Er möchte bestimmt auch nicht übergangen werden.«

»Timon ist unabkömmlich. Das LKA ist einer Bande von Serieneinbrechern auf der Spur. Timon hat die halbe Nacht durchgearbeitet.«

»Schade, man kann nicht überall sein«, bedauerte die Praktikantin. »Da hätte ich was lernen können.«

Dein Pech, meine Liebe!, dachte Norma zufrieden.

Während sie weiterhin im Schutz des Pappelhains ausharrten, plapperte Angelique munter drauflos. »Kaum zu glauben, dass eine furchtbare Frau wie Ilka Alandt schwanger ist. Das arme Kind. Und dieser Vorfall mit dem Dobermann war Wahnsinn. Der Hund muss komplett ausgerastet sein.«

Norma hatte genug vom Stehen und suchte sich einen umgestürzten Stamm als Sitzplatz. »Du weißt davon?«

Angelique hockte sich daneben. »Ich war im JoHo und habe mich mit Prüsses Freundin unterhalten. Nette Frau, wenn auch ein bisschen seltsam. Bei einem Kaffee aus der Kantine und nach ein paar freundlichen Worten kam sie ins Reden. Ihren Rainald hat der Hund schlimm zugerichtet, sagte sie, und die Verletzungen wären noch schwerwiegender, hätte nicht die neue Mieterin …« Sie stoppte jäh und starrte Norma an. »Nee, oder?«

»Was?«, fragte Norma scheinheilig.

»Die irre Mieterin, das warst du! Wahnsinn!«, hauchte Angelique und schien schwer beeindruckt.

»Und sogar ohne Kendo«, bemerkte Norma lässig.

»Kempo!«, verbesserte Angelique und fügte selbstbewusst hinzu: »Bestimmt hätte ich ihn ebenso gut bändigen können.«

Angeberin, dachte Norma.

Für die folgenden Minuten schenkte sie ihre Aufmerksamkeit trotzig dem Vogelgezwitscher im Unterholz und dem Abwehren aufdringlicher Fliegen.

Auch Angelique hielt den Mund, bis aus der Ferne Motorengeräusche zu hören waren. »Hörst du, Norma? Sie kommen. Auf geht's!«

Sie stürmte los. Norma dagegen ließ sich Zeit und wartete ab, bis der Streifenwagen und zwei Zivilfahrzeuge vor der Scheune zum Stehen gekommen waren.

41

Milano stand in der prallen Sonne und wischte sich mit einem Taschentuch den Schweiß von der Stirn. Keine Frage, er sehnte sich ins wohltemperierte Auto zurück. Seine finstere Miene übertraf sogar Normas Erwartungen, was Widerwillen und Verdrossenheit betraf.

»Norma muss sehr gute Gründe haben, uns bei dieser Gluthitze in diese verlassene Gegend zu locken«, schimpfte er. »Wo steckt sie überhaupt?«

»Hier bin ich, Luigi!«, rief sie und trat hinter der Scheune hervor.

»Dirk mag deine Anteilnahme am Elend knuffiger Hundebabys für diesen Einsatz reichen«, schnaufte Milano und brachte das Taschentuch wirbelnd zum Einsatz. »Ich bin Mordermittler. Was soll ich hier?«

»Warte ab, bis du die Kleinen siehst«, antwortete Norma gelassen. »Das wird auch dein Herz erweichen, lieber Luigi.«

Die Kommissare hatten zwei Männer der Zollbehörde und zwei Schutzpolizisten, einen Mann und eine Frau, mitgebracht. Mit Angelique an ihrer Seite führte Norma die Delegation um den Scheunengiebel herum. Auf ihre Bitte nahm sich der Schutzpolizist der Holzluke an, die sich ohne größeren Aufwand aufbrechen ließ. Seltsamerweise schien niemand der ihr unbekannten Leute ihre Autorität anzuzweifeln. Auch Wolfert und sogar Milano hielten sich zurück. Nachdem der Uniformierte mit einer Handlampe durch die Öffnung geleuchtet und die beiden Kommissare, danach die Polizistin und die Zollfahnder einen Blick in den Raum geworfen hatten, war man sich über die Dringlichkeit einer sofortigen Inaugenscheinnahme umgehend einig. Ausgerechnet Milano gab mit grimmiger Miene bekannt, die Entscheidung auf seine Kappe zu nehmen. Am liebsten hätte Norma ihm einen Kuss auf die Hamsterbacke gedrückt – was sie nicht wagte. Unter Milanos Kommando wurde die Scheunentür aufgebrochen, bei der Bürotür im hinteren Gebäudeteil mit sanftem Druck nachgeholfen und, nach kurzer Irritation aller Beteiligten, der Aktenschrank fortgerollt, der die dritte Tür verbarg. Nun drängte sich alles in der stickigen Kammer zusammen, in der es nach verdorbenem Futter und Hundekot stank.

Die Zöllner und Polizisten machten aus ihrer Abscheu gegen die Hundehändler keinen Hehl. Die Polizistin telefonierte mit der Zentrale und gab erste Informationen durch. Wolfert verschanzte sich mit undurchdringlicher Miene hinter seinen Brillengläsern. Milano schwitzte und schaute noch düsterer drein als sonst, während die patente Praktikantin die blasse Nase in den frischen Lufthauch reckte, der durch die Luke hineinstrich.

Norma kämpfte gegen Übelkeit an. Und darum, dass man ihr nicht anmerkte, wie sehr sie das Jammern der Hunde mitnahm. Der Schäferhundwelpe heulte und kratzte am Gitter, als gäbe es kein Morgen.

»Besser nicht anfassen!« Ihre Warnung richtete sich an den Schutzpolizisten, der dem Hund beruhigend zuredete. An alle gewandt sagte sie: »Vor drei Wochen wurde in Wiesbaden ein Welpe verkauft. Der Hund hatte die Tollwut. Ich nehme an, Sie haben von dem Fall gehört?«

Der Schutzpolizist sprang vom Käfig zurück.

»Sie meinen, der tollwütige Welpe stammte aus diesem illegalen Handel?«, fragte einer der Zollmänner erschrocken.

»Ich weiß es nicht. Der erkrankte Hund war hoffentlich eine seltene Ausnahme. Aber wir sollten vorsichtig sein.«

»Was für ein Schlamassel«, knurrte Milano. »Wo bleibt der Amtstierarzt?«

»Ich übernehme das!« rief Angelique und floh nach draußen.

Die anderen hatten sich besser im Griff und folgten ihr gesittet hinaus an die frische Luft.

Dort beendete Angelique gerade ein Telefonat und ließ das Handy in einer tiefen Pluderhosenfalte verschwinden. »Das nennt man Pech! Die Amtstierärztin ist im Urlaub. Ihr Stellvertreter liegt mit einer Lebensmittelvergiftung im Paulinenstift.«

»In dem Zustand wird der Mann uns keine Hilfe sein«, schloss Wolfert folgerichtig.

Angelique platzte mit einer Idee heraus. »Was ist mit Timon Frywaldt? Timon ist nicht nur Mediziner, er hat auch einen Doktor für Biologie. Ich rufe ihn an!« Die kräftige, kleine Hand tauchte in die Falte ab.

»Moment, Angelique!«, rief Norma. »Hunde sind nicht sein Fachgebiet. Außerdem ist Timon mit der Einbruchsserie beschäftigt. Ich kenne einen Hundespezialisten.«

Sie rief Dr. Marius Nemenz an, der sofort Feuer und Flamme für den Einsatz war. Endlich habe er die Gelegenheit, etwas Handfestes für die Hunde und gegen die Schmuggler zu unternehmen. Spontan versprach er, alle für den Nachmittag angesetzten Praxistermine zu verschieben und so schnell wie möglich zur Scheune zu kommen. Als er eine Dreiviertelstunde später eintraf, brachte er einen tierärztlichen Kollegen und eine Kollegin sowie drei Frauen vom Tierschutzverein mit, die mit einem geräumigen Transporter anrückten. Er habe von unterwegs sowohl mit der Amtstierärztin als auch mit dem maladen Stellvertreter telefoniert und deren beider Plazet erhalten, sich der Hunde anzunehmen, erklärte er Milano und Wolfert, die Norma ihm als die Einsatzleiter vorstellte. Er bat die Kommissare, sich ebenfalls mit der Amtstierärztin in Verbindung zu setzen, die in einer Berghütte auf den Anruf der Polizei wartete, und zog sich mitsamt seinem Gefolge in die Scheune zurück.

Während Wolfert in Südtirol anrief, nahm Norma Milano zur Seite. »Luigi, hast du etwas über Bodo herausfinden können?«

»Ist dein Slowake in den Schlamassel hier involviert?«, lautete die Gegenfrage.

»Möglich wäre es«, gab Norma zurück. »Eine Hausbewohnerin, Josefine, hat am Dienstag in seinem Transporter viele Kartons und einen Stapel Transportkäfige bemerkt, die allem Anschein nach leer waren. Kann doch sein, dass er die Welpen hier abgeliefert hat und danach gemeinsam mit Sandro Alandt nach Naurod gefahren ist. Denn wozu braucht jemand, der offiziell Haushaltsgeräte nach Osteuropa bringt, Transportkäfige im Laderaum?«

Milano öffnete einen Knopf am weißen Hemd, das um die massigen Hüften spannte, und murrte über die strapazierende Hitze, bevor er einräumte, nichts Neues zu wissen. »Nadia ist zuverlässig, aber schwer beschäftigt. Ich werde mich sofort in Erinnerung bringen.«

Wolfert hatte zwischenzeitlich mit den Kollegen im Polizeipräsidium telefoniert und beendete das Gespräch gerade, als Nemenz eilig aus der Scheune kam.

»Wir brauchen unbedingt mehr Informationen über die Hunde. Wo ist der Besitzer?«, fragte der Tierarzt.

»Die Zentrale schickt Kollegen nach Naurod«, antwortete Wolfert.

Norma begleitete Nemenz in die Scheune. Die Männer vom Zoll befanden sich im Büro, blätterten in den Impfpässen und machten sich Notizen. Norma warf einen Blick in das Hundezimmer, in dem sich das Helferteam, ausgestattet mit Lederhandschuhen, fürsorglich der Welpen angenommen hatte.

»Was geschieht nun mit ihnen?«, fragte sie den Tierarzt.

»Sie werden eingehend untersucht«, erklärte Nemenz, »und kommen in Quarantäne. Wenn sichergestellt ist, dass keiner der Hunde eine ansteckende Krankheit hat, können sie an Privatleute vermittelt werden. Währenddessen müssen die Welpen ausreichend betreut und sozialisiert werden.«

»Das klingt nach viel Arbeit«, sagte Norma beeindruckt.

Nemenz nickte. »Zum Glück gibt es engagierte Tierschützer, die diese Aufgabe gerne auf sich nehmen. Ohne diese Leute müssten die Welpen eingeschläfert werden.«

Norma dankte ihm für seinen spontanen Einsatz. Wo Angelique wohl stecken mochte?, überlegte sie und verließ die Scheune. Sie erspähte die Praktikantin im Schatten der hohen Pappeln an der Seite Wolferts, den sie mit Fragen löcherte.

Milano stapfte Norma entgegen, wobei der mächtige Bauch in Schwingungen geriet, und erklärte zufrieden, er habe mit Nadia gesprochen. »Sie ist deinem Bodo auf den Fersen.«

Norma bedankte sich. »Ich verschwinde jetzt. Die Alandts sollten mich hier besser nicht sehen.«

Mit weiten Schritten ging sie über die Felder und Wiesen zurück zum Wagen und atmete gegen den warmen schwülen Wind an, der gesättigt war vom Duft nach Heu und Sommer.

42

Zur Mittagszeit saß Josefine mit Rainald am Küchentisch. Sandro hatte sich mit sauertöpfischer Miene in seine Werkstatt verzogen, und Ilka war draußen bei den Hunden. Dankbar für die Gelegenheit, mit Rainald allein zu sein, hob Josefine das Schoppenglas und nippte tapfer am Apfelwein, der ihr grundsätzlich zu sauer und – in Anbetracht der Tageszeit – zu alkoholisch war. Doch der eigenhändig gekelterte Most aus den eigenen Äpfeln war Rainalds größter Stolz. Es war ihm schwer genug gefallen, sich vom Schnaps zu lösen. Die Abstinenz vom Äppelwoi glich einer Herkulesarbeit. Josefine fühlte sich gedrängt, den Most an Rainalds Stelle zu trinken; eine Rolle, der sie sich nicht gewachsen fühlte. In Anbetracht ihrer jungen Beziehung wollte sie ihn jedoch auf keinen Fall enttäuschen. Also leerte sie das Schoppenglas kurz entschlossen mit großen, hastigen Schlucken, bis ihr die Säure den Rachen zusammenzog. Geschafft!

Sie tupfte sich den Mund ab und hielt die Hand über das Glas, als Rainald nachschenken wollte. »Danke, Liebling, ist genug!«

»Das waren keine zwei Finger hoch«, protestierte er. »Und sauer gespritzt war er auch!« Auf ihre Bitte hatte er noch einen Schuss Mineralwasser mehr zugegeben.

»Ich muss heute arbeiten«, sagte sie in aller Bescheidenheit, obwohl sie am liebsten herausgebrüllt hätte: »THermine fahren!« Immer noch könnte sie vor Stolz platzen. Josefine, das Dummchen, hatte es allen gezeigt und würde vom Nachmittag bis in den Abend fröhliche Weinfestbesucher durch Wiesbadens schönste Ecken kutschieren. Leider war ihr die Aufmerksamkeit der Familie bisher verwehrt geblieben. Weder die Schwestern noch der Bruder waren zu einer Fahrt eingestiegen.

»Magst du den Most?«, erkundigte sich Rainald erwartungsvoll.

»Vielleicht eine Spur zu sauer«, gestand sie schüchtern.

Er würde mit der neuen Ernte extra für sie eine mildere Variante keltern, schlug er vor und schilderte ausschweifend die Geheimnisse einer erfolgreicher Äppelwoi-Produktion.

»Du kommst doch heute Abend wie abgemacht?«, fragte sie in eine Atempause hinein.

Sie wünschte sich Fotos von der Stadtbahn. Mit ihr selbst am Steuer, selbstredend, um sie den Geschwistern zu schicken. Rainald wiederholte sein Versprechen, die Bilder aufzunehmen. Vor der Trunksucht sei er ein passabler Hobbyfotograf gewesen, meinte er. Nun überlegten sie gemeinsam, welcher Ort besonders geeignet wäre.

Er schlug das Bowling Green vor. »Nachtaufnahmen mit den beleuchteten Zwillingsbrunnen. Die Bahn vor dem angestrahlten Kurhaus. Mit dir am Steuer. Das wird wunderschön!«

Mitten hinein ins Pläneschmieden platzte Ilka. Mit einem »Für mich auch« und »Hab ich einen Durst« ließ sie sich im schmutzigen Hundeoverall am Tisch nieder und riss das Schoppenglas an sich, das Rainald kaum schnell genug hatte füllen können. Sie führte sich auf wie die Hausherrin persönlich und löschte gierig den Durst. Josefine schien für sie gar nicht da zu sein.

»Ich mache mir Sorgen um Sandro«, sagte Ilka zu Rainald. »Er ist völlig neben der Kapp. Steht in deiner Rumpelkammer und stiert wie ein Ochse gegen die Wand.«

»Wird wohl was Ernstes sein«, warf Rainald lapidar ein.

Alarmiert streckte Ilka den Rücken durch. »Wie meinst du das?«

Unwillkürlich duckte sich Josefine.

»Schieß ihn in den Wind, Ilka!«, verlangte Rainald. »Vergiss ihn!«

»Hast du sie noch alle?«, fauchte Ilka konsterniert. »Ich werde Mutter. Sandro ist der Vater meiner Tochter!«

»Deine Tochter ist meine Nichte. Wir kümmern uns um die Kleine, nicht wahr, Josefine?«

Josefine nickte schnell und wünschte, der Boden würde sich auftun. Familienstreit machte ihr eine Heidenangst.

Wütend sprang Ilka auf. »Kümmern, ja? So wie deine Mutter sich kümmern wollte? So ein widerlicher Kuhhandel! Kümmern, ja?«

Josefine hörte Rainalds Antwort nicht. Die Türglocke schrillte Sturm und gab ihr einen willkommenen Anlass zum Rückzug. Vor der Haustür standen vier Polizisten in Uniform. Ob Sandro Alandt und Ilka Alandt zu Hause seien? Als die Polizisten sich an Josefine vorbei in die Küche drängten, sank Ilka leichenblass auf den Stuhl zurück. Eine Polizistin blieb bei ihr, die drei übrigen Beamten schwärmten auf den Hof aus. Rainald schrie auf die Polizistin ein und erhielt keine Antworten auf die Fragen, was man seiner Schwester vorwerfe. Ilka hingegen schien sich in sich selbst zu verkriechen. Josefine schlich auf den Hof hinaus. Dort erwartete sie ein ziemlicher Lärm, denn aus der Rumpelkammer war Sandros verzweifelte Gegenwehr zu hören und Abraxas bellte wie wild. Die drei Polizisten, die Sandro ins Freie zerrten, hatten alle Hände voll zu tun. Sandro führte sich auf, als ginge es um sein Leben. In diesem Moment stürmte Rainald in den Hof, um den

Hund zurückzuhalten, der den Polizisten an die Beine gehen wollte.

Josefine floh ins Nachbarhaus. Sie rannte die Treppe hinauf und tastete im Laufen nach dem Schlüssel von Michaelas Wohnung, den sie noch in der Hosentasche hatte. Hastig schloss sie auf und warf die Tür hinter sich zu. Sandros irrsinnige Schreie hatten ihr Angst gemacht. Offensichtlich schnappte er tatsächlich über! Außerdem hatte Rainald seinen im Polizeigriff wehrlosen Schwager so merkwürdig angeschaut. Mit einem gewissen Triumph in den Augen, der ihr nicht geheuer war. Sie ging ins Schlafzimmer, dessen Fenster zur Straße wies. Vorsichtig schob sie die Gardine beiseite und schaute zu, wie Sandro und Ilka getrennt in zwei Polizeiwagen gesetzt wurden, die gleich darauf abrauschten.

Verwirrt ließ sich Josefine auf dem Bett nieder. Was sollte diese Verhaftung? Was warf man Sandro und Ilka vor? Sie schaute sich im Raum um, der ihr fremd war und den sie während ihres kurzen Exils gemieden hatte. Das Schlafzimmer schien von den Gedanken und Erinnerungen der Verstorbenen erfüllt zu sein. Über der Stuhllehne hingen noch ihre Hose und Bluse. Rainald hatte es nicht übers Herz gebracht, die Kleidung fortzuräumen und die Bettwäsche abzuziehen. Trotz ihres Unbehagens blieb Josefine sitzen und strich über Laken und Bettdecke, zwischen denen Michaela geschlafen und geträumt hatte. Dabei stießen ihre Finger gegen etwas Flaches. Staunend zog sie einen großen weißen Briefumschlag hervor. Er war nicht zugeklebt, drinnen befanden sich zwei beschriebene Blätter. Die Handschrift passte zu der Briefkarte, die bei dem Geschenk gelegen hatte, und war demnach die von Michaela. Zu gern hätte Josefine die vielen langen Sätze gelesen. Wer mochte den Umschlag im

Bett versteckt haben? Michaela selbst? Wieso hätte sie das tun sollen? Oder war es Rainald gewesen? In ihrem Kopf überschlugen sich die Gedanken. Nur eins war ihr klar: Sie sollte Rainald die beiden Blätter nicht geben, bevor sie nicht wusste, was Michaela aufgeschrieben hatte.

Sie nahm den Fund mit und flitzte aus der Wohnung. Im Dachgeschoss klingelte sie bei Mieke in der Hoffnung, sie wäre zu Hause, obwohl der Kombi nicht im Hof stand. Ihr Freund könnte den Wagen genommen haben. Leider öffnete niemand. Josefine wollte ihre Entdeckung gerade zurückbringen, als sie Rainald im Treppenhaus nach ihr rufen hörte. Wohin damit? Hastig sah sie sich um, verwarf Blumenkübel und den Schirmständer als geeignete Verstecke und schob, als Rainalds Schritte näher kamen, den Umschlag kurz entschlossen unter Miekes Tür hindurch.

43

Norma hielt auf der B 455 für einige Kilometer auf das Wiesbadener Zentrum zu. Als auf die Ackerflächen dicht bebautes Gelände folgte, bog sie in den Siegfriedring ab, dessen üppig begrünter Straßenrand ahnen ließ, auf welch weitläufiger Fläche sich parallel dazu einer der bedeutendsten Wiesbadener Friedhöfe ausbreitete. Normas Ziel war das Hessische Landeskriminalamt, eine der zahlreichen Behörden im Areal südwestlich des historischen Rheingauviertels, ein wahres Konglomerat der Amtssitze. Die Biebricher Allee, in deren Seitenstraße sich das Reisebüro befand, das Jorinde Chernys Nachbar erwähnt hatte, lag zwar nicht unmittelbar auf der Strecke, doch es war den kurzen Abstecher wert. Vielleicht wusste ein Mitarbeiter, wie und wo Jorinde Cherny zu erreichen wäre.

In einer Nebenstraße war eine Parkbucht frei. Das Reisebüro war im Parterre einer Jugendstilvilla untergebracht. Fünf großzügige Sandsteinstufen führten zu einer mit floralen Elementen verzierten Eichenholztür hinauf. Die Dame am Empfang – zartgliedrig, mit flotter Grauhaarfrisur und gescheitem Blick hinter der modischen Brille – entpuppte sich als Jorinde Cherny persönlich. Sie sei wegen eines erkrankten Kollegen früher als geplant aus Aachen zurückgekommen, erklärte sie auf Normas Nachfrage. Womit sie behilflich sein könne?

Als Norma auf den Welpen zu sprechen kam, verschloss sich Jorinde Chernys Gesichtsausdruck. Es kostete Norma einiges Geschick, die Dame von ihren seriösen Absichten zu überzeugen. Zum Glück konnte sie frei reden, denn außer ihnen beiden war niemand anwesend. Allmählich taute Jorinde Cherny auf. Sie habe Unglaubliches durchgemacht, erklärte sie und tupfte sich Tränen aus den Augenwinkeln. Zuerst die Sorgen um den sich so seltsam verhaltenden Hund und schließlich ihr Entsetzen, als feststand, dass er an Tollwut erkrankt war.

»Ich hatte mehr Glück als Verstand«, bekannte sie seufzend. »Der Kleine war außergewöhnlich scheu. Deswegen habe ich ihn in Ruhe gelassen. Er hat mich nicht gebissen. Ich hatte nicht einmal eine Schramme. Später wurde ich vorsorglich geimpft. Selbst wenn ich verletzt gewesen wäre, hätte die nachträgliche Impfung gewirkt. Die Vorstellung jedoch, was hätte geschehen können, lässt mich seitdem nicht mehr los.«

Einfühlsam erkundigte sich Norma, wie der Verkauf abgelaufen war.

»Möchten Sie nicht Platz nehmen?«, fragte Jorinde Cherny, als wollte sie Zeit gewinnen. Umständlich hantierte sie mit der Kaffeemaschine und brachte zwei Tassen mit schwarzem Kaffee zu einer Sitzecke bestehend aus drei Freischwingern und einem Bistrotisch, auf dem eine Zuckerdose, Süßstoff und ein Schälchen mit Kondensmilchdöschen bereitstanden. Norma fühlte sich um Jahrzehnte zurückversetzt und beschloss, den Kaffee lieber schwarz zu trinken.

Jorinde Cherny setzte sich gegenüber und begann, Wort für Wort abwägend, zu erzählen. Sie müsse mit Milli beginnen, einer Foxterrierhündin, die 14 Jahre lang an ihrer Seite gewesen sei. Eine treue Begleiterin auch im Büro, bis sie im Frühjahr eines Mittags tot im Körbchen gelegen habe. Altersschwäche, ein sanfter Tod, so schien es, und ein schwerer Verlust. Jorinde Cherny griff zum Taschentuch und tupfte ihre Tränen ab. »Kennen Sie den Tierfriedhof?«

»Hier in Wiesbaden?«, entgegnete Norma überrascht. »Nein, von einem Tierfriedhof weiß ich nichts.«

»Er liegt in der Nähe des Südfriedhofs.« Mit leichtem Lächeln fügte Jorinde Cherny hinzu: »Der Südfriedhof ist Ihnen sicherlich bekannt?«

Norma gab das Lächeln zurück. »Ich bin soeben daran vorbeigefahren. Und auf dem Tierfriedhof liegt Milli begraben?«

»In einem Erdgrab«, bestätigte die Reisekauffrau. »An

freien Nachmittagen besuche ich sie dort, das gibt mir Trost. Ich lasse das Auto in der Nähe des Südfriedhofs stehen und mache einen Spaziergang zum Tierfriedhof.«

»Wurde Ihnen der Welpe auf dem Tierfriedhof angeboten?«

»Nein«, widersprach Jorinde Cherny. »Ich war bereits zurück am Auto. Vielleicht hat er mich beobachtet und wusste, dass ich ein Tier verloren habe. Vielleicht hat er es einfach auf gut Glück versucht. Auf jeden Fall stand plötzlich dieser Mann hinter mir. Ich bin richtig erschrocken.«

»Und der Welpe?«

»Der Mann hielt den Kleinen grob unter den Arm geklemmt. Der Hund wimmerte, es war nicht auszuhalten. Er hat auf mich eingeredet, mir das winselnde Tier vor die Nase gehalten. 100 Euro wollte er haben. 80 Euro und 85 Cent hatte ich im Geldbeutel. Darauf haben wir uns schließlich geeinigt.« Sie deutete auf die Tasse. »Trinken Sie Ihren Kaffee, Frau Tann. Etwas Gebäck?«

Aus einer Schublade zauberte die Dame ein Schüsselchen hervor. Aus Höflichkeit nahm Norma einen Schluck des bitteren Gebräus und knabberte einen übersüßen Keks.

»Selbstredend war das naiv!«, bekannte Jorinde Cherny offen. »Oder nennen wir es dumm, fahrlässig, kindisch. Ich weiß, auf so einen windigen Handel lässt man sich nicht ein. Von mir selbst hätte ich das am wenigsten erwartet. Aber der Welpe tat mir dermaßen leid. Ich hatte Sorge, der Kerl würde das Hündchen, wenn ich es nicht nehme, totschlagen oder im Rhein ertränken.«

»War der Mann mit dem Auto gekommen?«

»Der Parkplatz war gut belegt. Schon möglich, dass einer der Wagen ihm gehörte. Darauf habe ich nicht geachtet.«

»Welche Fahrzeuge standen dort? Nur Pkw?«

Jorinde Cherny stützte den Kopf in die Hände. »Wenn ich so überlege, war ein kleiner Lastwagen vom Straßenbauamt dabei. Ein Motorrad, wenn ich mich nicht irre. Und ein Kastenwagen wie von der Post.«

»Also in Gelb?«, vergewisserte sich Norma.

»Nein, die Form war wie bei einem Postauto. Die Farbe war Dunkelblau.«

»Erinnern Sie sich an das Kennzeichen?«

»Nein, das hätte ich aus der Entfernung gar nicht lesen können.«

»Was ist Ihnen an dem Mann aufgefallen?«

Die Erklärung kam ohne längeres Nachdenken, als wäre Jorinde sie in Gedanken öfter durchgegangen. »Alter Mitte 30, schätze ich. Schlank, mittelgroß. Er trug Jeans, weiße Sportschuhe mit dicker Sohle und eine Lederweste. Seine nackten Arme waren muskelbepackt.«

»Und die Stimme?«

»Leise, sanft beinahe. Er sprach hochdeutsch mit minimalem Akzent. Etwas Östliches, denke ich.«

Norma zog ihr Smartphone aus der Tasche und öffnete einen Ordner mit den Fotos, die sie nach dem Hundeangriff auf Rainald und in den Tagen danach heimlich geschossen hatte. Mit Ilka Alandt machte sie den Anfang. »Kennen Sie diese Frau?«

Jorinde Cherny schaute aufmerksam hin und schüttelte den Kopf. »Nie gesehen.«

»Und diese beiden Männer?«

Weder Sandro Alandt noch Rainald Prüsse kamen Jorinde bekannt vor. Der Schnappschuss von Bodo hingegen erwies sich als Volltreffer.

»Der war es«, sagte die Reisekauffrau entschieden. »Was fangen Sie mit der Information an?«

»Ich leite die Neuigkeit an die Polizei weiter. Man wird deswegen auf Sie zukommen. Ist das in Ordnung?«

»Keine Frage, ich helfe, wo ich kann.«

Norma stand auf und bedankte sich für die Offenheit. »Noch eine Bitte. Besitzen Sie ein Foto des Welpen?«

»Aber ja! Mein Lieblingsbild hatte ich als Bildschirmschoner eingerichtet und später wieder geändert. Möchten Sie das Foto sehen?«

Jorinde Cherny erhob sich und trat an einen Schreibtisch heran. Norma sah ihr über die Schulter. Nach wenigen Mausklicks füllte sich der Bildschirm mit dem Abbild eines weißen Welpen mit lockigem Fell.

Norma bat Jorinde Cherny, ihr das Foto per Mail zu schicken. »Möchten Sie wieder einen Hund haben?«

»Ohne Hund fehlt mir etwas. Dieses Mal gehe ich die Anschaffung planvoller an. Ich war bei sehr netten Hundezüchtern in Erbenheim. Ich bekomme einen Welpen aus dem nächsten Wurf, ein Italienisches Windspiel ›von der alten Weide‹.«

»Von Barbara Seeborn also. Bestimmt eine gute Wahl!«

»Ach, Sie kennen die Familie und die Hunde?«, freute sich Jorinde Cherny und begleitete Norma zur Tür.

Norma nickte fröhlich und winkte zum Abschied. Zurück im Wagen, rief Norma Milano an. »Wie läuft es bei euch?«

Milano grunzte zufrieden ins Telefon. »Sandro und Ilka Alandt sind jetzt im Präsidium und werden von den Kollegen vernommen. Sie gibt alles zu, und er redet wirres Zeug.«

»Aus taktischen Gründen?«

»Taktisch denkt der Typ nicht. Mir scheint, der tickt nicht ganz richtig. Ist er immer so?«

»So gut kenne ich ihn nicht, aber nach meinem Eindruck hat er sich verändert«, entgegnete Norma und fragte nach Josefine und Rainald Prüsse. Die Familienangehörigen seien zu Hause gewesen, als Alandt festgenommen wurde, wusste Milano von den Kollegen. Alandt habe sich aufgeführt wie ein Berserker.

»Übrigens, die Dame mit dem tollwütigen Welpen hat Bodo auf einem Foto wiedererkannt. Er hat ihr den Hund verkauft.«

»Damit wird meine Anfrage in der Slowakei höchst offiziell«, sagte Milano zufrieden und versprach, sich um alles Weitere zu kümmern.

Normas nächster Besuch galt Timon. Sie rief ihn an, als sie bereits zum LKA gefahren war und dort auf dem Parkplatz stand. Er sei auf dem Weg zu einem verspäteten Mittagessen, sagte er, und holte sie im Foyer ab. Auf dem Weg in die Kantine bat er sie in einen ruhigen Seitengang.

»Was ist?«, fragte sie verwundert.

Er nahm sie fest in die Arme. Sie spürte seine Lippen an ihrem Ohr. »Du hast mir gefehlt, Norma.«

»Es war nur ein einzige Nacht«, sagte sie lächelnd.

»Eine verdammt einsame Nacht mit nichts als DNA-Proben und Faserspuren.«

»Und wo war deine patente Praktikantin?«, neckte sie ihn.

»Hat mich im Stich gelassen und ist bis jetzt nicht aufgetaucht.«

Norma löste sich aus der Umarmung. »Sie kann Kempo, wusstest du das?«

»Das mit den Stöcken?«

Sie rieb sich den Nacken. »Eher etwas mit harten Griffen.«

Erschrocken sah er sie an. »Sag bloß, ihr beide seid aneinandergeraten?«

»Nicht deinetwegen! Bilde dir bloß nichts ein.«

»Hast du Hunger?«

»Wie ein Wolf!«

Beim Essen fasste sie zusammen, auf welche Weise sie auf Angelique getroffen war und was sich anschließend ereignet hatte. Dabei fiel auch der Name Dr. Nemenz. »Angelique hätte liebend gern dich als Retter der Hundebabys erlebt.«

Timon schmunzelte. »Zu viel der Ehre!«

Norma beendete ihren Bericht mit der Nachricht, der Verkäufer des Tollwut-Welpens sei identifiziert.

Timon hob gratulierend sein Wasserglas. »Meinen Glückwunsch, Norma! Der Fall ist gelöst und das Welpenhändlernest ausgeräumt. Wenn dieser Bodo gefasst ist, bricht das Transportnetz zusammen. Genieße deinen Erfolg!«

Sie stießen an.

»Soll ich mich darüber freuen?«, überlegte Norma laut. »Klar bin ich erleichtert. Die Welpen aus der Scheune sind beim Tierschutz bestens aufgehoben und werden in gute Hände vermittelt. Sandro und Ilka droht ein Gerichtsverfahren mit einer Strafe, die milder ausfallen wird, als es mir recht sein könnte. Hoffentlich dämpft das trotzdem ihre kriminelle Energie. Doch das ist nur ein Tropfen auf dem heißen Stein. Der Welpenhandel wird weitergehen. Bodo und die Alandts sind nicht allein in dem schmutzigen Geschäft.«

Timon suchte ihren Blick. »Ist es nicht immer so? Ich schlage mir die Nacht um die Ohren, damit eine Handvoll Serieneinbrecher festgehalten werden kann. Obwohl wir alle wissen, dass schon die nächsten bösen Buben rekrutiert sind, um die Reihe wieder aufzufüllen. Trotzdem werde ich immer weitermachen.«

Liebevoll sah sie in sein müdes Gesicht. »Natürlich hast du recht. Steter Tropfen höhlt den Stein. Aufgeben gilt nicht.«

Das Smartphone in Normas Handtasche gab einen Signalton von sich. Sie nahm das Gerät heraus.

»Etwas Wichtiges?«, fragte Timon.

»Jorinde Cherny hat ein Bild geschickt.« Norma öffnete den Anhang der E-Mail.

Timon betrachtete das Foto des weißen Welpen. »Niedliches Kerlchen! Wer könnte ahnen, dass er eine tödliche Gefahr ist. Warum hat Bodo den Hund auf der Straße verhökert? Das ist ein ziemlich umständliches Geschäftsmodell.«

»So ein Verkauf wird die Ausnahme gewesen sein. Ich nehme an, Bodo hat eine Gruppe Welpen an Sandro geliefert, und Sandro wollte diesen einen Hund nicht kaufen. Der Welpe war außergewöhnlich scheu, sagt Jorinde Cherny. Also musste Bodo ihn anderweitig loswerden.«

»Vielleicht ein Wildfang? Ein kleiner Streuner?«, überlegte Timon. »Das würde die Tollwut erklären. Vermutlich war seine Mutter infiziert, durch einen anderen Streuner oder einen Fuchs, und hat ihn angesteckt. Was hast du jetzt vor, Norma?«

»Ich möchte mit Juliane Sahling sprechen«, sagte sie. »Sie sollte bald erfahren, dass die Alandts überführt sind. Abgesehen davon gibt es noch eine offene Frage!«

Timon hob entschuldigend die Hände. »Die Fingerabdrücke vom Notfallset! Ich habe sie nicht vergessen und kümmere mich heute Nachmittag darum, versprochen!«

Ob sie sich am Abend nicht auf dem Weinfest treffen wollten?, fragte er, als er Norma schließlich zum Ausgang begleitete. Sie stimmte gern zu, obwohl sie sich seltsam ernüchtert fühlte. Angesichts des Erfolgs hätte sich ein zartes Gefühl des Triumphs durchaus einstellen dürfen. Doch davon spürte sie nichts. Stattdessen fühlte sie sich erschöpft. Als sie in Naurod eintraf, war niemand zu Hause bis auf Abraxas, der sie winselnd mit der Schnauze anstupste.

Sie kraulte seine ergraute Stirn. »Dich werde ich vermissen, mein Alter!«

Oben in der Wohnung wartete der nächste Vierbeiner auf sie. Wie eine Sphinx thronte Leopold im Flur, mittig platziert auf einem weißen Umschlag im DIN-A-4-Format, den jemand unter der Tür durchgeschoben haben musste, und erhob sich nur unwillig. Neugierig zog Norma zwei eng beschriebene Blätter aus dem Kuvert. Die Schrift kam ihr bekannt vor.

44

Nachdem sie Michaelas Aufzeichnungen zwei Mal von vorn bis hinten gelesen hatte, blieb Norma nachdenklich am Esstisch sitzen. Es war der Entwurf eines Vertrags, mit dem Michaela ihren Besitz auf neue Weise zu verteilen gedachte, und dies offensichtlich in der Absicht, die Vereinbarungen notariell beglaubigen zu lassen. Name und Adresse eines Wiesbadener Notars hatte sie dem Schreiben angeheftet. Josefine musste den Umschlag unter der Tür durchgeschoben haben – ohne die geringste Vorstellung von Michaelas Absichten.

Mitten in ihre Überlegungen hinein rief Timon an. »Ich habe die Fingerabdrücke verglichen. Halte dich fest!«

»Ich sitze schon! Außerdem kann mich jetzt nichts mehr überraschen.«

»Weshalb?«

»Das erkläre ich dir gleich«, sagte Norma schnell. »Erst die Fingerspuren!«

Außen auf dem Behälter seien die Abdrücke verschiedener Personen nachzuweisen, erklärte Timon und verfiel in Kriminalistenjargon. Wirklich interessant sei, wer innerhalb des Etuis Ampulle, Spritze und Kanüle berührt habe.

»Michaela?«, fragte Norma erwartungsvoll.

»Michaela hat das Set nicht geöffnet«, erklärte Timon.

»Mach es nicht so spannend.«

»Es kommt hier nicht nur darauf an, wer in das Etui hineingegriffen hat«, erklärte Timon, von Normas Ungeduld ungerührt. »Ebenso entscheidend ist die Erkenntnis, wer es zuerst tat und wer zuletzt.«

Unwillkürlich war Norma vom Stuhl aufgesprungen. »Sag bloß, du konntest die Reihenfolge eindeutig feststellen?«

»Die Daktyloskopie ist nicht ohne Grund mein Spezialgebiet.«

»Angeber«, kommentierte Norma beeindruckt und verlangte: »Jetzt raus mit der Sprache!«

Was sie zu hören bekam, überraschte sie nicht mehr. Es passte zu Michaelas Schreiben, das sie in wenigen Sätzen für Timon zusammenfasste.

Im Telefon war ein Zischen zu hören, als würde er durch die Zähne pfeifen. »So fügt sich ein Detail zum anderen.«

»Weißt du etwas Neues über die Alandts?«

Er habe eben erst mit Milano und Wolfert gesprochen. Konfrontiert mit den gefälschten Pässen und Listen über Welpenlieferungen, die man in der Scheune gefunden hatte, sei Ilka geständig, Sandro hingegen alles andere als kooperativ gewesen.

»Wann lässt man sie gehen?«, fragte Norma.

»Noch heute Abend. Bis zum Gerichtsverfahren bleiben sie auf freiem Fuß. Was danach kommt, liegt bei den Richtern. Zum Glück wissen die Alandts nichts von deiner Rolle in dem Spiel, Norma. Alandt scheint kein besonders netter Zeitgenosse zu sein.«

»Für die Nauroder bin ich die harmlose Mieke«, beruhigte sie ihn. »Was ist mit Bodo?«

»Nach ihm wird in der Slowakei gefahndet.«

»Gut so«, sagte Norma erleichtert. »Wir sehen uns auf dem Weinfest. Bis später!«

45

Die 20-minütige Fahrt vom Polizeipräsidium Westhessen am Konrad-Adenauer-Ring nach Naurod verlief schweigend. Sandro hatte nicht auf den Bus warten wollen und lieber ein Taxi bestellt. Nun saß Ilka wie eingefroren neben ihm auf der Rückbank und schien völlig mitgenommen vom überfallartigen Geschehen und der aufdringlichen Fragerei. Im Haus empfing sie eine friedliche Ruhe. Rainald war nicht da, und auch der Rauschgoldengel verschonte sie mit seiner trotteligen Anwesenheit. Sandro fühlte sich zugleich todmüde und aufgewühlt. Sein rechter Arm und sein rechtes Bein schmerzten wie bei einem heftigen Muskelkater.

»Kein Wunder«, schlussfolgerte Ilka, als er sich über seinen Zustand beklagte. »So grob wie dich die Polizei abgeführt hat, muss dir alles wehtun. Anzeigen sollte man diese Menschenschinder.«

Wütend ereiferte sie sich über das Benehmen der Polizisten. Er sparte sich die Erklärung, dass ihn die Schmerzen seit dem frühen Morgen quälten.

»Wir brauchen einen Rechtsanwalt«, beschloss Ilka, während sie in den Küchenschubladen nach Schmerztabletten wühlte. »Man darf uns nicht einfach die Welpen wegnehmen! Und gegen meinen Willen an meinen Computer gehen!«

Im Lauf des Nachmittags war sie mit einem Streifenwagen nach Hause gebracht worden, um den Ermittlern den Rechner sowie allerhand Unterlagen auszuhändigen, und anschließend in den Vernehmungsraum zurückgebracht worden.

»Die dürfen noch ganz andere Sachen«, murrte Sandro. »Uns einsperren, zum Beispiel. Weil du alles ausgeplaudert hast.«

»Ich habe nur zugegeben, was sie sowieso wussten«, verteidigte sich Ilka giftig. »Frag du dich lieber, wie man uns auf die Schliche gekommen ist.«

»Keine Ahnung«, entgegnete Sandro matt und rieb sich den zwickenden Arm.

Endlich hatte Ilka das Medikament aufgestöbert und drückte eine Tablette aus der Folie heraus, die sie Sandro mit einem Glas Wasser reichte. Er legte sich die Pille auf die Zunge und griff nach dem Glas. Kaum hatte er den ersten Schluck im Mund, musste er würgen und befürchtete zu ersticken, sodass er aufsprang und das Wasser mitsamt der Pille in die Küchenspüle spuckte.

»Hast du dich verschluckt?«, fragte Ilka verwundert und pulte eine zweite Tablette aus der Verpackung.

Auch der nächste Versuch endete im Spülbecken. Er bekam keinen Schluck herunter. Allein das Glas in der Hand bereitete ihm Unbehagen. Mit Apfelsaft und Most ging es nicht besser. Sobald sich das Glas auf den Mund zubewegte, blieb ihm die Luft weg. Gleichermaßen verwirrt und angewidert, versuchte er, die Tablette trocken herunterzuschlucken, was ihm gelang, wenn auch ein Teil davon bitter und körnig am Gaumen kleben blieb.

»Rainald hat mich vergiftet, daher kommt das«, beschwerte er sich wütend. »Erst hat er mich niedergeschlagen und mir anschließend Gift eingeflößt.«

Wie stets fühlte sie sich getrieben, ihren Bruder in Schutz zu nehmen. »Du hast ihn in der Rumpelkammer angegriffen, Sandro! Rainald hat sich nur gewehrt.«

»Aber das mit dem Gift stimmt! Ich war halb zu mir gekommen, als er mir was in den Mund tropfte, das ekelhaft schmeckte.«

Ilka war nicht überzeugt. »Warum erzählst du mir davon erst jetzt?«

Es sei ihm erst wieder eingefallen, als er in Rainalds Abstellkammer nach einem Stück Draht gesucht habe. »Da ging mir die Erinnerung wie ein Blitz durch den Kopf.«

Kopfschüttelnd betrachtete Ilka ihn und verließ die

Küche, während Sandro erschöpft am Küchentisch hocken blieb.

Eine halbe Stunde später kehrte sie mit frisch geföhntem Haar zurück. »Eine Dusche würde auch dir guttun«, empfahl sie ihm.

Doch im Bad erging es ihm wie mit dem Wasserglas. Der Griff zum Wasserhahn löste einen Brechreiz aus. Sandro blieb verschwitzt, wie er war, schnappte sich den Autoschlüssel und eilte zur Haustür.

Aufgescheucht rannte Ilka ihm nach. »Wo willst du hin?«

»Den mache ich fertig«, fauchte Sandro. »Dem schlage ich den Schädel ein!«

Sie stellte sich ihm in den Weg. »Lass meinen Bruder in Ruhe! Sonst …«

»Sonst … was?«, brüllte er und machte Anstalten, sie beiseitezuschieben, ohne sich um das Stechen im Arm zu kümmern.

Ilka trumpfte auf. »Sonst sage ich der Polizei, was du Michaela angetan hast!«

Sandro ließ die Arme sinken. Wann endlich wirkte die verfluchte Pille? Der Arm wurde besser, aber im Oberschenkel brannten die Muskeln.

Schlimmer als die Schmerzen war jedoch Ilkas Vorwurf, den sie ihm entgegenschleuderte: »Du hast Michaela auf dem Gewissen!«

Sandro fuhr sich mit der linken Hand an die Schläfe, hinter der sich zu allem Überfluss auch noch Kopfschmerzen einstellten. Die unverhoffte Verhaftung, die demütigenden Vernehmungen und nun auch noch Ilkas Erkenntnisse über Michaelas Ende: zu viel für einen einzigen vermaledeiten Tag.

Die eigene Stimme klang ihm schleppend und fremd

im Ohr, als er bekannte: »Ich habe es für uns getan. Für unser Kind. Und du, Ilka, bist genauso schuld daran, dass sie tot ist.«

Ilka wich in den Flur zurück, mit Angst in den Augen. »Wie meinst du das? Was soll ich getan haben?«

»Du bist doch zu mir gekommen! Du hast dich beschwert über Michaela. Warst wütend auf sie! Wäre ich sonst zu ihr hochgegangen? Plauder nur alles aus. Dann werde ich der Polizei sagen, dass du mich angestiftet hast. Erst sollte Michaela sterben, dann Rainald.«

»Rainald? Wieso?«, stammelte Ilka.

»Du hast Bruce in Rainalds Büro gesperrt. Du hast das getan!«

»Wie kannst du das behaupten?«, schrie sie panisch. »Das war ich nicht.«

»Ts, ts, ts«, machte er kopfschüttelnd. »Aus lauter Habgier, weil du deinen Bruder beerben willst und scharf auf den Hof bist.«

»Ich war das nicht!«, wiederholte Ilka außer sich.

Beinahe tat sie ihm leid. Doch er musste diese Härte zeigen, damit sie der Polizei keinen Floh ins Ohr setzte. »Das nennt man Aussage gegen Aussage. Wenn du nur eine Sekunde an unsere Tochter denken würdest! Wie kannst du mir unterstellen, ich hätte Michaela auf dem Gewissen?«

»Vergiss, was ich gesagt habe«, bettelte sie.

Mit Nachdruck legte er den Arm um sie, die brennenden Stiche ignorierend. »Wir vergessen beide, was wir gesagt haben. Ich muss los!«

Er wusste, wo er suchen musste. Rainald hatte laut herumgetönt, er wolle Fotos von seinem Engel in der Stadtbahn bei voller Fahrt schießen. In seiner Hast bemerkte Sandro Ilkas Limousine nicht, die seinem Transporter folgte. Bei jedem Griff zum Schalthebel, bei jedem Tritt auf das Gas knurrte Sandro vor Schmerz. Bein und Arm wären ein Handicap, wenn es zum Kampf käme, ärgerte er sich. Bis ihm Rainalds geschiente Verletzung in den Sinn kam. Remis!

Und er hatte einen nicht unbedeutenden Vorteil: Das Springmesser lag griffbereit unter dem Fahrersitz.

46

Josefine legte einen höheren Gang ein und steuerte die THermine über die Wilhelmstraße dem Kureck entgegen. Die Waggons waren bis auf den letzten Platz mit launigen Weinfestbesuchern besetzt. Im Rückspiegel sah sie, wie sich die Köpfe nach links den vierstöckigen Bürger- und Geschäftshäusern der eleganten »Rue« zuwandten, bevor alle gemeinsam wie im einstudierten Ballett nach rechts schwenkten, um die Grünanlage des Warmen Damms in Augenschein zu nehmen und mit den Blicken der Wasserfontäne zu folgen, die aus dem Weiher hinauf in den Abendhimmel sprühte. Gleich darauf passierte die Stadtbahn den Westflügel des Staatstheaters und würde nach wenigen Metern in eine Rechtskurve einbiegen. Josefine strich sich das Haar zurück und machte sich bereit, die THermine – mit beiden Händen am Steuer und stolz aufgerichtet – zwischen der jungen Platanenallee und den Theaterkolonnaden dem Kurhaus entgegenzulenken.

Aus den Augenwinkeln schielte sie zur Rasenfläche hinüber. Dort wartete Rainald auf halber Strecke zwischen den geschwungenen Becken der zwillingsgleichen Kaskadenbrunnen. Ausgestattet wie ein Profi richtete er die auf ein Stativ montierte Kamera auf die THermine aus und beugte sich über den Sucher. Noch lag die spätsommerliche Dämmerung über dem Bowling Green. Bei der nächsten Tour wäre bereits die Nacht angebrochen. Kurhaus und Kolonnaden würden dann in festlichem Licht erstrahlen und das Wasser der Kaskadenbrunnen wie flüssiges Silber über die beleuchteten Teller schäumen. Ein Schauspiel, das er mit der Kamera einfangen und worin er Josefine und ihre Bahn einbinden wollte. Der Gedanke an die fantastischen Aufnahmen ließ Josefines Herz höher schlagen. Wenn die Geschwister nicht zu ihr kamen, ginge sie eben mit den Fotos zu ihnen. Rainalds Winken gab ihr zu verstehen, dass er sich an den Plan halten und die nächste Runde für eine neue Fotoserie abwarten würde. Erwartungsvoll setzte Josefine die Fahrt fort, bis sich die Stadtbahn wieder dem Ausgangspunkt auf dem Dern'schen Gelände näherte.

Am Nachmittag war das Weinfest feierlich eröffnet worden. Dank des hochsommerlichen Wetters drängten sich auf den Plätzen vor dem Stadtschloss und rund um die Marktkirche die Besucher. Ein Winzerausschank reihte sich an den anderen, und dazwischen waren Tische und Bänke aufgebaut, auf denen die Menschen ebenso unbekümmert zusammenrückten wie auf dem weitläufigen Gelände zwischen Stadtschloss und Marktkirche. Zügig fuhr Josefine an der

Marktkirche vorbei, deren rote Backsteintürme sich wie auf einem Postkartenmotiv gegen den dunkelblauen Nachthimmel abzeichneten. Schon kam die Endhaltestelle in Sicht. Die lange Schlange neuer Fahrgäste verwunderte Josefine nicht. Wegen der großen Nachfrage war sogar die zweite Lok, die blau-weiß-gelbe Lili, im Einsatz. Was Josefine jedoch verblüffte, war der Mann, der sich ungestüm einen Weg durch die Gruppe bahnte und sich an den Kopf der Schlange stellte. Mit ihm als Fahrgast hätte sie zuallerletzt gerechnet, aber warum nicht? Mit gewinnendem Lächeln hielt Josefine auf Sandro zu.

47

Wenige Minuten zuvor hatte Norma sich zwischen den Besuchern hindurchgeschlängelt, die sich im Gänsemarsch durch die Menge schoben oder in Trauben die Weinstände umlagerten. Nach dem langen, aufregenden Tag freute sie sich auf Timon, der auf dem Dern'schen Gelände wartete. Die Bude seines Lieblingswinzers stand zum Glück im ruhigeren Randbereich, wo Timon sich deutlich wohler fühlte als mittendrin im Trubel.

Er empfing Norma mit einem Gläschen kühlen Rheingauer Rieslings. »Den hast du dir verdient. Lass ihn dir schmecken.«

Norma hielt die Nase über das Glas und erschnupperte die fruchtigen Aromen, bevor sie den ersten Schluck kostete.

»Wie ist der Wein?«, fragte Timon interessiert.

»Vorzüglich!« Sie nippte zum zweiten Mal daran. Zu mehr sollte sie nicht kommen, denn ihr Handy rumorte in der Tasche. Milano!

»Was gibt's, Luigi?«, fragte sie gespannt und darum bemüht, den Apparat gegen das Stimmengewirr mit der Hand abzuschirmen.

»Ich habe Infos von Nadia«, berichtete er zufrieden. »Die slowakischen Kollegen haben Bodo geschnappt. Er hat ausgepackt und Namen genannt. Sandro Alandt war sein bester Kunde und der einzige in Wiesbaden. Außerdem hat er zugegeben, einer Frau in der Nähe des Südfriedhofs den weißen Welpen verkauft zu haben. Von der Tollwutinfektion habe er nichts geahnt, behauptet er. Was vermutlich stimmt. Vor Schreck sei er kreidebleich geworden, sagt Nadia.«

»Kann ich nachvollziehen! Danke, Luigi!«

Auf der Bühne setzte Musik ein. Der Sänger stimmte einen Song von Jimi Hendrix an, »The Wind cries Mary«, und es klang gar nicht mal schlecht.

Norma spitzte die Ohren, um Milanos von den Umgebungsgeräuschen übertönte Stimme zu hören. Sandro Alandt sei überzeugt, Rainald Prüsse habe ihn vergiftet, entnahm sie seinen Worten. »Der hat einen ziemlichen Hass auf Prüsse, meinen die Kollegen, die ihn vernommen haben. Sag mal, was ist das für ein Lärm um dich herum?«

»Ich bin mit Timon auf dem Weinfest … Luigi, das gibt's nicht!«

»Norma, was ist?«

»Wenn man vom Teufel spricht! Sandro Alandt schiebt sich soeben hier vorbei! Tschüss, Luigi! Los, Timon!«

Mit Timon auf den Fersen schlängelte sie sich zwischen den Gästen des Nachbarstands hindurch, die dem drängelnden Sandro schimpfend ausgewichen waren. Sandro strebte fort vom Festgelände und bewegte sich auf die Haltestelle der Stadtbahn zu, wobei er seltsam ungeschickt wirkte, als hätte er ein Problem mit dem Laufen. Schon kam die THermine herangezuckelt. Die fröhliche Frau hinter dem Lenkrad war unverkennbar Josefine.

48

Die Ansage vom Band bat die Fahrgäste, sitzen zu bleiben, bis ein Pfeifton zu hören sei. Josefine hatte die Bahn kaum zum Stehen gebracht, als Sandro heranhumpelte. Was mochte mit seinem Bein los sein? Dass er nicht wie ein normaler Gast mitfahren wollte, begriff sie, als er die Tür der Lok wild ruckelnd aufriss und sich in die Fahrerkabine hineindrängte. Eine strenge Schweißwolke begleitete ihn, und sein unsteter, flackernder Blick erschreckte sie.

»Wo ist Rainald? Sag's mir!«, herrschte er sie an. Seine Aussprache war undeutlich, als hätte er getrunken.

»Auf dem Bowling Green«, platzte sie überrumpelt heraus. »Was ist mit deinem Bein?«

»Kann vor Schmerzen nicht laufen. Du fährst mich hin! Sofort!«

»Ich muss die Leute rauslassen! Warte!« Mit flinkem Griff drückte sie die Pfeiftontaste. Die Gäste begannen, aus den Waggons zu klettern.

»Was soll das?«, fauchte Sandro. »Mach das aus! Fahr los!«

»Es pfeift, damit … die Leute … aussteigen«, erklärte Josefine stotternd.

»Los jetzt!«, zischte er ungehalten.

»Aber die Gäste …!«

Er griff in die Hosentasche und zog ein Messer heraus. Die handlange Klinge, die drohend aufblitzte, richtete er direkt auf Josefines Kehle.

»Gib Gas!«, schnaufte Sandro schwer atmend und drückte ihr die Messerspitze in die Haut. Es tat weh, und Josefine fühlte etwas Warmes am Hals hinunterrinnen.

»Bring mich zu Rainald!«, verlangte er mitleidslos. »Fahr endlich los!«

Der Dauerton hielt an.

»Die Leute müssen erst raus!«, jammerte Josefine verängstigt.

Ihr Herz schlug wie verrückt. Sandro wirkte völlig übergeschnappt und schien entschlossen, ihr das Messer in den Hals zu rammen.

»Das Mikro«, hauchte sie und streckte zaghaft die Hand aus, um an Sandro vorbei zum Mikrofon zu greifen, was er ihr wider Erwarten erlaubte.

Josefine räusperte sich und verabschiedete sich mit fester Stimme, die sie selbst überraschte, von den verbliebenen Fahrgästen. Nach und nach leerten sich die Wagen. Von dem Überfall hatte niemand etwas mitbekommen.

Bevor die Nächsten einsteigen konnten, verkündete sie über die Lautsprecher: »Die THermine hat jetzt Feierabend. Bitte nehmen Sie die nächste Bahn. Die Lili kommt in wenigen Minuten!«

Überrascht, aber dennoch bereitwillig traten die Leute von den Wagen zurück. Die Türen fielen zu, der Pfeifton verstummte, und Josefine gab Gas. Die Umstehenden wurden unruhig, eine Frau schrie auf.

Im Vorbeifahren hörte Josefine jemanden rufen: »Der Mann hat ein Messer!«

»Schneller!«, blaffte Sandro. »Bring mich zum Bowling Green!«

Mit Vollgas zog die THermine am Dern'schen Gelände entlang. Aus den Augenwinkeln erspähte Josefine Ilka, die ein Stück weit vergeblich versuchte, mit der Bahn Schritt zu halten. Hinter ihr rannten mit einigem Abstand Mieke Lienhop und ihr bezopfter Freund.

»Zu Rainald, zu Rainald!«, lallte Sandro wie in Trance und ließ die Messerspitze über ihren Hals tänzeln.

Mit einer gewagten Linkskurve schleuderte die Bahn in die Friedrichstraße hinein und rauschte bei Gelb über die Ampel. Sie erreichte die Wilhelmstraße und schnurrte auf vertrauter Strecke auf das Kureck zu. Josefine wagte nicht, vom Weg abzuweichen.

Verzeih mir, Liebster! Wie feige ich bin.

Sie hatte Todesangst.

49

Norma hatte gerade noch erkennen können, wie die Lok mit Sandro und Josefine in der Fahrerkabine und den menschenleeren Waggons davonbrauste.

»Messer!«

»Überfall!«

»Polizei!«

»Ein Mann in der Lok!«

Die Worte flogen ihr entgegen. Neben Timon rannte sie der THermine hinterher. Plötzlich tauchte ein Stück vor ihnen Ilka auf. Sie hielt noch kurz mit der Bahn mit, bevor sie kehrtmachte und ihnen entgegeneilte.

Norma und Timon stoppten sie. »Wo ist Rainald?«

Ilka presste sich keuchend die Faust in die Seite. »Das geht Sie gar nichts …«

»Die Kompetenzen klären wir später«, fiel Norma ihr ins Wort. »Rainald ist in Gefahr!«

Ilka schnappte nach Luft. »Ich … wollte … Sandro … aufhalten.«

»25 Kilometer je Stunde sind schneller, als man glaubt. Denken Sie nach! Wo könnte Ihr Bruder sein?«

»Er wollte … die Bahn … fotografieren«, stieß Ilka aus und rang nach Luft. »Vielleicht … vor dem Kurhaus?«

»Nichts wie hin!«, rief Timon. »Schnell, durch die Passage!«

Sie rannten zurück, am Caligari-Kino vorbei und durch eine Einkaufspassage hindurch, die in die »Rue« mündete.

Norma und Timon überquerten die Wilhelmstraße im Laufschritt, Ilka hastete mit Abstand hinterher.

Auf dem Bowling Green erwartete sie ein kurioser Anblick. Die Kleinbahn hatte vor dem ersten Kaskadenbrunnen angehalten. Das Fahrerhaus war leer. Die Szene auf dem Rasen erinnerte Norma an ein modernes Theaterstück wie für die Wiesbadener Maifestspiele. Vor der Kulisse des schäumenden Brunnens und seines großzügig bemessenen flachen Beckens hatten sich Passanten und Besucher des Bowlings Greens eingefunden, die sich zum Publikum berufen fühlten. Rainald stand mit dem Rücken zum Brunnen, und Josefine hielt sich eng an seiner Seite. Ihr Hals war fleckig, als blutete sie. Vor ihnen hatte sich, mit wenigen Schritten Abstand, Sandro Alandt aufgebaut und schwenkte drohend eine armlange Stange: ein mit einem scharfkantigen Haken ausgestattetes Montiereisen, das er in der Fahrerkabine aufgetrieben haben musste. Ohne Vorwarnung ließ er das Eisen mit einem Ausfallschritt auf Rainald niedersausen. Rainald geriet ins Stolpern und hatte sich mit Josefines Hilfe kaum gefangen, als der Schwager zum nächsten Hieb ausholte, dem Rainald nur knapp mit einem Sprung zur Seite entkam.

»Sandro!«, kreischte Ilka und rannte auf den Brunnen zu. »Bist du irregeworden?«

»Das ist für das Gift, Rainald! Ich mache dich alle«, drohte Alandt lautstark und sammelte sich für die nächste Attacke auf Rainald, der den Schlag mit dem geschienten Arm abwehrte und laut aufstöhnte, als die Stange seine Schulter traf. Mit vereinten Kräften zerrten Ilka und Josefine ihn aus Alandts Reichweite.

»Rein ins Wasser!«, rief Norma. »Rettet euch ins Wasser!«

Die Verwunderung in den Gesichtern, wie ihnen das helfen sollte, war im Dämmerlicht eher zu ahnen als zu erkennen. Josefine reagierte als Erste und riss Rainald mit sich, der den Halt verlor und der Länge nach in das Becken kippte. Ilka sprang hinterher, als Sandro in Ermangelung eines anderen Opfers den Eisenprügel gegen sie schwang. In diesem Moment erreichten Norma und Timon den Brunnen von der Rückseite und stelzten durch das Wasser zu den anderen. Der Wasserspiegel war kaum wadenhoch, doch der Untergrund glitschig. Die Verletzungen an Josefines Hals bluteten leicht, wie Norma im Näherkommen erkannte, schienen aber nicht tief zu sein. Rainald, der sich mit klatschnasser Kleidung aufgerappelt hatte, hielt sich mit dem gesunden Arm die getroffene Schulter.

Josefine zitterte und brach in Tränen aus. »Was ist los mit Sandro? Will er uns erschlagen?«

Norma beruhigte sie: »Im Wasser sind wir sicher.«

In der Tat humpelte Sandro mit fünf Schritten Abstand vor der Brunnenmauer auf und ab und schwang angriffslustig das Montiereisen, machte aber keine Anstalten, sich dem Wasser zu nähern.

Von Weitem ertönten Polizeisirenen. Gleich darauf rauschten zwei Streifenwagen mit Blaulicht über die Wilhelmstraße heran und bremsten auf dem Gehsteig. Alandt fuhr nervös herum und ließ das Eisen fallen. Hastig griff er in seine Hosentasche, eine Messerklinge blitzte im Lichtschein auf. Er riss die Arme hoch und setzte die Klinge an sein linkes Handgelenk.

»Die sollen wegbleiben!«, heulte er. »Sonst schneide ich mir die Pulsadern auf!«

Norma stieß Timon an. »Die Polizei muss abwarten. Er meint es ernst.«

»Bleib hier! Ich rede mit den Kollegen«, flüsterte Timon und zog sich mit leisem Plätschern zurück.

In einem Bogen umrundete er Alandt, der ihn nicht beachtete und an seinem Unterarm herumritzte. Erst als das Blaulicht ausgeschaltet worden war, senkte Alandt die Arme und stöhnte erschöpft auf.

»Es ist wegen Michaela«, jammerte Ilka und schlang die Arme um sich, als könnte man im lauwarmen Brunnenwasser ins Frösteln geraten. »Wegen Michaela ist er verrückt geworden. Er verkraftet das nicht!«

»Was verkraftet er nicht?«, fragte Josefine verwirrt.

»Sandro hat Michaela umgebracht«, hauchte Ilka. »Und ich bin an allem Schuld. Michaela hatte mich zu sich gerufen. Sie wollte mir ein Angebot machen.«

»Sandro hat Michaela auf dem Gewissen?«, wiederholte Josefine bestürzt. »Was für ein Angebot? Jetzt rede doch, Ilka!«

Ilka schaute verzweifelt in die Runde, bis ihr Blick an Rainald hängen blieb. »Mein Kind ist das leibliche Enkelkind ihres Mannes, hat Michaela gesagt. Der Hof und das alles stammt aus Rolands Familie. Deswegen ist Rolands Enkel der rechtmäßige Erbe. Sie wollte unbedingt einen Erben. Tut mir leid, Rainald. Von dir hat sie wegen der Trinkerei in der Hinsicht nichts mehr erwartet.«

Rainald schienen die Worte zu fehlen. Er öffnete den Mund und klappte ihn stumm wieder zu.

»Aber Sie wollten nicht auf das Angebot eingehen?«, fragte Norma.

»Michaelas Bedingungen waren unakzeptabel«, erwiderte Ilka zornig.

»Welche Bedingungen?«, fragte Josefine aufgeregt. »Was solltest du dafür tun?«

»Ihr meine Tochter überlassen. Ihre Erziehung und alles andere«, ereiferte sich Ilka. »Mit 18 sollte mein Kind zwar alles bekommen, aber ohne jede Garantie. Michaela hätte die Vereinbarungen jederzeit auflösen können, sobald ihr etwas nicht in den Kram passte. Aber das war nicht das Schlimmste.«

»Sondern? Nun sag schon!«, verlangte Josefine drängend.

»Sie wollte uns Geld geben, damit wir nach der Geburt vom Hof verschwinden, und das Kind sollte bleiben«, empörte sich Ilka. »Sie hat mich verabscheut, daran war ich gewöhnt. Aber dass sie mir zutraute, ich würde mein eigenes Kind verkaufen! So bin ich nicht.«

»Was die Welpen angeht, sind Sie nicht zimperlich«, meldete sich Norma zu Wort, die es an der Zeit fand, offenzulegen, wer sie war. »Mein Name ist Norma Tann. Ich bin Privatdetektivin und habe wegen eines toten Welpen ermittelt. Der kleine Luca von Juliane Sahling. Sie erinnern sich sicher, Frau Alandt!«

»*Sie* haben uns die Polizei auf den Hals gehetzt!«, schloss Ilka folgerichtig.

»Wegen der Hunde müssen Sie sich verantworten«, sagte Norma. »Aber zurück zu Michaela. Was genau passierte an diesem Samstagmittag?«

Ihre wahre Identität hatte Eindruck gemacht.

»Sandro ist voller Zorn zu ihr hoch«, berichtete Ilka bereitwillig. »Da lag sie am Boden, das ausgeschüttete Zuckerwasser neben ihr, und sie verlangte nach dem Notfallset. Sandro hat es ausgepackt und ihr hingeworfen. Sie war schon zu schwach, um es zu benutzen. Er ist runter zu mir und hat mir alles erzählt.«

»Ihr habt sie einfach sterben lassen!«, rief Josefine entsetzt.

Rainald fuhr wasserplatschend herum und beschimpfte Sandro, der die Eisenstange wieder aufgenommen hatte und wie ein gefangener Wolf vor dem Brunnen auf und ab trottete. »Mörder! Du hast meine Mutter getötet!«

»Sie wollte meine Tochter kaufen«, keifte Alandt. »Was für ein widerwärtiger Handel.«

Hinter seinem Rücken näherte sich Timon als langbeiniges Schattenspiel. Von Alandt unbemerkt, erreichte er den Brunnen von der Rückseite.

Timon hielt Norma sein Telefon hin. »Ein Gespräch für dich! Die Einsatzleiterin.«

»Was zum Teufel geschieht dort am Brunnen, Norma?«

»Dorit!«, raunte Norma und flüsterte ihr einen schnellen Bericht zu. »Danke, dass ihr euch zurückhaltet. Ich brauche noch etwas Zeit.«

»Der Rettungswagen steht bereit, und sobald es brenzlig wird, greifen wir ein«, versprach Dorit Rusack. »Wenn du mich sprechen willst, lass dich über die Leitstelle verbinden. Wofür brauchst du Zeit?«

»Für ein Geständnis.«

50

Alandt schien mit jeder Minute an Kraft und Substanz einzubüßen. Mit schwerer Zunge beschuldigte er Rainald erneut, ihm Gift eingeflößt zu haben.

Rainald watete an die Kante heran und fragte hämisch: »Seit wann bist du wasserscheu, Schwager?«

Alandt trat einen halben Schritt vor und wich wieder zurück. Die Reihen Neugieriger, die sich – auf einen sicheren Abstand bedacht – in seinem Rücken aneinanderdrängten, schien er kaum wahrzunehmen. In seinem kantigen Gesicht breitete sich Unverständnis, ja Panik aus. Verstört ließ er das Montiereisen sinken, riss es aber sofort schlagbereit in die Höhe, als Ilka Anstalten machte, aus dem Becken zu steigen.

Fassungslos rang sie die Hände. »Lass dir doch helfen, Sandro!«

»Du wirst dir noch wünschen, dass es nur Gift war!«, höhnte Rainald lautstark.

Josefine warf ihm einen Blick zu, in dem eine Art Erkenntnis zu liegen schien.

»Nein … nein«, stotterte sie. »Das hast du nicht getan!«

Verständnislos ließ Ilka die Arme fallen und wandte sich um. »Was jetzt?«

»Da war eine Kapsel mit Tollwutimpfstoff«, erklärte Josefine mit bebender Stimme. »Eine leere Kapsel.«

Rainald stampfte mit dem Fuß auf, dass das Brunnenwasser spritzte. »Ja, so war es! Gestern habe ich ihm den Impfstoff in den Mund geschüttet. Soll er daran verrecken!«

»Warum hast du das gemacht?«, fragte Josefine befremdet.

»Aus Notwehr!«, verteidigte sich Rainald. »Du selbst hast es viel früher erkannt: Sandro wollte mich umbringen. Der Sturz vor die Bahn. Bruce. Soll er an der Tollwut verrecken!«

Ilka wollte mit den Fäusten auf ihn losgehen, rutschte aber aus und stürzte ins Wasser. Sandro stieß einen dumpfen, tierhaften Schrei aus, der Norma ein Kribbeln über den Rücken jagte, als sie Ilka auf die Beine half.

Timon reckte, um Aufmerksamkeit heischend, beide Arme in die Höhe. »Bitte hören Sie mir zu! Alle! Das kann nicht sein. Nicht innerhalb von 24 Stunden. Der Fuchs-Impfstoff hat ihn nicht infiziert.«

»Also hat Sandro keine Tollwut!«, stieß Ilka erleichtert aus und rief ihrem Mann zu: »Hörst du, Sandro? Es wird alles gut!«

Alandt antwortete nicht. Mit hängenden Schultern schaute er auf die Menschen im Brunnenbecken, als könnte er sie mit den Blicken durchdringen. In seinen Mundwinkeln sammelte sich weißer Schaum.

Ilka wandte sich Timon zu. »Was ist mit ihm?«, fragte sie panisch.

»Ich will einer Diagnose nicht vorgreifen, Frau Alandt«, sagte Timon in besonnenem Ton. »Aber, ehrlich gesagt, es sieht nicht gut aus. Seine Verwirrung, der unsichere Gang und vor allem der Widerwillen gegen Wasser – alles spricht tatsächlich für Tollwut. Vermutlich übertragen durch einen Hund.«

Ungläubig schüttelte Ilka den Kopf. »Welcher Hund soll das gewesen sein?«

»Ein weißer Welpe aus Bodos Lieferung«, warf Norma

ein. »Sandro hat ihn nicht gekauft, aber sicherlich angefasst. Der Welpe war nachweislich infiziert.«

»Vor zwei, drei Wochen hatte Sandro Bissspuren an der Hand«, erinnerte sich Ilka. »Hilfe, was wird jetzt mit ihm?«

Timon deutete auf die Platanenallee vor den Theaterkolonnaden, hinter der im Halbdunkel der Krankenwagen heranrollte. »Man wird Ihren Mann in eine Klinik bringen.«

Mittlerweile wirkte Alandt verwirrt und verängstigt, nicht mehr kämpferisch. Das Montiereisen hatte er verloren. Norma rief in der Leitstelle des Polizeipräsidiums an und ließ sich mit Dorit Rusack verbinden. Knapp, aber präzise erklärte sie Dorit, was mit Alandt los war, und bat sie, auch den Notarzt und die Sanitäter über den außergewöhnlichen Krankheitsverdacht ins Bild zu setzen. »Er wirkt im Moment recht ruhig. Die Ambulanz sollte aber trotzdem mit Bedacht vorgehen.«

»Danke für die Warnung«, sagte Dorit beunruhigt. »Ich schicke vier Kollegen in Zivil mit. Bitte bleibe mit deinen Leuten im Wasser, bis der Mann festgesetzt ist. Ich komme zu euch rüber!«

»Sehr gut«, stimmte Norma erleichtert zu. »Es ist noch etwas zu klären, und ich hätte dich gern dabei.«

Während die kleine Gruppe im Brunnen dem Krankenwagen zusah, der im Schritttempo über den Rasen rollte und einen Bogen um die Kleinbahn schlug, klingelte Normas Mobiltelefon.

»Die Kollegen sind völlig aufgescheucht«, schnaufte ihr Milano ins Ohr. »Tollwut auf dem Bowling Green. Was ist dort los?« Die Nachricht von Alandts Erkrankung habe schnell die Runde gemacht.

»Alles unter Kontrolle, Luigi«, beschwichtigte sie ihn.

Sie hörte Motorengeräusche und Wolferts Stimme im Hintergrund. Offenbar waren die Kommissare im Auto unterwegs, und Milano sprach über die Freisprechanlage.

»Bist du in Ordnung, Norma?«, fragte Wolfert.

»Mir geht es gut, Dirk. Timon ist bei mir.«

Notarzt, Sanitäter und vier weitere Personen umschwärmten den Brunnen und kreisten Sandro Alandt ein, der erleichtert schien, dass man sich um ihn kümmerte. Widerstandslos ließ er sich in den Krankenwagen verfrachten, der sich mit Blaulicht und Sirenen in Gang setzte. In einem der Polizeiwagen, die ihm folgten, fuhr Ilka mit. Josefine wollte sich später verarzten lassen und vorerst bei Rainald bleiben. Ein Polizeibeamter schickte die Schaulustigen fort.

Norma und Timon waren hinter Josefine und Rainald über den Beckenrand aufs trockene Grün gestiegen und traten steifbeinig von einem Bein aufs andere, als Dorit Rusack, in Uniform, auf den Brunnen zueilte.

Beim Anblick von Josefine und Rainald stutzte sie. »Ich kenne Sie beide. Aber nicht gemeinsam.«

»Ja, wir sind ein Paar geworden«, rief Josefine mit strahlendem Engelsgesicht und fiel Rainald um den Hals. »Du bist nicht schuld an Sandros Krankheit. Das macht mich froh um deinetwillen.«

Rainald nahm sie in die Arme. »Jetzt wird er verrecken. Er hat den Tod verdient.«

Dorit Rusack bemerkte verärgert: »Was maßen Sie sich an, einem Menschen den Tod zu wünschen!«

»Was wissen Sie denn?«, gab Rainald patzig zurück. »Sandro wollte mich umbringen. Und er hat meine Mutter elendig sterben lassen.«

»Überlegen Sie, was Sie sagen«, entgegnete Dorit streng.

Norma bat sie mit einer Geste, sich zurückzuhalten, und wandte sich an Rainald. »Wo waren Sie, als Michaela starb?«

Rainald drückte Josefine fester an sich. »Wie ich Ihnen bereits erzählt habe: oben in der Dachwohnung, um nach dem Abfluss zu sehen. Als ich später hinunterging, war meine Mutter bereits tot.«

»Ja, das haben Sie mir erzählt«, stimmte Norma ihm zu. »Ebenso haben Sie erwähnt, das Notfallset habe verpackt auf dem Küchentisch gelegen. Wie passt das zu Sandros Aussage, er habe ihr das Medikament hingeworfen? Womit er übrigens die Wahrheit sagt. Die Fingerabdrücke darauf beweisen, dass zwei Personen das geöffnete Set angefasst haben. Sandro Alandt und Sie, Herr Prüsse. Und Sie als Letzter, wie Ihre Daumenspuren eindeutig verraten. Sie haben die Spritze und die Ampulle zurück in die Verpackung gedrückt.«

Rainald erschrak sichtlich. »Wie sind Sie an meine Fingerabdrücke gekommen?«

»Das tut nichts zur Sache. Also?«

Stammelnd korrigierte er seine Version. »Gut, das Set lag auf dem Boden. Ich habe es fortgeräumt. Aber meine Mutter war bereits tot.«

»Sie hat noch gelebt«, widersprach Norma und pokerte hoch, als sie behauptete: »Michaela konnte sich die Spritze nicht mehr setzen, die Sandro ihr hingeworfen hatte. Sie haben ihr die Hilfe verweigert. Deswegen musste sie sterben.«

»Warum hätte ich das tun sollen?«, widersprach Rainald aufgeregt. »Ich habe meine Mutter geliebt!«

»Sie haben sie geliebt, aber innerhalb weniger Stunden schlug diese Liebe in tödlichen Hass um. Michaela hat Ihnen von den Plänen erzählt, Ilkas Kind zum Haupterben zu machen.«

»Ich wusste bis eben nichts davon!«, widersprach er matt.

»Sie lügen! Ihre Mutter hat Ihnen den Vertrag vorgelegt, und dann haben Sie beide heftig gestritten. Der Vertrag, das ist Ihr Motiv!«

Er schaute verunsichert. »Das behaupten Sie einfach.«

»Es gibt einen Zeugen«, konterte Norma. »Michaela hat ihrem Vereinsfreund, dem Apotheker, sowohl von dem Vertrag erzählt als auch von Ihrem Streit. Michaela war deswegen sehr aufgebracht. Und Sie, Herr Prüsse, waren fassungslos über das, was Ihre Mutter mit Ihrem Erbe vorhatte. Wie kann sie mir das antun?, haben Sie sich gefragt. Wie kann sie das Kind der verhassten unehelichen Tochter dem eigenen Sohn vorziehen? Als Michaela nach Hause kam, haben Sie aus dem Küchenfenster beobachtet, wie sie zuerst von Ilka, dann von Sandro aufgesucht wurde. Als Sie zu ihr hinuntergingen, lag Michaela am Boden, war aber noch am Leben. Sie haben Ihre Mutter dem Tod überlassen.«

Verzweifelt schüttelte er den Kopf. »Warum hätte ich das tun sollen?«

»Sie fühlten sich zurückgewiesen«, sagte Norma sanft. »Ein Verrat, der Sie verbittert hat. Wie ein Schlag ins Gesicht! Diese tiefe Kränkung konnten Sie nicht ertragen.«

Rainald verbarg das Gesicht in den Händen.

»Sprechen Sie sich aus, Herr Prüsse«, bat Dorit, jetzt sehr mütterlich in ihrem Tonfall.

Zögerlich nahm Rainald die Hände herunter und schaute Josefine an. »Ich will dich nicht verlieren.«

Josefine lehnte sich an ihn. »Ich halte zu dir, wenn du die Wahrheit sagst. Aber wenn du lügst, verlasse ich dich.«

Er umklammerte sie und brach in Tränen aus. »Es hat so wehgetan. Dieser Verrat! Ich liebe meine Schwester, ja. Aber das Erbe meiner Mutter steht allein mir zu. Meine Mutter lag am Boden, noch bei Bewusstsein, aber zu schwach, um auch nur den Kopf zu heben. Ich bin ihrem Blick ausgewichen und habe gewartet. Als sie nicht mehr atmete, habe ich das Notfallset aufgehoben, eingepackt und in den Küchenschrank gelegt. Den Umschlag mit der geplanten Vereinbarung habe ich im Bett versteckt. Keine Ahnung, warum ich ihn nicht weggeworfen habe.«

»Die Nerven«, erklärte Norma in freundlichem Ton. »In der Anspannung macht man Fehler.«

Aus den dunklen Schatten der Platanen tauchten zwei Personen auf und kamen eilig näher: ein stattliches Schwergewicht und sein schmaler Begleiter.

Als sie herangekommen waren, deutete Norma auf Rainald: »Herr Prüsse möchte sein Geständnis vor euch wiederholen.«

»Für Hunde sind wir nicht zuständig«, knurrte Milano. »Der Einsatz heute Mittag war eine Ausnahme.«

»Dieser Fall gehört in euer Ressort.«

Rainald wiederholte seine Aussage vor den Kommissaren. Mit stockender Stimme, aber zunehmend ruhiger, als würde er von einer Last befreit. Anschließend führten Dorit und ein Kollege ihn zum Streifenwagen. Josefine wischte sich die Tränen aus dem Gesicht und erklärte tapfer, sie wolle sich um die THermine kümmern und danach zu Rainald ins Präsidium fahren. Norma blieb mit Timon und den beiden Kommissaren zurück am Brunnen, der wie sein Zwilling verschwenderisch mit seinen silbernen Wasserfällen schäumte, als wäre nichts geschehen. Die Nacht senkte sich über das Bowling Green und ließ das Kurhaus und die gegenüberliegenden Kolonnaden umso festlicher erstrahlen.

»Wie tief hast du dieses Mal gegraben, Norma?«, fragte Wolfert in milanogemäßer Düsternis.

»Bis in die finsteren Strukturen einer Familie hinein«, gab Norma müde zurück.

»Wie hast du Prüsse zu dem Geständnis bewegt? Waren deine Beweise wasserdicht?«

»Welche Beweise?«, gab Norma kleinlaut zurück. »Fest stand nur: Rainald hatte das Medizinset als Letzter in der Hand. Dass Michaela zu diesem Zeitpunkt noch am Leben war, habe ich vermutet. Der Beweis dafür fehlte mir aber.«

»Hoch gepokert!«, stellte Milano anerkennend fest.

»Prüsse ist kein abgebrühter Krimineller«, gab Norma zu bedenken. »Er will Josefine nicht verlieren. Das schafft er auf Dauer nur mit der Wahrheit.«

Wolfert tat etwas sehr Ungewöhnliches – etwas für ihn sehr Ungewöhnliches. Er legte, wenn auch nur für einen Moment, anerkennend seine Hände auf ihre Schultern, bevor er sagte: »Gut gemacht, Norma! Wenn ich das richtig verstanden habe, sprach bei Michaela Prüsses Tod zunächst nichts für ein Fremdverschulden. Was hat dich misstrauisch gemacht?«

»Es mag merkwürdig klingen«, erklärte sie nachdenklich, »aber Rainalds plötzliche Verwandlung kam mir verdächtig vor. Bei unserer ersten Begegnung in Naurod, fünf Tage nach dem Tod seiner Mutter, wirkte Rainald wie ein Alkoholiker, der kurz die Flasche beiseitegelegt hatte. Mit jedem Tag ist er nüchterner und stabiler geworden. Als ich aus Norddeutschland zurückkam, schien er wie ein anderer Mensch. Gut gekleidet, freundlich, selbstbewusst.«

»Was grundsätzlich nichts Schlimmes ist«, erklärte ausgerechnet Milano.

»Konnte er selbst diese Entwicklung erklären?«, fragte Wolfert mit ineinanderverhakten Fingern.

Norma strich sich die Haare aus der Stirn. »Ihm sei ein Engel begegnet, hat er behauptet und Josefine gemeint, die ihm aufgeholfen hat, als er vor die Lok gefallen war.«

»Klingt doch plausibel«, warf Timon ein und schaute verschmitzt. »Liebe kann Berge versetzen, heißt es.«

Norma lächelte einen Moment für ihn allein und wandte sich wieder an alle. »Um einen langjährigen Trinker wie Rainald von der Flasche wegzubekommen, brauchte es mehr als die Liebe. Einen Schock, ein traumatisches Erlebnis.«

»So traumatisch wie die Schuld am Tod der eigenen Mutter«, stimmte Wolfert ihrer Theorie zu.

Milano neigte den schweren Kopf und knurrte, man müsse schon Norma Tann heißen, um so um die Ecke zu denken. »Was kommt als Nächstes, Frau Schnüfflerin?«

Norma suchte im Halbdunkel nach Timons Blick. »Ich nehme die Spur nach einem neuen Zuhause auf. Bei Rainald können wir nicht bleiben, und meine Wohnung lässt auf sich warten.«

Timon lächelte zuversichtlich. Er habe bereits etwas in Aussicht, eine Wohnung in Sonnenberg, nah an der Burg. Groß genug für zwei und mit einem Extrazimmer. Super Matratzen und einen Kaffeeautomaten gebe es ebenso wie ein Gärtchen für Leopold. Der Kollege, dem die Wohnung gehöre, gehe in wenigen Tagen für ein halbes Jahr nach Istanbul.

Als Norma Seite an Seite mit Timon den Lichtern der Stadt entgegenschritt, dachte sie an Sandro Alandt und sein grausames Schicksal. Für ihn konnte es keine Rettung geben. In weniger als einer Woche würde er sterben. Eins allerdings hatte sie für ihn tun können.

Sandro Alandt ging nicht als Mörder in den Tod.

ENDE